ESCAPE DEL ASYLUM

MADELEINE ROUX

Traducción: María Nazareth Ferreira Alves

- Título original: *Escape from Asylum*
- Dirección editorial: Marcela Luza
- Edición: Leonel Teti con Erika Wrede
- Coordinadora de arte: Marianela Acuña
- Armado y adaptación de diseño: Daniela Coduto
- Diseño de portada: Cara E.Petrus

un sello de
V&R Editoras

TEXTURA© 2013, Naoki Okamoto / Getty Images· MARCOS© 2013, iStock Photo
LLAVES© 2013, Dougal Waters / Getty Images
Las imágenes que aparecen en este libro fueron creadas a medida por Faceout Studio.

©2016 HarperCollins Publishers
©2016 V&R Editoras
www.vreditoras.com

Publicado en virtud de un acuerdo con HarperCollins Children's Books,
una división de HarperCollins Publishers.
Todos los derechos reservados. Prohibidos, dentro de los límites establecidos por la ley,
la reproducción total o parcial de esta obra, el almacenamiento o transmisión por medios
electrónicos o mecánicos, las fotocopias o cualquier otra forma de cesión de la misma,
sin previa autorización escrita de las editoras.

ARGENTINA:
San Martín 969 piso 10 (C1004AAS)
Buenos Aires
Tel./Fax: (54-11) 5352-9444
y rotativas
e-mail: editorial@vreditoras.com

MÉXICO:
Dakota 274, Colonia Nápoles CP 03810,
Del. Benito Juárez, Ciudad de México
Tel./Fax: (5255) 5220-6620/6621
01800-543-4995
e-mail: editoras@vergararriba.com.mx

ISBN: 978-987-747-253-0

Impreso en México, febrero de 2017

Impresora y Editora Infagon, S.A. de C.V.

Roux, Madeleine
Escape del Asylum / Madeleine Roux.
- 1a ed . - Ciudad Autónoma de Buenos Aires : V&R, 2017.
352 p. ; 21 x 15 cm.

Traducción de: María Nazareth Ferreira Alves.
ISBN 978-987-747-253-0

1. Literatura Juvenil. 2. Novelas de Terror. I. Ferreira Alvs, María Nazareth,
trad. II. Título.

CDD 813

*Para todo el equipo Asylum de HarperCollins
y para los fans de la saga, los antiguos y los nuevos.*

ESCAPE DEL ASYLUM

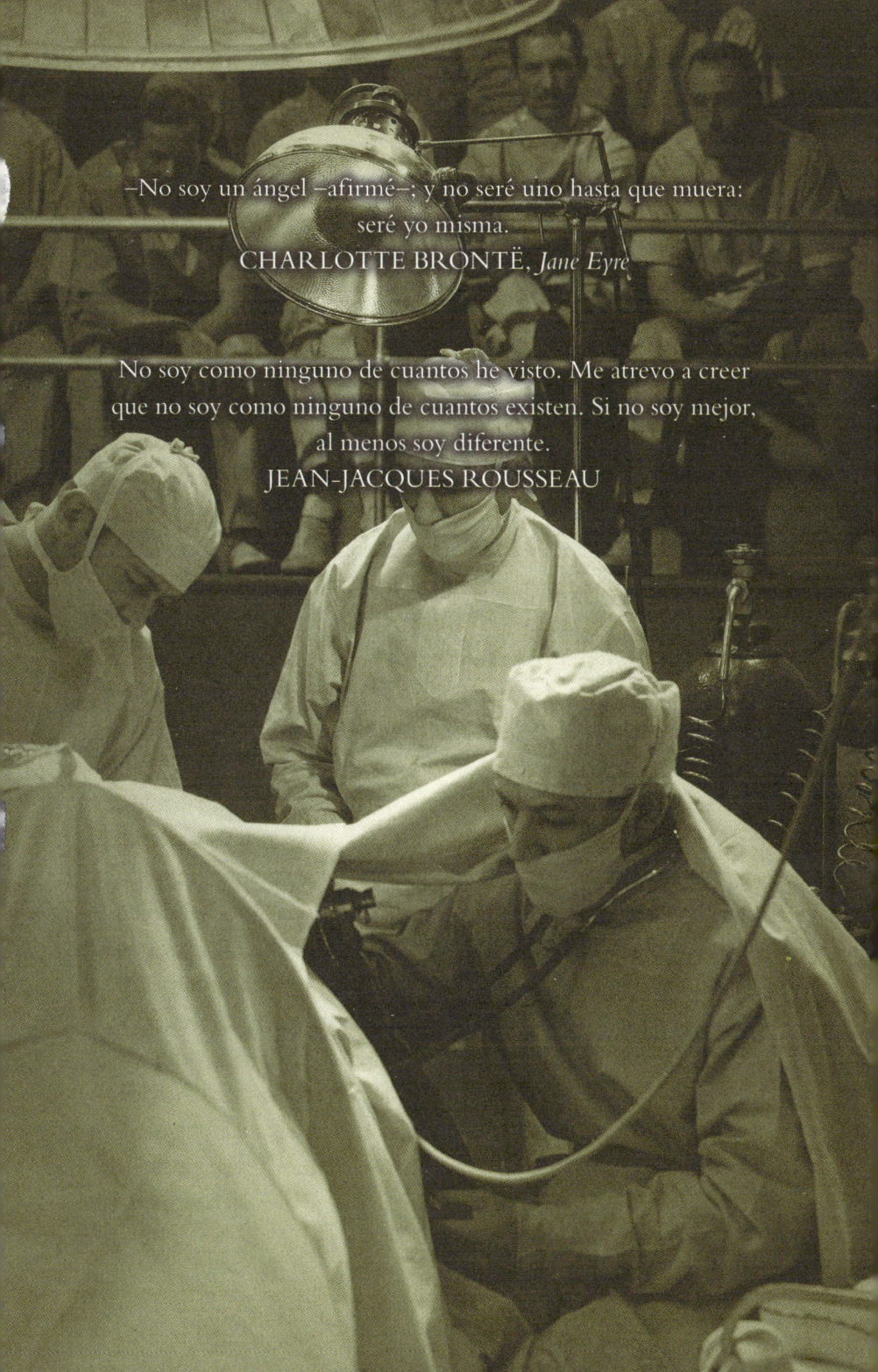

—No soy un ángel —afirmé—; y no seré uno hasta que muera: seré yo misma.
CHARLOTTE BRONTË, *Jane Eyre*

No soy como ninguno de cuantos he visto. Me atrevo a creer que no soy como ninguno de cuantos existen. Si no soy mejor, al menos soy diferente.
JEAN-JACQUES ROUSSEAU

PRÓLOGO

No había querido ser el primero. Incluso el silencio de su habitación parecía gritar; el sonido de una pisada que rozaba el suelo o el estridente clamor de sus propias dudas dentro de su cabeza se magnificaban hasta ensordecerlo. El director le había asegurado que ser el primero era algo bueno. Era un honor. Después de todo, el director había estado esperándolo —esperando a la persona correcta— durante tanto tiempo. ¿No sería Ricky un buen muchacho y cooperaría? Esto era especial. Ser el primero, ser el Paciente Cero, era un privilegio.

Y, sin embargo, él no quería ser el primero. Esa habitación era fría y solitaria. Y, de algún modo, Ricky sabía en su interior, en la fuente de su humanidad, que ser el Paciente Cero era malo. Muy malo.

Ser el Paciente Cero significaba perderse a sí mismo, no en la muerte, sino en algo mucho peor.

CAPÍTULO Nº 1

Brookline, 1968
Tres semanas antes

Lo llevaron en silencio a la pequeña habitación. Ricky ya había pasado antes por eso, solo que la última vez había sido en Victorwood, en los Hamptons, y había ido por voluntad propia. Este era su tercer "retiro". Comenzaba a volverse molesto.

Bajó la cabeza y miró fijamente el suelo para brindar la actuación de su vida. ¿Estaba arrepentido? Ni siquiera un poco, pero quería salir de ese lugar. El Hospital Brookline. Podía ser un loquero, pero sonaba tan pretencioso y estúpido como los centros de retiro. No quería saber nada de esto.

—Necesito ver a mis padres —dijo. Hablar hizo que le sujetaran los brazos con más fuerza. Uno de los auxiliares sacó un bozal para que Ricky lo viera y su sorpresa no fue fingida—. Oigan, oigan, eso no es necesario. Solo quiero hablar con mi mamá. Tienen que entender, ha habido algún tipo de error. Si solo pudiera hablar con ella…

—Claro, chico. Seguro. Un error —el auxiliar soltó una risita. Era más alto y más fuerte que Ricky y resistirse era inútil—. No queremos lastimarte, Rick. Estamos tratando de ayudarte.

—Pero mi madre…

—Ya hemos oído eso antes. Miles de veces.

El auxiliar tenía una voz agradable. Suave. Amable. Siempre era así: voces dulces que decían cosas dulces pero ocultaban intenciones oscuras y malvadas. Esas voces querían cambiarlo. A veces, sentía la tentación de permitirles que lo hicieran.

—Necesito ver a mis padres —repitió con calma. Era difícil no sonar aterrado cuando lo estaban arrastrando a una celda en un lugar que no conocía. Una celda en un *manicomio*—. Por favor, solo déjenme hablar con ellos. Sé que suena ridículo, pero realmente creo que puedo hacerlos entender.

—Eso se acabó —dijo el auxiliar—. Ahora nosotros vamos a cuidar de ti. Tus padres vendrán a buscarte cuando te sientas mejor.

—El director Crawford es el mejor —añadió el otro hombre. Su voz era igual de cálida pero sus ojos eran fríos y miraban a Ricky sin verlo. Como si no estuviera ahí, o como si fuera una partícula de suciedad.

—Realmente es el mejor —repitió el auxiliar más alto de forma mecánica.

Al oír eso, Ricky comenzó a forcejear. Ya había escuchado eso antes acerca de otros médicos, otros "especialistas". Era un código. Todo era un código; todo lo que decían esas personas en los "centros de retiro" y en los hospitales. Nunca decían lo que realmente pensaban, que era que Ricky no saldría de allí, no sería libre, hasta que se convirtiera en una persona completamente diferente. El auxiliar más alto y fuerte, que estaba a su derecha, maldijo en voz baja mientras se esforzaba por sujetar el brazo de Ricky y buscar algo que él no alcanzaba ver.

La habitación estaba fría, helada por la lluvia de primavera que caía afuera, y las luces eran demasiado brillantes, pálidas y descoloridas, como el resto del cuarto. Nunca se había sentido tan lejos del exterior. Quizás solo había poco más de un metro entre él y la pared y después algunos centímetros de ladrillo, pero era como si el aire libre estuviera detrás de un kilómetro y medio de hormigón.

—La elección es tuya —dijo el auxiliar y resopló—. Tú eliges cómo te tratamos, Rick.

Él sabía que eso no era verdad, así que forcejeó con más fuerza, lanzándose de un lado al otro mientras intentaba golpear a uno de los auxiliares con la frente y soltarse. Sus voces se volvieron distantes casi en el mismo momento en que la aguja le pinchó el brazo. Le dolió más que otras veces cuando le penetró la vena.

—Solo quiero verlos —decía Ricky mientras se desplomaba lentamente sobre el linóleo—. Puedo hacerlos entender.

—Claro que sí. Pero ahora deberías descansar. Tus padres volverán a visitarte antes de que te des cuenta.

Palabras de consuelo. Tonterías. Los detalles de la habitación se volvieron borrosos. La cama, la ventana y el escritorio se transformaron en masas amorfas iguales, todas de color gris blancuzco. Se abandonó completamente a la oscuridad. La sensación de entumecimiento que lo invadía era casi un alivio para el nudo de miedo y traición que le retorcía las tripas.

Mamá y Butch ya debían estar en la carretera de regreso a Boston. Ya se habían ido, se habían ido. Siempre había logrado liberarse de esas situaciones gracias a su labia, y sabía que podría hacerlo otra vez si tan solo tuviese un minuto a solas con su madre.

"Estará bien aquí, ¿no es así?", había preguntado ella. El Cadillac subía tranquilamente por la colina hacia el hospital mientras la lluvia golpeaba las ventanillas de forma incesante y rítmica, como los diminutos tambores de unos soldaditos de juguete. "No se parece en nada a Victorwood… Quizás esto sea demasiado extremo".

"¿Cuántas veces más, Kathy? Es un fenómeno. Es violento. Es un maldito…".

"No lo digas".

En ese momento le había parecido que se trataba de un sueño, pero ahora todavía más. Al principio había estado seguro de que solo lo estaban llevando de vuelta a Victorwood, un hogar

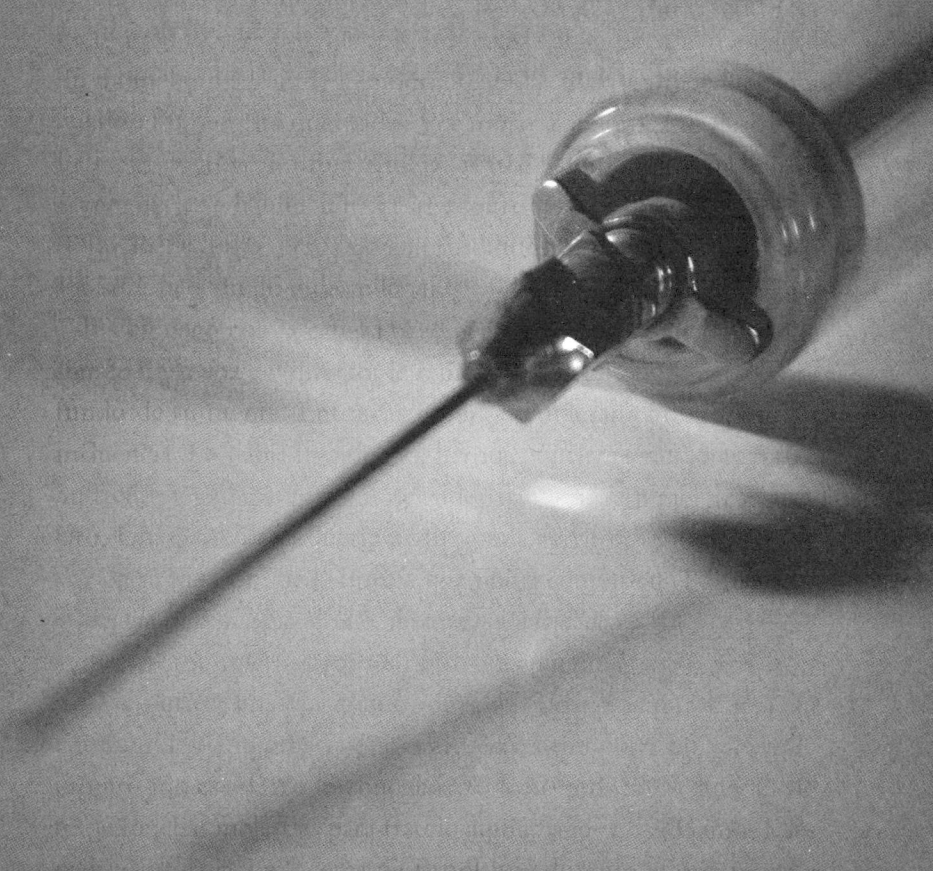

para muchachos rebeldes como él. Los que trabajaban allí eran unos imbéciles, fáciles de manipular y ni bien se había cansado del lugar solo habían hecho falta unas cuantas llamadas llorosas para lograr que su madre apareciera corriendo por el impecable camino de entrada con los ojos llenos de lágrimas para tomarlo entre sus brazos. Pero esta vez no lo estaban llevando a Victorwood. En alguna parte habían girado y cambiado de rumbo. Eso de "La próxima vez habrá consecuencias reales" que a Butch tanto le gustaba decir finalmente se había hecho realidad.

Maldición. No debería haber permitido que lo atraparan con Martin de esa forma. Butch finalmente había cumplido sus amenazas. El largo viaje en auto hasta el hospital, hasta Brookline, tan enfadados, había sido castigo suficiente. Durante todo el trayecto Ricky pensó que en realidad no iban a hacerlo. No iban a internarlo de verdad.

Y ahora aquí estaba, perdiendo la consciencia, lejos de casa, mientras dos extraños lo arrojaban sobre un delgado colchón. Y sus últimos pensamientos lúcidos fueron: *Lo hicieron. Esta vez realmente lo hicieron. Me encerraron y no van a volver.*

CAPÍTULO Nº 2

ESCAPE DEL ASYLUM

Se quedó mirando el techo durante horas y horas con las manos firmemente entrelazadas sobre su estómago. Sentía la voz ronca de gritarles a los auxiliares y después, cuando eso no había funcionado, de tararear para intentar mantener a raya su ansiedad. Ahora se había quedado en silencio. Tenía las puntas de los dedos tan frías que temía que se le congelaran, se volvieran frágiles y se le quebraran.

Había sentido que el frío se instalaba desde el momento en que cruzaron las puertas del hospital; esa había sido su primera advertencia. El jardín que rodeaba Brookline era bonito y estaba bien cuidado. La sólida cerca negra era el único indicio de que la libre circulación dependía de la condición de paciente o padre. Había edificios de ladrillo dispuestos en forma de "U" junto del hospital. Resaltaban porque el tipo de construcción era completamente diferente al del hospital; eran edificios oscuros, antiguos y de estilo universitario. Jóvenes desaliñados, con chalecos de hilo y pantalones de pana caminaban sin prisa entre los edificios. Ricky descubriría más tarde que se trataba de estudiantes que se preparaban para irse durante las vacaciones de verano.

Junto a esos edificios, Brookline era de color blanco puro. Limpio. Incluso el césped estaba cortado a una altura perfectamente uniforme. Ricky recordaba que le había resultado artificial al pisarlo. Y había pacientes afuera, en el jardín, inclinados,

cortando meticulosamente las flores marchitas y podando los setos mientras eran observados por auxiliares con uniformes almidonados.

Todo se veía inmaculado y perfecto, como salido de una fotografía, hasta que entrabas y el frío te golpeaba como una descarga eléctrica.

A pesar de sentirse sumamente somnoliento Ricky estaba seguro de que no lograría cerrar un ojo en ese lugar, ni siquiera si le inyectaban otra dosis de sedantes. A cada rato se quedaba dormido y luego despertaba de golpe, convencido de que había alguien escuchándolo a escondidas del otro lado de la puerta. Y un grito repentino había interrumpido su agitado sueño durante la noche. (Suponía que era de noche; era difícil saberlo ya que los postigos de su celda estaban cerrados).

Al incorporarse sintió las extremidades pesadas. Oyó el grito una vez más y luego otra, y eso terminó de despertarlo. Se levantó y caminó hasta la puerta arrastrando los pies. Se apretó contra la helada superficie. Fue deslizando la mano hacia abajo hasta apoyarla sobre la manija y se sorprendió cuando sintió que cedía sin esfuerzo. No podía ser. No era posible que le permitieran deambular solo por los pasillos de Brookline. Se había dado cuenta, por la enérgica bienvenida que le habían dado los auxiliares, que no se trataba de ese tipo de lugar. ¿Acaso habrían metido la pata y habrían olvidado encerrarlo? El pasillo estaba oscuro y silencioso, no había auxiliares ni enfermeras a la vista, ni otros pacientes. No había señales de vida de ningún tipo excepto por una vibración, como el latido de un corazón, que resonaba lenta y grave bajo sus pies. Quizás provenía de las tuberías o de una vieja caldera que retumbaba desde las profundidades, como una antigua bestia dormida. La base del edificio. Su núcleo. El corazón vivo y palpitante del manicomio.

Ricky caminó por el pasillo hacia la escalera; estaba descalzo y tenía los pies tan helados como el suelo. Una luz blanquecina envolvía todo e iluminaba los escalones mientras descendía lentamente hasta la planta baja. El corazón palpitante lo llamaba, constante, y él lo seguía. No se sentía exactamente a salvo. Se sentía más bien imprudente. ¿Qué podían hacer? ¿Echarlo? No era su culpa que esos idiotas hubiesen dejado su puerta abierta.

Además (y sabía que eso era extraño) el grave *bum-bum-bum* de los latidos del corazón del manicomio le daba coraje. Le resultaba casi reconfortante.

Recién al llegar al vestíbulo volvió a ponerse nervioso. Había estado sentado allí solo unas horas antes, viendo cómo Butch completaba el papeleo mientras su madre lloraba.

"¿No vas a extrañarme?", había susurrado mientras miraba a su madre con ojos enormes de niño.

"Cariño…". Casi la había convencido, su labio había comenzado a temblar mientras lo observaba.

"No, no esto otra vez", había dicho Butch poniendo punto final al asunto.

Había roto el hechizo. Y Ricky lo odiaba por eso.

Ahora sentía que el temor y la incredulidad de ese momento regresaban con más fuerza y lo sacudían como una ola resuelta a ahogarlo. Corrió hacia las puertas que llevaban afuera pensando, en un instante de locura, que sería mejor intentar escapar que tratar de ponerse en contacto con su mamá por teléfono. Pero la suerte de antes se le había acabado: esas puertas definitivamente estaban cerradas.

El corazón (o la caldera, lo que demonios fuera que hacía todo ese ruido) lo llamaba con más insistencia, y Ricky lo siguió una vez más, pero a regañadientes esta vez. "Nowhere to Run" se le vino a la mente: la canción y la idea… *Sin escapatoria*. El sonido

que emanaba del sótano era como la base de esa canción, que se elevaba y era estimulante, oscura y pegadiza.

Nowhere to run...

Estaba en una parte del manicomio que no conocía. Eso no era demasiado sorprendente. Ni siquiera había estado allí un día completo. Había dejado atrás el vestíbulo y más adelante había oficinas y depósitos a lo largo de un corredor estrecho que desaparecía en una enorme abertura oscura. Un arco. Un arco que conducía hacia abajo.

Así que bajó, hacia profundidades cada vez más frías, sintiendo las ásperas piedras de las paredes y el olor a tierra mojada y llena de gusanos que provenía del sótano. Las escaleras parecían no tener fin y ese constante *bum-bum-bum* sonaba cada vez más fuerte y retumbaba hasta convertirse en parte de él mismo, entrelazado con su temor y con la estructura misma del hospital. Las tuberías traquetearon y rechinaron, y los repentinos golpes que provenían de su interior hicieron que Ricky se preguntara si no reventarían en cualquier momento.

Buscaba. Se dio cuenta de que estaba buscando, desesperado por encontrar; no un teléfono ni una salida, sino el origen del latido.

Ricky siguió el sonido hasta un pasillo alto. El techo estaba tan arriba que para el caso podría haber estado el cielo. Algo le arañó la espalda, pero cuando se dio vuelta para mirar no había nada. Entonces se dio cuenta de que debía estar soñando, cuando lo que parecían ser uñas humanas lo lastimaron a través de la camisa y le quemaron la piel, pero sin embargo no había nada allí. Estaba solo en el pasillo.

Apretó los dientes de dolor y siguió adelante hacia el latido. Pasó junto a puertas sin aberturas cerradas con llave que bordeaban el pasillo. En su pesadilla sabía que estaban cerradas con llave, pero de todas formas intentó abrir cada una de ellas. De repente, tuvo la certeza de que los alaridos que había oído antes provenían de ese pasillo. Que alguien detrás de la última puerta de la derecha había estado gritando tan fuerte que lo había escuchado desde su habitación y el latido lo había estado guiando directo a la fuente.

¿Y cuando llegó a la última puerta de la derecha? Estaba abierta, igual que la de su habitación. Otro descuido, sin duda. Tenía que entrar, tenía que escapar de las garras que le arañaban la espalda y encontrar el latido que retumbaba en sus oídos. Se había convertido en el latido de su propio corazón; ahora era su propio miedo palpitante.

Se detuvo frente a la puerta y se asomó para ver dentro. Las uñas que lo herían estaban en su interior ahora, despedazándole el estómago y subiendo por su garganta. No había gritos ni latido, solo silencio. Entonces la vio. Una niña pequeña de pie en la habitación vacía, con un camisón andrajoso y mugriento. Giraba lentamente en círculos, una y otra vez, pero desde todos los ángulos lo único que Ricky podía ver era cabello largo y sucio.

No había un rostro debajo del cabello pero, de alguna forma, Ricky sentía los ojos de la niña. Estaban ahí, observaban, medían... Ricky ya era parte de ese lugar. Había sido visto.

CAPÍTULO Nº 3

En la mañana ya se sentía mejor, más como él mismo. "Nowhere to Run" seguía en su mente cuando se levantó. Decidió que se había tratado solo de un sueño causado por la ansiedad. Era imposible que realmente hubiese abandonado su habitación en medio de la noche.

Solo para estar seguro, se revisó las plantas de los pies. Estaban limpias. Se sintió más aliviado de lo que quería admitir.

Tendría que retomar el Plan A: encontrar un teléfono.

Sus padres, o al menos su madre, volverían a buscarlo, y pronto. Su mamá no podía vivir sin su pequeño Osito. Volvería a buscarlo, con o sin Butch, porque era demasiado débil y frágil como para no hacerlo. No era un insulto, era solo la verdad. Ella no podía vivir sin él, no podía ocuparse de las decisiones cotidianas ni de las responsabilidades más importantes, no podía ocuparse de nada.

Maldición. Casi la había convencido en el vestíbulo, pero Butch había tenido que arruinarlo. Esa era la razón por la que ella se había casado con él después de que el verdadero padre de Ricky desapareciera. Después de un año, un tribunal le concedió el divorcio por "abandono", y para ese entonces Butch ya era parte de sus vidas, como si hubiese estado esperando ansioso para tomar el lugar de su padre. Su madre no podía estar sola. No podía hacerse responsable de *nada*. Ricky no sabía si odiaba a su madre, pero definitivamente no le caía bien.

Aun así, a pesar del dicho, la sangre podía no tirar, en su opinión, pero al final sería lo que lo ayudaría a obtener su libertad.

Pronto estaría de regreso en Boston, en su cuarto, rodeado de sus posters de John y Paul, su ropa y sus cosas, sus libros y sus tarjetas de béisbol. Era probable que incluso consiguiera que le devolvieran el Chevrolet Biscayne, su verdadero pasaje a la libertad, del cual casi no había podido disfrutar antes de que comenzara su seguidilla de extravagantes "castigos".

Ricky ya podía imaginárselo: las ventanillas bajas, la música alta, la brisa de primavera que transportaba el glorioso aroma de hamburguesas y salchichas cocinándose en docenas de parrillas suburbanas… Su mamá al menos lo había dejado comerse una última hamburguesa ayer, antes de llegar al hospital, pero Butch se había rehusado a poner cualquier otra cosa que no fueran los resultados del béisbol en la radio.

Oyó un golpecito tímido en la puerta. Se incorporó y luego se sentó con las piernas a un lado de la cama mientras se pasaba ambas manos por el cabello despeinado. La puerta se abrió y una enfermera pelirroja con rostro amable entró en la habitación.

—¿Hola? No estoy interrumpiendo nada, ¿o sí?

Ricky resopló mientras se ponía de pie y se apoyaba contra la cama.

—¿Ese es el tipo de bromas que hacen por aquí?

No era necesariamente bonita. Más bien inofensiva. Pulcra. Y casi tan angulosa como una grulla de origami. Se quedó mirándolo, claramente desconcertada.

—Oh. No. No era una broma —dijo mientras sostenía su tabla sujetapapeles firmemente contra su pecho—. Soy la enfermera Ash y supervisaré sus cuidados aquí en Brookline.

—*Ash*. Enfermera Ash. Ajá. Como ceniza en inglés. Un nombre apropiadamente macabro para este encantador calabozo.

Lo observó con una expresión impasible y se encogió de hombros. Luego bajó la mirada hacia sus notas.

—No me quejaré si tomarse todo esto con humor lo ayuda —dijo en un tono casi despreocupado—. Vamos a tener que conocernos y prefiero que mis pacientes estén de buen humor, si es posible. Dispuestos a cooperar, al menos.

—A la orden —respondió Ricky con un saludo militar.

En general tenía que lidiar con terapeutas conservadores que lo observaban con furia por detrás de sus lentes, pero quizás podría divertirse un poco con esta chica. Tenían casi la misma edad. Era sorprendentemente joven para ser enfermera. Si Ricky jugaba bien sus cartas podría hacerse una amiga, y una amiga podría ayudarlo a hacer una llamada a su madre.

—¿Y cómo maneja el Gran Buque Loquero, capitana? ¿Con mano *dura* o relajada?

Coquetear un poco nunca estaba de más al tratar de hacer amigos, aunque esa estrategia hubiera fracasado con los psicólogos viejos y anticuados que lo trataban generalmente.

—Sé que esto debe ser difícil para usted dado que...

La enfermera Ash escudriñó sus notas, que incluían el papeleo que había completado Butch. Dejó sin terminar la frase y Ricky pudo identificar casi con exactitud el momento en el que la enfermera encontraba las razones precisas por las que él estaba allí. Después de su nombre (Carrick Andrew Desmond, a pesar de que nadie lo llamaba Carrick excepto su abuela y Butch cuando estaba enfadado), su edad, su peso y su fecha de nacimiento, aparecería el eufemismo que Butch hubiera escogido esa vez para describir su *problema*.

Las últimas dos veces también había mencionado "arrebatos violentos" en los formularios. Pero eso había ocurrido una sola vez y, en realidad, Butch se merecía que le lanzara un tenedor a la cabeza por las cosas que le estaba diciendo.

—Dado que me atraparon en la cama con el chico de al lado. Bien, el joven de al lado, en realidad. No soy *tan* pervertido.

—No creo que sea un pervertido en lo más mínimo, señor Desmond —respondió ella rotundamente. Ajá. Eso era nuevo—. No me gustan ese tipo de palabras. Solo sirven para humillar. Y el tratamiento no tiene nada que ver con la humillación.

Quizás esa enfermera era diferente de verdad. Lo dudaba, pero todo era posible.

—Me sorprende, enfermera Ash. Pero de la mejor manera.

Ella sonrió y eso la hizo verse casi bonita.

—Por favor, hágame saber si tiene algún problema para instalarse. Adaptarse a la vida aquí puede ser… —la enfermera se mordió el labio, titubeando—, complicado.

—Oh, confíe en mí, no es nada que no pueda manejar. Fui engendrado por carceleros.

Eso quizás era una exageración.

Cuando se disponía a irse, ella frunció el ceño y mientras negaba con la cabeza agregó:

—Me temo que la vida debe haber sido muy injusta con usted.

Pero *eso* era quedarse corto.

—Me temo que es muy injusta con todos. Usted puede no pensar que soy un pervertido pero, por desgracia, usted no es la que manda aquí. No es la que tiene las llaves.

—Volveré a verlo pronto —dijo ella, mientras se apresuraba hacia la puerta.

Pareció darse vuelta demasiado rápido, quizás para ocultar que se había ruborizado.

Ricky ya se estaba sintiendo mejor, incluso presumido, cuando el grito familiar de una niña perforó el silencio. Oyó que la puerta se cerraba y su sonrisa se desvaneció. Ese no era solo el grito de alguien preso de la locura. Era un alarido de dolor.

CAPÍTULO Nº 4

*E*l desayuno era a las siete. El almuerzo, a las doce del mediodía. Predecible. Reglamentado. Cuando Ricky le preguntó a la enfermera de rostro anguloso que lo escoltaba al almuerzo qué había de comer, ella negó con la cabeza y dijo con una risita forzada:

—Sopa y pan, señor Desmond, sopa y pan. Ya aprenderá.

No era tan amable ni se ruborizaba con tanta facilidad como la enfermera Ash.

El desayuno había estado compuesto de avena blanda y huevos (no estaban exactamente revueltos y tenía la sospecha de que no eran exactamente reales, sino más bien en polvo). Nada con lo que pudieran atragantarse. Suponía que esa era la misma razón por la que les tocaba sopa y pan para el almuerzo.

Comió en silencio y atento mientras echaba un vistazo al "comedor", que parecía ser un gran salón multiuso con un pasillo cerrado que llevaba a la cocina y un arco de medio punto que daba al pasillo principal del hospital y que también podía cerrarse si era necesario. Blanco. Todo era blanco y estaba cáusticamente limpio. Estaba tan limpio que podrían haber comido en el suelo, pero afortunadamente no lo habían obligado a hacerlo.

La lluvia golpeaba las paredes; la oía a lo lejos, como un recordatorio de que la vida continuaba mientras la suya quedaba postergada en Brookline.

La sopa que caía de su cuchara tenía el color de sangre diluida. En algún momento seguramente había parecido una sustanciosa

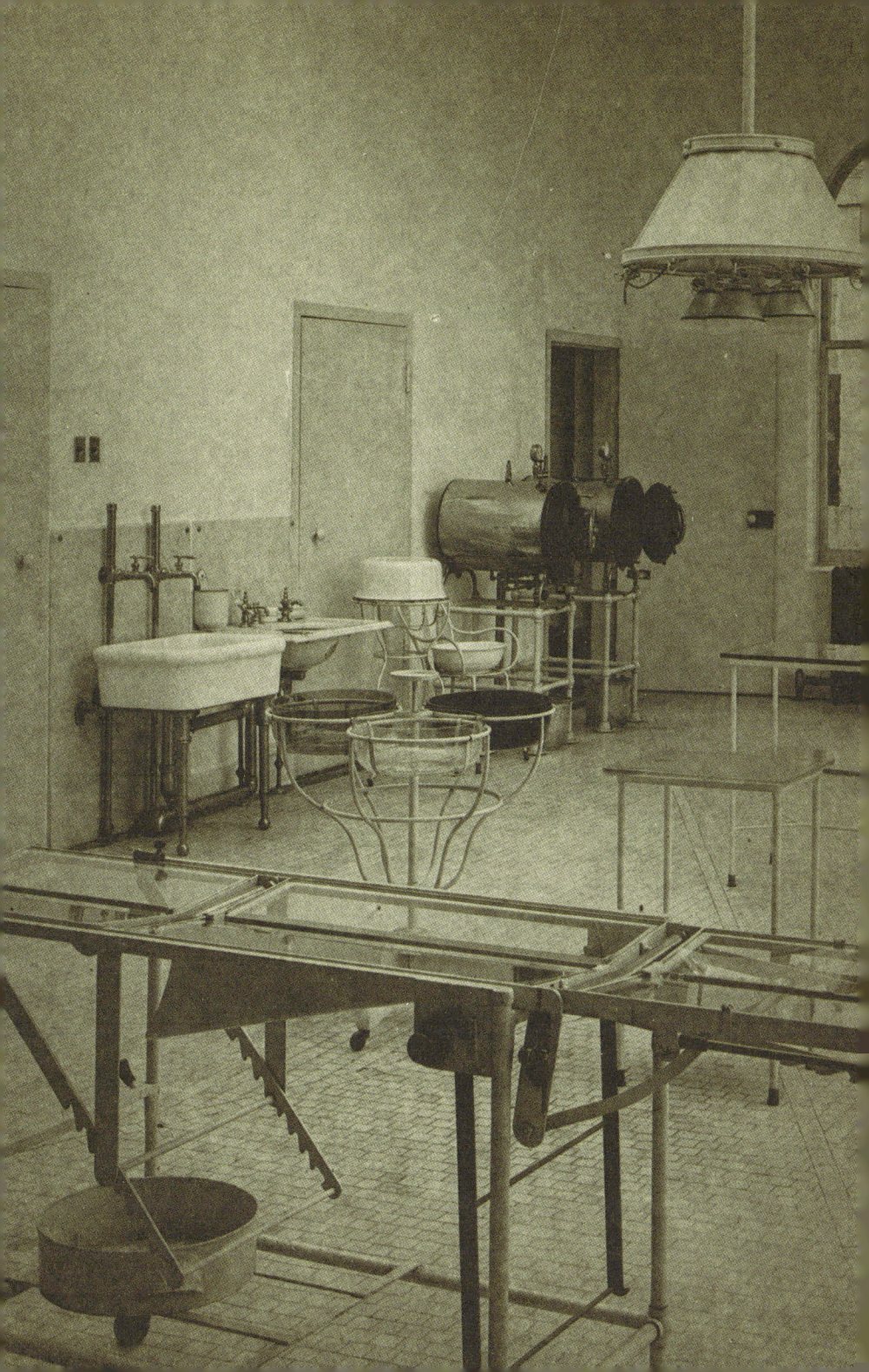

sopa de vegetales, pero la habían aguado y reconstituido hasta convertirla en un caldo tibio con gusto a tomate y algún que otro trozo de apio. Ricky dejó su cuchara y observó cómo entraban algunos otros pacientes al comedor. Los traían por turnos. La mesa de Ricky ya estaba completa y ahora el banco que estaba justo detrás de él se estaba llenando.

Era como el comedor de la escuela, solo que allí no había grupitos exclusivos que escogían sus propias pequeñas esferas sociales. Ni siquiera hablaban. Los otros pacientes comían tan rápido que parecía como si fuese la última vez que iban a comer y Ricky se apresuró a terminar su sopa, suponiendo que debían saber algo que él no sabía. Había enfermeras en ambos extremos de las largas mesas blancas. Todas ellas tenían la misma expresión en sus rostros mientras sus ojos recorrían el comedor.

En la mesa que estaba frente a la de Ricky había una mujer mayor sentada codo a codo con una chica de cabello corto que parecía querer mirar por encima de su hombro, quizás para captar la atención de Ricky. Pero cada vez que comenzaba a darse vuelta, primero echaba un vistazo a las enfermeras y cambiaba de opinión.

Ricky bebió hasta la última gota de sopa de su plato y se metió la mitad del pan rancio en la boca. Las enfermeras comenzaron a caminar entre los bancos mientras tocaban suavemente el hombro de cada uno de los pacientes. Esa era la señal para indicar que debían retirarse. Un enorme gigantón de espaldas anchas que estaba sentado en el mismo banco que Ricky vaciló mientras se tomaba un segundo más para terminar su sopa.

—*Dennis.*

La enfermera aplaudió una vez y Ricky vio con la boca abierta cómo el gigante se apresuraba a levantarse del banco con la cabeza gacha, como un niño al que lo habían atrapado con las manos en la masa. Fuera lo que fuese que las enfermeras hicieran para mantener a raya a los pacientes, evidentemente funcionaba.

Cuando dejó de llover los llevaron afuera para el "horario de trabajo".

De pie sobre el césped, Ricky observó el cielo gris mientras escuchaba canciones en su mente. Otis, Stevie, Smokey... Todos los discos que ponía cuando estaba solo en casa. Sus padres odiaban sus gustos musicales, en especial Butch.

Ricky arrugó la nariz cuando vio aparecer en el jardín a la enfermera Ash con una cesta llena de guantes de jardinería. Sí, eso le sonaba correcto. La tareas domésticas solían recaer con más fuerza sobre los hombros de Ricky cuando Butch regresaba temprano del trabajo y lo atrapaba escuchando lo último de Smokey Robinson a todo volumen. Y en el equipo de alta fidelidad de Butch, por si fuera poco.

"No toleraré ese maldito ruido en mi casa, merezco un poco de paz y tranquilidad cuando regreso de trabajar".

"Oh, Butch, realmente no creo que a mamá le agrade ese tipo de vocabulario en esta casa...".

"Afuera, Carrick. ¡Ahora!".

La enfermera Ash no le gritó mientras le entregaba un par de guantes. Seguía viéndose tan aseada y minuciosa como el resto de las enfermeras, pero Ricky notó que su cabello estaba un poco más revuelto bajo la cofia de papel, no estaba sujeto con broches ni rizado o enroscado en un perfecto rodete.

—¿Qué se supone que debo hacer con esto? —preguntó Ricky irónicamente.

—Supongo que ponértelos en las manos —respondió la enfermera Ash, con la misma ironía.

Ricky sonrió con suficiencia.

—Sí, esa parte la entendí, pero...

Ricky señaló con la cabeza a los demás pacientes, quienes habían tomado los guantes e inmediatamente se habían alejado hacia sitios predeterminados para comenzar a trabajar.

—Todos los días después del almuerzo tenemos jardinería supervisada. No podemos darles nada demasiado afilado, por supuesto, pero el director Crawford cree que este tipo de ejercicio es bueno para ustedes. ¿Por qué no vas con Kay? Va a quitar las flores marchitas de las azaleas.

—Estupendo —respondió Ricky entre dientes. Y, antes de que la enfermera Ash pudiera pasar a otro paciente, agregó—: Oiga, ¿cree que... hay alguna forma de que pueda interceder por mí con el director? Realmente necesito hablar con mi madre. Si solo pudiera hacer una llamada, significaría mucho para mí.

En lugar de rechazar su pedido rotundamente, la enfermera le entregó un par de guantes al paciente que estaba después de él.

Cuando Ricky se había resignado a que lo ignorara, le preguntó:

—¿Sucede algo?

Su risotada fue tan fuerte que sobresaltó a todos los que estaban en el jardín. Las miradas se centraron en él mientras se aclaraba la garganta e inclinaba la cabeza, intentando librarse de su atención.

—No pertenezco aquí —dijo, en voz más baja—. Mírame. ¿Acaso no se da cuenta? No soy... una de estas personas. Un loco.

La enfermera suspiró.

—Orden, rutina, disciplina y sí, ocasionalmente, la medicación adecuada. Eso es lo que hacemos aquí. Eso es lo que mantiene sanos a nuestros pacientes. Es lo que evita que se hagan daño a sí mismos —hizo una pausa y luego agregó con elocuencia—: O a otras personas.

Claro. Entonces quizás sí había sido ese incidente lo que había hecho que terminara en Brookline. Quizás no tenía nada, o solo un poco, que ver con él y Martin.

—Fue una sola vez —susurró.

—Tu padrastro terminó con la muñeca rota —señaló ella—. Intenta comportarte, Ricky. Es por tu bien. Orden, disciplina...

—Sí, ya lo entendí.

Se puso los guantes de un tirón y giró ligeramente para observar el camino que estaba más allá de la reja de hierro forjado. Una fila de arbustos, que al parecer eran azaleas, crecían a lo largo de la reja y delineaban los límites de su prisión con verde y rosado. Había un auxiliar con expresión severa que se veía muy fuerte vigilando la puerta de la reja, y la chica que la enfermera Ash había señalado estaba arrodillada junto a uno de los arbustos. La neblina de la mañana, que ya debía haberse disipado, flotaba como una corona de humo alrededor de la reja; un fantasma desplegado por todo el jardín.

Ricky se dirigió hacia donde estaba la chica pero sin apartar su mirada de la puerta de la reja. Por un momento consideró arremeter contra el guardia, pero entre el sedante, los huevos y la sopa de tomate aguada no tenía demasiada energía como para taclear a nadie.

—Puedes dejar de mirar la calle —comentó la chica cuando Ricky llegó hasta donde estaba ella. No se había dado cuenta de que lo estaba observando porque su mirada seguía posada en las azaleas—. Nadie vendrá a buscarnos.

»No todavía, al menos.

El jardín tenía una pendiente que bajaba hacia donde estaban la chica y los arbustos. Cuando Ricky se arrodilló junto a ella comprendió quién era: la que había intentado llamar su atención durante el almuerzo. Era negra y tenía el cabello corto e irregular y había partes de su cabeza que no tenían pelo, pero eso no atenuaba el hecho de que era una hermosura. Alta y esbelta, se las arreglaba para verse elegante incluso vestida con la camisa y los pantalones holgados como costales que le habían dado.

Ricky apoyó las rodillas en el lodo y comenzó a arrancar flores, a pesar de que no había ninguna que estuviese claramente marchita.

—¿Qué le sucedió a tu cabello?

—Me obligan a llevarlo corto así que, en lugar de eso, a veces me lo arranco —dijo bajito, triste. Tenía una voz dulce y suave, como si hubiese alguien durmiendo cerca. Ricky había conocido a algunos neoyorkinos en Victorwood y Hillcrest, y detectó una inflexión similar en el acento de la chica, aunque no podía estar seguro—. El orden y la disciplina no son realmente mi estilo. No te había visto por aquí antes.

—Soy nuevo —respondió él. Dejó de arrancar flores y la miró de frente—. Mi nombre es Rick, o Ricky. Carrick, en realidad, pero solo cuando estoy en problemas.

Eso la hizo sonreír.

—Kay. Supongo que a ambos nos gustan los nombres cortos y dulces.

—¿Y por qué estás aquí? ¿Por arrancarte el cabello?

—No, ese es mi único pequeño acto de rebeldía. Intento no llamar demasiado la atención —dijo mientras se limpiaba la frente con el dorso de la mano. Hizo una pausa en su trabajo y, cuando se apoyó sobre sus talones, Ricky notó que era incluso más alta que él, varios centímetros—. Quizás ya lo notaste, pero si te atrapan hablando demasiado o sin permiso, te castigan. Sin embargo, nos las arreglamos.

Señaló a la derecha de Ricky, donde la enfermera Ash estaba supervisando a un paciente mayor que parecía estar solo contemplando los canteros de tulipanes más que trabajando. Tenía importantes cicatrices en una mitad del cuello. Ya estaban curadas pero todavía se veían rosadas y desfiguradas.

—Ese es Sloane. Está convencido de que puede volar. Intentó saltar de algunos techos hasta que sus hijos se cansaron de despegarlo del pavimento. Hasta donde yo sé, ha estado aquí desde siempre. Y esa es Angela —indicó Kay, y señaló a una mujer de mediana edad que se estaba ocupando de los narcisos en la cima de la colina. Para Ricky, no se veía loca, solo aburrida—. Descuartizó a su esposo e intentó servírselo a la madrastra de él.

Ricky volvió a mirar a Angela, esta vez con los ojos como platos.

—¿En serio?

Kay asintió.

—Él la golpeó durante años. La policía no hacía nada porque era uno de ellos. Me da náuseas de solo pensarlo.

—Dios mío, eso es horrible. ¿No debería estar en prisión?

—Quizás el juez le tuvo piedad. No conozco toda su historia —explicó Kay con aire despreocupado.

—Todavía faltas tú…

—Y *tú* —respondió Kay.

—Ajá, pero yo pregunté primero —replicó Ricky mientras disfrutaba del jueguito.

—No tenía por qué darte toda esa información. Es difícil obtener respuestas aquí, ¿sabes? Es difícil siquiera hablar sin meterse en problemas. Me llevó un mes sacarle tan solo una palabra a Angela durante el horario de trabajo.

Entonces Ricky tenía suerte de que ella siquiera le estuviese hablando, y de manera casi amistosa. Apartó la mirada, se encogió de hombros y dijo:

—Es justo. Me gustan los chicos. Bueno, también me gustan las chicas. No tengo preferencias en realidad, y supongo que ese es el problema.

—Para tus padres —dijo Kay con su tono suave.

—Para prácticamente todo el mundo —Ricky la observó por un momento antes de decir lentamente—: Pero no para ti.

—No. No para mí —ella apretó la mandíbula y juntos miraron cómo la enfermera Ash finalmente apartaba a Sloane de la reja y lo instaba a subir la pequeña colina hacia la entrada de Brookline. Todavía no podía descifrar de dónde exactamente era el acento de Kay. Sonaba como si lo hubiera refinado, fuera de donde fuese—. ¿Eso es todo? ¿Hiciste algo más?

—En realidad, no —mintió Ricky.

Kay no necesitaba saber acerca de la única vez en que había perdido los estribos ni sobre la muñeca fracturada de su padrastro.

—Intentaron meter a mi tía en un hospital de California por eso. Yo casi terminé ahí también. Gracias a Dios, regresamos a Nueva York antes de que se les ocurriera hacerlo. En ese lugar pasan cosas terribles. Ni siquiera quisieron contármelo todo, dijeron que era demasiado para la mente de alguien tan joven. Es una lástima que no creyeran que traerme aquí era *demasiado*. Supongo que no se escuchan cuentos de terror acerca de este lugar.

Ricky se estremeció. Los "centros de retiro" que sus padres habían probado eran horribles a su manera. De todos modos, ocasionalmente había disfrutado de engañar al personal y encontrar formas de eludir las normas. Era como un juego. Todavía creía que Brookline también podía ser un juego, una vez que le encontrara la vuelta.

—Entonces, ¿eres como yo? —preguntó él mientras intentaba no pensar demasiado en cuánto tiempo estaría en el hospital. No creía poder soportar estar allí un mes.

Kay rio, mirándolo de reojo.

—Creo que no lo diría de esa manera.

—Entonces ¿qué? ¿Quieres que adivine?

—No te obligaría a hacer eso —Kay se mordió el labio; lo tenía áspero y lastimado, como si recurriera mucho a mordérselo—. Y debería tenerte piedad, dado que me has estado hablando como si fuese una dama.

—Porque... lo eres —parpadeó Ricky.

Ella rio por lo bajo mientras ponía los ojos en blanco.

—¿De verdad lo crees?

—¿Acaso es una pregunta capciosa? —preguntó Ricky y sintió que se sonrojaba de repente—. Es decir, lo eres —insistió.

—No siempre fui así.

Eso era algo para considerar, pero no ahora. No le gustaba que lo tomaran por sorpresa en una conversación, no le gustaba sentirse un tonto. Le echó un vistazo esperando parecer relajado.

—Bueno, te has visto como una chica desde que te conozco —eso la hizo reír—. Tienes un aire a Diana Ross, es lindo.

—Diana Ross... —Kay lo susurró, con la mirada perdida—. Eso sería lindo, ¿no? Solo que cuando nació no era Daniel Ross, ¿o sí?

—La señorita Ross y yo no tenemos tanta intimidad —dijo Ricky en tono desenfadado.

—Kay es el diminutivo de Keith.

Ella esperó, observándolo, y su sonrisa se fue agrandando a medida que el silencio se prolongaba, como si ya estuviera acostumbrada a eso. Después de un momento, Ricky asintió. Solo asintió. ¿Qué más podía hacer? Lo entendía y parecía que ella tenía más para decir.

—Mis padres son altos y delgados, y a mi papá no le crece la barba por nada del mundo, afortunadamente para mí —Kay rio, pensativa, mientras negaba con la cabeza—. Mi hermano descubrió que iba a tomarme un tren a Baltimore y me delató. Escuché que hay un doctor allí que ayuda a chicas como yo. Supongo que ahora todo eso fue en vano.

—¿Por eso te cortan el cabello aquí? —preguntó Ricky.

Kay asintió mientras pasaba sus largos dedos por su cabello irregular.

—Antes de que me metieran aquí lo tenía largo y bonito. Desearía que pudieras haberlo visto.

—¿Qué hay en Baltimore?

—Un par de mentes abiertas —murmuró—. Tenía miedo, ¿sabes? Y en realidad no quería irme de casa, pero ¿qué podía hacer? Debemos crecer, supongo, o al menos intentarlo.

—Creo que yo no hubiese podido llegar ni siquiera a la estación del tren —dijo Ricky con honestidad—. Hay que tener coraje para hacer eso.

—Pero no me subí —respondió ella con algo de timidez—. Quién sabe si hubiese llegado hasta el final.

—Oigan, ustedes dos, terminó el horario de trabajo.

La enfermera Ash se dirigía hacia ellos deprisa. Su falda y su chaqueta blancas estaban manchadas con lodo por ayudar a Sloane. El jardín estaba vacío a excepción de ellos tres y un hombre mayor, con lentes y una bata blanca larga, que los observaba desde las puertas. Ricky no lo había visto antes, pero ahora sentía el peso de su mirada y eso lo ponía incómodo. ¿Acaso estaba en problemas? Kay le había dicho que no debían hablar mucho. Quizás se refería a esto.

—Es grosero interrumpir —dijo Ricky, medio en broma, mientras inclinaba su cabeza a un lado.

—Muy simpático, señor Desmond, pero es hora de entrar.

Kay comenzó a subir la colina con obediencia.

—Solo haz lo que te dicen, Ricky. Hazme caso: es más fácil de esa forma.

CAPÍTULO Nº 5

—¿Quién es ese?

Kay levantó la mirada de su bloc de papel. Con una crayola blanda de color azul había garabateado un velero posado sobre una nube. Apartó la mirada del papel solo por un instante.

—El director Crawford.

—Sí que le gusta observar a las personas —dijo Ricky mirando al director, que estaba en la puerta.

Era la misma persona que había visto que los observaba dos días antes durante la jardinería supervisada. Al igual que entonces, el hombre miraba fijamente a Ricky mientras le hacía consultas en voz baja a la enfermera Ash. Ella se encogía en su presencia, se encorvaba y apartaba constantemente la mirada.

De hecho, todos los empleados de Brookline actuaban de forma extraña cuando el director estaba presente. Se quedaban en silencio, inmóviles, como soldaditos de juguete.

—¿No te encantaría ver lo que escriben todo el día en esas tablas sujetapapeles?

—No estoy segura de querer saberlo —respondió Kay—. Llega un momento en que ya ni te das cuenta, y cuanta menos atención nos preste, mejor.

—Día tres —dijo Ricky con la voz más presumida y nasal que pudo fingir—. Los pacientes siguen aquí y continúan completamente locos —Ricky regresó a su voz natural—. ¿De verdad cree que puede cambiarte?

¿O a mí?

Kay se encogió de hombros mientras agregaba algunos árboles debajo del velero y la nube.

—Me mantiene aquí como un favor a mi papá. Espero que el dinero que le paga sea suficiente para hacerlo feliz. Si es feliz, es posible que me deje en paz.

Ricky sonrió con suficiencia pero su sonrisa se desvaneció rápidamente. Odiaba que lo estudiaran de esa forma. El director y la enfermera Ash ni siquiera estaban intentado ser sutiles. Era obvio que estaban hablando de él, analizándolo como si fuera un espécimen bajo un cristal. Los miró fijamente, desafiándolos a hacer algo al respecto.

Junto al director y a la enfermera, en la pared, había fotografías colgadas que Ricky ya había visto varias veces al ir y venir del salón común. Intentaba no mirarlas cuando pasaba junto a ellas. No le parecía que fueran el tipo de imágenes que deberían exhibirse abiertamente. Fotos de pacientes (pacientes como ellos), algunos sentados tranquilamente en sus habitaciones, otros amarrados sobre camillas en el centro de un anfiteatro lleno de gente. De alguna forma, las imágenes resultaban aún más macabras con el director parado junto a ellas, sin prestarles atención o sin que lo perturbasen en absoluto, como si fueran acuarelas o retratos familiares.

—Esas fotografías... —dijo Ricky.

Se suponía que debían estar trabajando en sus pequeños blocs amarillos con sus tristes crayolas gastadas, que eran los únicos elementos que les permitían usar para escribir. Ricky no tenía interés en suicidarse, pero era cierto que a esa altura era capaz de clavarse un lápiz en el ojo solo para recibir una visita frenética de su madre.

—Las odio —murmuró Kay con un escalofrío—. Nunca las miro.

—¿No te parece extraño que estén a la vista de esa forma? —le preguntó Ricky en voz baja—. Me ponen la piel de gallina.

—Creo que esa es la idea —comentó ella—. Creo que se supone que son como una amenaza. Una advertencia.

—*Son* una advertencia —dijo alguien.

Ricky apartó la mirada de Kay y se volvió hacia el muchacho que había hablado. No le había prestado demasiada atención antes ya que, al igual que los demás pacientes, trabajaba casi en absoluto silencio. Obediencia. Parecía un poco mayor que Ricky, pero era difícil estar seguro. Era guapo, con una apariencia de juventud eterna, ojos azules somnolientos y una boca amigable.

—Ustedes dos hablan demasiado —agregó el chico—. Si lo sabré yo que era... bueno, solo *sé* que a las enfermeras no les gusta la cháchara. Podrían disciplinar a toda nuestra mesa. Están observando.

—Relájate, Tanner —respondió Kay, pero con tono amable, nada irritada—. Bajaremos la voz, ¿está bien?

Eso no sirvió para apaciguar al chico, que tenía una expresión angustiada, como si hubiese visto cosas graves, malas en su vida.

—Oh, genial, viene hacia aquí.

Al parecer, era demasiado tarde para bajar la voz. Mientras el director se aproximaba Ricky no dejó de mirarlo a los ojos. No podría haberlo hecho ni aunque hubiese querido. La mayoría de los adultos no lo intimidaban demasiado, pero había algo diferente acerca de este tipo. No parecía enfadado ni preocupado, solo inexpresivo, con la mirada vacía, como si su piel fuese una máscara que cubría otro rostro.

—¿Nos estoy metiendo en problemas? —susurró Ricky.

—Se los dije —murmuró Tanner entre dientes, con la cabeza inclinada sobre su diario.

—Cálmense los dos —dijo Kay—. Probablemente solo quiera saludar. Eres el chico nuevo, ¿recuerdas?

—Nunca lo olvido, gracias a ti.

Kay dio vuelta los diarios de ambos para que quedaran a la vista los desganados párrafos que habían comenzado a escribir para sus anotaciones diarias. El director cruzó la sala sin prisa y a Ricky comenzó a nublársele la vista. El salón multiuso estaba iluminado con focos cegadoramente intensos. Allí era imposible olvidar que estaban en un hospital: un lugar donde se realizaban cirugías.

Ese pensamiento hizo que se le cerrara la garganta. Kay le había contado más acerca del hospital de California al que habían enviado a su tía. Llevaban a cabo todo tipo de crueles experimentos con los pacientes. Como eran "repugnantes" y "pervertidos", los médicos podían hacer lo que quisieran con ellos. Al menos Brookline no era ese tipo de lugar, pensó Ricky para calmarse.

—Hola, señor Desmond.

La voz del director era tan calma e inexpresiva como su apariencia. Examinó a Kay y un recuerdo resplandeció en sus ojos antes de volver a fijar su atención en Ricky.

—Buenas tardes —respondió.

Finalmente pudo romper el contacto visual y bajó la mirada hacia las absurdas anotaciones de su diario. Se le hizo un nudo en el estómago. La mayoría de los adultos odiaban que se quedara mirándolos desafiante, insolente, pero al director parecía no haberle importado. Incluso parecía agradarle, con esa media sonrisa permanente, como la sonrisa del títere de un ventrílocuo.

—Soy el director Crawford, pero estoy seguro de que ya sabía eso. La enfermera Ash me informa que Keith es una gran fuente de información —dijo, sin apartar la mirada de Ricky.

Kay se encogió y hundió el extremo más puntiagudo de su crayola en el papel, dejando atrás un pequeño terrón de cera.

—Aquí alentamos a nuestros pacientes a escribir en sus diarios. Sueños. Pensamientos. Su propio punto de vista acerca del tiempo que pasan aquí, más allá de que sea exitoso o no... Me resulta útil reflexionar acerca de ese tipo de cosas. Confío en que ambos están realizando el ejercicio con todo el esfuerzo que se merece.

Su sonrisa se ensanchó, pero no de manera amistosa. Ricky movió la mano para ocultar el párrafo de letras de canciones al azar que había escrito. La mitad de "Sittin' on the Dock of the Bay" se borroneó bajo su muñeca.

—Sip, definitivamente —balbuceó Ricky.

—Definitivamente —confirmó Kay.

—Siendo nuestro paciente más nuevo, ¿tiene alguna pregunta para mí? —preguntó el director, inclinándose hacia Ricky como si quisiera intentar echar un vistazo a lo que había garabateado.

Solo una pregunta se le vino a la mente.

—¿Sabe cuándo me visitarán mis padres? —preguntó, en un intento por desviar la atención lejos de su nueva amiga.

Además de que realmente sentía curiosidad. En algún momento tenían que establecer alguna clase de programa de visitas. En Hillcrest los padres debían ir de visita todos los fines de semana. Al igual que el contacto visual, las preguntas directas solían descolocar a los adultos, pero comenzaba a darse cuenta de que tendría que ser más taimado, más astuto para lidiar con ese hombre.

Si fueras tan inteligente, no habrías terminado aquí. No habrías perdido los estúpidos estribos.

—Estoy seguro de que será muy pronto —respondió el director amablemente—. La enfermera Ash me asegura que se está instalando bien, lo que me dice que ya va siendo hora de que comencemos en serio con su tratamiento, ¿sí?

—¿Mi tratamiento? —Ricky miró rápidamente a Kay, pero ella estaba inclinada sobre la mesa e intentaba desaparecer—. ¿Y en qué consistirá eso?

El director soltó una risita, estiró el cuello hacia atrás y puso las manos en los bolsillos de su bata. Sacó una diminuta lata de metal, la abrió y se metió una menta en la boca.

—Yo me ocuparé de usted personalmente, señor Desmond, así que no se preocupe. Su curiosidad quedará satisfecha muy pronto.

CAPÍTULO Nº 6

—El horario de trabajo de los viernes es diferente para cada uno –le explicó la enfermera Ash.

Su cabello pelirrojo rebotaba bajo su cofia mientras conducía a Ricky a través del vestíbulo. Junto a la puerta principal había una nueva familia a la que le estaban dando la bienvenida, pero solo con verlos Ricky no podía darse cuenta de quién era el paciente. Estuvo a punto de gritarles, de armar un escándalo, pero entonces vio aparecer una hilera de enfermeras que venían del pasillo que estaba al otro extremo del vestíbulo hacia donde lo guiaba la enfermera Ash. Se aproximaban con sus tablas sujetapapeles camino a controlar a los pacientes en sus habitaciones. Cada una de ellas saludó a la enfermera Ash con la cabeza y luego se quedaron mirando a Ricky como si supieran lo que estaba pensando. Se estremeció.

Él y la enfermera Ash avanzaron por el pasillo y pasaron junto a un viejo elevador desvencijado, de esos que tienen una reja de metal delante de las puertas. Justo en ese momento el elevador se estaba deteniendo en la planta baja, pero venía de abajo. Entonces *sí* había un sótano, igual que en su sueño.

La enfermera Ash lo condujo a través de una pesada puerta hacia una especie de recepción. Debían estar en el sector administrativo. En Victorwood a menudo escuchaba a las enfermeras riendo y conversando en los dispensarios; el sonido de su chismorreo excitado flotaba por los pasillos. Aquí, en cambio, todo estaba en silencio.

Al otro lado del extenso salón Ricky vio una puerta con un panel de vidrio que decía "Director Crawford". Por un angustiante momento creyó que la enfermera Ash lo estaba llevando ahí, pero en lugar de eso se dirigió hacia una puerta de madera sin enmarcar que estaba a un lado, y suspiró aliviado.

—¿Qué hay ahí? —preguntó.

—Brookline funciona desde hace décadas —explicó ella—. Y, francamente, no siempre podemos mantenernos al día con la cantidad de papeleo que se genera al ocuparnos de la cantidad de pacientes y familias con las que tratamos. En la actualidad intentamos mantenerlo organizado, pero no siempre se manejó todo tan bien como ahora.

—Archivar —dijo Ricky entre dientes—. Maravilloso.

—¿Eso fue una queja? —ella se detuvo con la puerta a medio abrir y lo miró con frialdad.

Había olvidado que la enfermera era uno de ellos. Que siempre existía la amenaza de la "disciplina", aunque todavía no supiera en qué consistía eso. No estaba ansioso por averiguarlo.

—Es solo que prefiero estar afuera, nada más —se corrigió.

La expresión de la enfermera se suavizó.

—Por supuesto. Creo que todos lo preferimos. Ven, te mostraré lo que harás hoy.

Del otro lado de la puerta había una habitación pequeña y estrecha, llena de estantes. No era como los pasillos, salones y celdas de Brookline, no estaba impecablemente limpia y ordenada, sino más bien descuidada. Polvorienta. Por consiguiente, la enfermera Ash le entregó un pequeño paño que sacó del bolsillo de su bata.

—Limpia lo mejor que puedas —dijo—. Comienza aquí, con las viejas fichas de ingreso y egreso de los pacientes. Solo quita los archivos, ordénalos alfabéticamente y vuelve a ponerlos dentro de la caja. Termina con todos los que puedas, por favor. Sé que

es un poco tedioso, pero quizás te dé la oportunidad de pensar en los motivos por los que estás aquí.

Ricky asintió, pero en realidad no estaba prestándole atención. En el estante que estaba justo frente a la puerta había una caja a punto de desbordar y se veían viejas fotografías en blanco y negro y ferrotipos que sobresalían desde su interior. Se dirigió hacia la caja, tiró de una de las fotos para sacarla y la examinó. Una niña miraba fijamente al fotógrafo con una expresión apagada, sin vida, y el rostro oscurecido por las sombras de los gigantescos médicos apiñados a su alrededor. Ricky solo sintió el impulso de ayudarla, de salvarla...

—Estas fotos —dijo en voz baja—. Son como las del pasillo del comedor.

—Sí —respondió la enfermera Ash. Se aproximó hasta donde estaba Ricky, tomó la foto con cuidado y volvió a colocarla dentro de la caja—. Me resultan perturbadoras, para ser sincera. Pero el director cree que es importante ser honestos acerca del trabajo que hacemos aquí. Que debemos sentirnos orgullosos.

—Orgullosos de lastimar a niñas pequeñas —espetó Ricky.

—Hemos avanzado mucho —dijo la enfermera Ash, quizás un poco a la defensiva—. No podemos cambiar lo que sucedió en el pasado, solo podemos intentar hacerlo mejor —hizo una pausa—. *Debemos* hacerlo mejor.

Sonaba triste. Resignada.

—Todavía tengo muchas ganas de hablar con mi madre —le recordó Ricky, al presentar un momento de debilidad, de vulnerabilidad.

Pero la enfermera Ash se enderezó y rectificó la mueca triste de sus labios mientras se sacudía las manos y se dirigía hacia la puerta.

—No puedo ayudarte, Ricky. No de esa forma. Es un privilegio recibir esta tarea, ¿sabes? No a todos los pacientes les permiten

entrar aquí. Solo puedo sugerirte que te comportes lo mejor posible. Orden y disciplina, ¿recuerdas? Eso es lo que recompensamos aquí.

—Sí —dijo él—. Lo recuerdo. Y, oiga, le prometo que soy uno de los buenos. Con el tiempo, voy a lograr que me conceda esa llamada.

Ricky le guiñó un ojo.

—Tendrás que esforzarte más.

Entonces se marchó. Ricky oyó que cerraba la puerta con llave. No había mucha luz en la habitación y, por un momento, se sintió agobiado por la claustrofobia. El polvo lo asfixiaba. Oyó cómo las tuberías rechinaban y luego se asentaban en las paredes, y el sonido le recordó a ese extraño y sombrío latido que había seguido en su sueño. Un sueño… una visión… A medida que había avanzado la semana y ese terrible alarido había interrumpido una y otra vez su sueño, Ricky se fue sintiendo cada vez menos seguro de qué había ocurrido en realidad esa primera noche.

"Qué privilegio", se dijo a sí mismo.

Se sintió atraído de vuelta hacia la caja de fotografías y decidió comenzar su clasificación allí. Un pequeño acto de rebeldía. Encontró nuevamente a la niña. Se veía tan aterrorizada. Quizás lo suficientemente aterrorizada como para ser la niña a la que había oído gritar. Pero la fotografía era antigua y Ricky no reconocía a ninguno de los auxiliares y médicos apiñados alrededor de ella. Había imágenes de instrumental quirúrgico y médicos deliberando acerca de lo que debía ser lo mejor y lo más avanzado. Sierras. Taladros. Jeringas tan grandes que parecían para elefantes.

Retrocedió y apartó las fotografías. Si hubiese estado en cualquier otro lugar, quizás le habrían resultado fascinantes, a pesar de ser macabras; pero estaba en un manicomio. Se recordó que las fotos eran de Brookline. Esas herramientas habían sido utilizadas con pacientes iguales a él.

Era demasiado real.

Helado, se obligó a sentarse con la caja de archivos que le había indicado la enfermera Ash. Era un caos. La mitad de las carpetas se habían abierto y sus contenidos estaban mezclados; las fichas y notas se habían amontonado en el fondo de la mohosa caja. El paño no parecía suficiente para limpiar siquiera un cuarto de la habitación, así que en lugar de usarlo para eso se lo ató sobre la nariz y la boca para protegerse del irritante polvo. Algunos de los papeles estaban dañados por el agua y otros simplemente estaban en blanco.

Vació la caja y comenzó a organizarla. La enfermera Ash tenía razón acerca de que era un trabajo tedioso, aunque ese adjetivo no era suficiente para describirlo. Buscar todos los papeles sueltos que pertenecían a un mismo paciente resultaba casi imposible ya que, en general, los nombres estaban manchados o completamente borrados. Después de un rato decidió buscar y hacer coincidir los síntomas o el tratamiento.

Inmediatamente, la tarea se volvió mucho menos aburrida.

"Por Dios", susurró.

Algunos de los tratamientos hacían que su semana de jardinería y de escribir en su diario parecieran vacaciones, en comparación. De la misma forma en que él estaba haciendo suposiciones para volver a juntar los archivos, esos médicos se habían basado en conjeturas para tratar a sus pacientes. Nuevos cócteles de medicamentos. Terapia de aislamiento. Terapia de electroshock.

Alguien llamado Maurice Abeline había sido sometido a un tratamiento de electroshock tan intenso y prolongado que luego no respondía. Después de eso, no había más notas respecto a él.

"Lo mataron", murmuró Ricky mientras le daba un puñetazo al fichero.

No le parecía correcto que él, un paciente, viera esas cosas. Era como las fotografías, tan descarado, tan desvergonzado.

Volvió a revisar la carpeta de Maurice y sacó la última descripción de su tratamiento. Separó esa ficha y buscó en el resto de los archivos. Recopiló la última ficha que pudiera encontrar de cada paciente.

Cuando esa caja estuvo más o menos organizada, se sentó en el frío suelo de concreto con las piernas cruzadas y repasó las fichas finales.

No responde. Fallecido. Complicaciones derivadas de lobotomía frontal. Desconocido. Fallecido. Desconocido. Desconocido.

Los "desconocidos" eran lo que más lo inquietaba. ¿Desconocían cuál había sido el destino final de los pacientes o qué los había *matado*? Examinó las fichas nuevamente, intentando encontrar semejanzas o algún tipo de explicación para tantos desenlaces tristes. Descubrió que la mayoría eran hombres y que la frecuencia de "fallecidos" o "desconocidos" había aumentado después de 1964. Las fichas más recientes eran de 1966.

Ricky no tenía idea de qué era lo que estaba viendo. Un montón de pacientes masculinos habían muerto en Brookline durante un período de dos años. ¿A qué se debía ese lapso tan corto? ¿Y por qué las mujeres habían sido más afortunadas?

Volvió a guardar los papeles, agrupados, en la parte de atrás de la caja. Estaban ocultos, pero si alguna vez regresaba podría encontrarlos rápidamente. Se puso de pie y acomodó el trapo sobre su rostro. No servía mucho para resguardarlo del olor a papel húmedo que había en la habitación y solo lo hacía sentirse más claustrofóbico. Todavía quedaba tanto por hacer. Sí, había terminado con una caja, pero había miles allí.

Tantas... Podía haber más pacientes muertos esperando ser encontrados. Suspiró y puso la caja con los archivos organizados sobre el estante, luego se dio ánimo a sí mismo para encarar la siguiente. Cuando se inclinó para tomarla se detuvo, paralizado, al sentir una repentina ráfaga de aire en la nuca. Era un gemido, un suspiro, pero tan helado que no podía ser humano.

Su columna se puso rígida y Ricky se enderezó mientras giraba, rastreando la sensación. No había nadie detrás de él y tampoco vio ninguna rejilla de ventilación. Entonces era su imaginación. Paranoia. Como los alaridos de la niña y el latido. Se volvió nuevamente hacia la caja y casi dio un grito, pero su garganta se cerró y ahogó el sonido. Un hombre, o quizás un niño, estaba de pie justo frente a él.

Fantasmal. Pálido. Un delgado hilo de sangre caía de uno de sus ojos. Llevaba el mismo pijama de hospital que Ricky. Y eso, esa cosa que no podía ser humana, intentó tocarlo. Él se alejó de un salto instintivamente, sin poder respirar en ese diminuto y sucio armario con exhalaciones frías y fantasmales. Con *verdaderos fantasmas*.

Perdió el equilibrio y cayó contra la estantería que estaba a la derecha de la puerta. La figura ya había desaparecido en un abrir y cerrar de ojos, solo había permanecido allí lo suficiente como para estirar su mano hacia Ricky y luego esfumarse. Intentó recuperar el equilibrio apoyándose contra el módulo que también se estaba tambaleando. Apretó los dientes, empujó la estantería y apenas pudo evitar que se le cayera encima. Una de las cajas que estaba demasiado cerca del borde cayó junto con su contenido al suelo; docenas de fotografías se esparcieron sobre el concreto.

Oyó pasos que se aproximaban por el corredor. Alguien había escuchado el barullo. Se puso en cuatro patas y comenzó a meter aceleradamente las fotos de vuelta en la caja. Oyó que alguien golpeaba suavemente la puerta.

—¿Señor Desmond? ¿Ricky? ¿Se encuentra todo bien ahí dentro?

La enfermera Ash. ¿Acaso se había quedado afuera todo ese tiempo?

—Todo bien —respondió él a través del paño y luego lo apartó para que su voz se oyera mejor—. Solo se me cayó una caja, nada de qué preocuparse.

No escuchó que se alejara. Se apresuró a enderezar la caja y juntar las últimas fotos. Había algo extraño acerca de la última imagen que quedaba en el suelo... Le resultaba familiar. Siniestramente familiar. *Dolorosamente* familiar.

Oyó la llave en la puerta y entró en pánico; metió la última foto en la caja y se puso de pie. Ricky no podía formular ni siquiera una idea coherente cuando la puerta se abrió y vio aparecer el rostro sonriente de la enfermera Ash. El joven de la foto se parecía a él, a Ricky, de una forma que lo hacía pensar que podían ser primos que nunca se habían conocido. O incluso hermanos.

Existía cierto parecido familiar, de eso, al menos, estaba seguro.

—Ese trapo no era para tu rostro —dijo la enfermera, exasperada.

—Necesito llamar a mi madre. Ahora.

Ella sostuvo la puerta abierta para que Ricky saliera mientras una arruga de preocupación se formaba entre sus ojos.

—Sabes que no puedo hacer eso por ti —dijo—. Desearía que dejaras de pedírmelo.

CAPÍTULO Nº 7

Diario de Ricky Desmond
Junio

Realmente deberían revisar mejor debajo de mi colchón. Esconder esta basura es casi demasiado fácil.
No, es demasiado fácil.
Kay dice que inspeccionan su habitación todas las noches en busca de la más mínima infracción. ¿A mí? La enfermera Ash ni siquiera me ha hecho vaciar mis bolsillos desde que ingresé. No me quejo, pero es extraño. Supongo que mamá podría haber pagado por trato preferencial, como hizo el padre de Kay, pero no creo que lo hiciera, no después de lo que le hice a Butch.

Bueno. Me arrepiento. Si puedes presentir esto, mamá, lamento haber atacado a tu tonto esposo y hasta le pediré disculpas personalmente si solo vienes a sacarme de este lugar. Aguantar no me pareció tan malo durante los primeros días, pero ahora los sueños me atormentan todas las noches. Es siempre la misma niña. ¿Acaso está aquí?
¿Acaso es real?

ESCAPE DEL ASYLUM

No sé lo que vi en esa habitación. La persona de la fotografía se parecía a mí. Estoy seguro. Aunque solo sea una coincidencia, lo vi, y detesto haberlo hecho. Detesto no poder dejar de pensar en eso. Intenté preguntarle a la enfermera Ash al respecto indirectamente. ¿Le resulto familiar? Ese tipo de cosas. Solo se puso muy incómoda. Las otras enfermeras ni siquiera me hablan. Es como si ni siquiera nos vieran a los pacientes, o como si no pudieran responder aunque quisieran.

El director dijo que comenzaría mi "tratamiento" pronto, pero no ha vuelto a hablarme desde entonces.
Lo veo observándome. Siempre está observándome.
¿Qué espera?

Ayer, Kay echó un vistazo al cronograma de la enfermera Ash mientras ella repartía el refrigerio del mediodía. Van a administrarle terapia de electroshock. Malditos bastardos. No entiendo cómo pueden mirarla y no ver lo que yo veo: solo una chica agradable. Es tan tranquila. Hace lo que le dicen. No lastima a nadie y sabe de memoria básicamente todas las canciones que existen de Barbara Randolph. Eso la hace más que especial, y quieren electrocutarla como hicieron conmigo en Hillcrest.

Le dije que no funcionaría, que no la cambiaría, pero no sé si me creyó.

Tengo que recordar estas cosas. Tengo que recordarlo todo. Si mamá vuelve a buscarme, no quiero olvidarlo, y quizás… Maldición. No lo sé. Quizás podría ayudar a Kay a salir de aquí de alguna manera. No se merece estar en este antro infernal. Ninguno de nosotros lo merecemos. Bueno, tal vez Angela, pero todos los demás son tan tranquilos. Es como si ya estuvieran muertos.

Pero yo no. Y tampoco Kay.

CAPÍTULO Nº 8

*E*ncontré algo extraño.
En cuanto terminó de decirlo, le sonó estúpido.

Estaban en un manicomio. Todo lo que pudieran encontrar allí era extraño, de una forma u otra. Pero Kay le siguió la corriente y lo observó con genuino interés, y eso era todo lo que Ricky quería de todas maneras. Ella había estado comprensiblemente retraída desde que había comenzado su tratamiento de electroshock, y él se sentía culpable, como si fuera el responsable de alguna forma. Ahora estaban en cuatro patas, uno junto al otro, trabajando con otros pacientes para limpiar el salón común. El suelo estaba frío, como siempre, y el resplandor inmaculado que resultaba de fregarlo solo hacía que resultara más congelado.

Kay había oído a dos auxiliares hablando acerca de un gran evento que se acercaba para el que el director quería que todo el lugar se viera perfecto. (¿No deberían tener personal de limpieza para eso?).

—¿Extraño cómo? —preguntó Kay.

—¿Alguna vez te han hecho limpiar los depósitos?

—Solo una vez —susurró mientras se encogía de hombros. Ricky casi no podía oírla por encima del murmullo de una docena de trapos que se deslizaban por el suelo cerámico—. Estaba repugnante. No pude respirar bien por una semana después de eso.

—Lo sé —dijo él—. ¿Pero observaste lo que estabas limpiando?

—No quería hacerlo, Ricky. Solo estoy haciendo mi trabajo hasta que salga de aquí.

—Quizás deberías echar un vistazo la próxima vez.

Ricky dejó lo que estaba haciendo y se fijó si las enfermeras que los supervisaban todavía estaban alejadas, de pie junto a las puertas. Así era, y además ahora estaban convenientemente distraídas por el director, que parecía haber pasado para controlar sus avances. Parecía que lo veían hasta en la sopa.

—No, Ricky, no lo entiendes —dijo Kay, suspirando. Le estaba siguiendo la corriente de nuevo, pero no en un buen sentido esta vez—. Cabeza gacha. Silencio. No voy a armar alboroto. Quiero menos disciplina, no más.

Ricky se puso pálido. Llevaba diez días allí y su tratamiento continuaba siendo fácil, al límite de la negligencia. No sabía qué podía haber hecho Kay para merecer ese tratamiento más severo, pero ella tenía razón: si estaban obsesionados con el orden y la disciplina, entonces pasar desapercibidos probablemente sería su mejor estrategia de supervivencia. Sin embargo… Había sentido ese aliento frío y fantasmal en la nuca. Había visto las extrañas fichas de los pacientes con tantas muertes violentas. Y había visto la fotografía que no podía sacar de su mente. Los problemas lo encontraban, aunque no los estuviera buscando.

—Bueno, por suerte para ti, yo miré por los dos.

Kay inclinó la cabeza a un lado y apoyó su peso sobre las palmas de las manos mientras lo estudiaba. Su mirada era dulce, penetrante, pero no podía disimular la intensa curiosidad que brillaba en sus ojos.

—No me dejes en vilo, tonto. ¿Qué viste?

—No creo que este lugar siempre haya sido tan refinado —murmuró—. Los pacientes caían como moscas hasta hace un par de años. Y las fotos…

—¿Tan horribles como esas? —preguntó ella mientras señalaba con la cabeza las que estaban colgadas en la pared.

—Peores. Y sentí una presencia extraña. Es decir, mira, no creo en fantasmas, ¿ok? Aclaremos eso de entrada. Pero estaba viendo todas esas fichas acerca de personas muertas y un minuto después, había una persona respirándome en la nuca y, no lo sé, Kay, es la clase de coincidencia que te revuelve el estómago.

—O... —dijo Kay lentamente, con delicadeza, y Ricky supo que tendría que controlar su temperamento al escuchar lo que dijera—, tu mente te está jugando una mala pasada. No me sorprende que hayas estado leyendo acerca de personas muertas y después hayas visto una.

—Lo consideré —respondió Ricky con sinceridad—. Pero eso ni siquiera es lo extraño. En una de las fotos... y sí, sé lo ridículo que suena... bueno, uno de los hombres de las fotografías se veía como yo. Y quiero decir *exactamente* como yo.

—Eso es un poco más extraño —admitió Kay con una mueca—. A mí tampoco me agradaría eso.

—Gracias. Y gracias por creerme. Al menos acerca de la foto.

—He limpiado antes este salón de arriba abajo con Sloane y Angela —dijo Kay—. Deberías escuchar algunas de las cosas que dicen, en particular Sloane. Cree que todos aquí están tratando de matarlo. Constantemente. Todo el tiempo. Hasta los ratones que están dentro de las paredes. En mi opinión, esta conversación es bastante razonable.

El diálogo llegó a su fin abruptamente, interrumpido por el sonido de voces penetrantes que provenían de un rincón del salón. Junto a las puertas dobles dos enfermeras intentaban impedir que los pacientes miraran boquiabiertos al director, que había comenzado a discutir con un hombre de su misma estatura. Y no solo eran de la misma altura; sus rostros eran parecidos, con la piel blanca y tersa, aunque ambos eran de mediana edad y los dos tenían narices largas, de aspecto solemne.

El otro hombre no usaba lentes, pero el aire de familia era indudable, incluso a la distancia.

—Te lo he dicho mil veces. *No te aparezcas por aquí sin avisarme* —decía el director, haciendo caso omiso de su público.

Ricky miró a su alrededor; la mayoría de los otros pacientes fingían estar trabajando pero, de hecho, sus trapos se movían muy lentamente sobre los cerámicos. Todos estaban prestando atención al altercado.

—Estoy *trabajando* —remató el director.

—No pareces estar muy ocupado —respondió el otro hombre—. ¿Qué esperas que haga? Te niegas a devolver mis llamadas. Debemos poner en orden el patrimonio de mamá y no lo haremos de la forma que tú quieres que se haga.

—*Ese* es un asunto para otro día y otro lugar —respondió el director—. Esto es sumamente irregular, además de poco profesional.

Habían aparecido dos auxiliares y, junto con el director, rodearon al hombre e intentaron arrearlo hacia la puerta.

—Muy bien. Puedes echarme cuantas veces quieras, hermano. No abandonaré este asunto.

El suspiro del director se oyó por todo el salón multiuso.

—Nunca lo haces.

Algo acerca de la conversación había alterado a Sloane. El hombre mayor se puso de pie de un salto, sorprendentemente ágil para su edad, y comenzó a gritar.

—¡Hermano! —decía—. ¡Hermano, hermano! ¡Eras como mi hermano! ¡Detente, detente! ¿Cómo *pudiste*?

Las enfermeras se dirigieron a toda prisa hacia él, le bajaron los brazos y los sujetaron firmemente contra su cuerpo. Los auxiliares que rodeaban al hermano del director oyeron el alboroto y, sin dudarlo un instante, corrieron al salón a ayudar. Silenciaron a Sloane con el bozal con el que habían amenazado a Ricky durante su primer día y la palabra *¡Hermano!* quedó ahogada tras la mordaza.

—Guau —susurró Kay mientras observaba cómo el hermano del director se marchaba furioso y los auxiliares se llevaban a Sloane del salón.

—¿Deduzco que este tipo de cosas no ocurren con frecuencia por aquí?

—Sumamente irregular —respondió Kay—. Como dijo el director.

CAPÍTULO Nº 9

—¿Dónde está la enfermera Ash?

Ricky echó un vistazo a su alrededor en el área de recepción donde había estado con la enfermera Ash el viernes anterior. Un auxiliar que no conocía lo había llevado hasta allí. Cuando lo fue a buscar, Ricky supuso que era para llevarlo a almorzar, pero en lugar de eso lo condujo hacia una enfermera malhumorada que lo esperaba en el vestíbulo, dando golpecitos impacientes en el suelo con el pie, como si estuvieran llegando tarde a alguna parte.

—Debes entrar —dijo la enfermera, y señaló la puerta que decía "Director Crawford" en el vidrio.

Entonces finalmente iba a ver el lugar donde el Gran Jefe pasaba sus días. Era hora de caminar más despacio, de prolongar el proceso, porque (finalmente, una semana después de que había recibido la amenaza) su tratamiento estaba por comenzar. No sabía si se debía a algo que había hecho, o qué. Sí, había estado hablando con Kay mientras trabajaban, pero eso no había sido nada comparado con el escándalo que se había armado en el salón.

Dios, odiaba la palabra "tratamiento". Contenía esa horrible palabra "miento". Era una mentira. Pero no una mentira agradable como cuando él mentía y faltaba a la escuela para ir al muelle con Martin a darse un atracón de cangrejo con mantequilla y aderezo. Ni como cuando los padres les mienten a sus hijos acerca de Santa Claus para darles regalos en Navidad.

Un trata*miento* consistía en recibir una descarga eléctrica de cien voltios en Hillcrest. Un tratamiento era sentarse en círculo con otros muchachos en Victorwood para hablar acerca de lo que había sentido al crecer sin su padre. ¿Cómo sería un tratamiento en Brookline?

La puerta de la oficina del director ya estaba ligeramente entreabierta así que Ricky apoyó su mano sobre ella para empujarla. Estaba caliente. Quitó la mano con rapidez y sintió que la palma le dolía como si se hubiese quemado. Por un instante sintió el calor de una llamarada en su rostro y oyó gritar a una mujer. Escuchó pasos acelerados a ambos lados. Se apoyó contra el marco de la puerta, intentando recobrar el aliento, mientras parpadeaba y notaba que el calor y los sonidos habían desaparecido.

—Adentro —dijo la enfermera, justo detrás de él.

Recobrando la compostura, Ricky entró a la oficina y se sintió aliviado al ver que el director no estaba allí, al menos no todavía. Moderó su voz porque no quería que la enfermera se diera cuenta de lo que había sentido. Escapar de Brookline sería mucho más difícil si comenzaba a tener episodios visibles frente al personal.

—Me gusta más la enfermera Ash, si mi opinión importa en lo más mínimo —comentó con una sonrisa forzada.

Los pequeños y oscuros ojos de la enfermera se fijaron en él y luego los puso en blanco con un gesto exasperado. Era el mayor grado de emoción que había visto en cualquiera de las enfermeras, aparte de la enfermera Ash.

—No, no importa en lo más mínimo. Siéntate.

Ricky se dejó caer sobre la silla con tanta fuerza que se quedó sin aire. La enfermera esperó junto a la puerta, probablemente para controlar que no intentara tomar una de las plumas fuente del director para cometer una masacre.

Se preguntó si alguien se había detenido a pensar que todos los pacientes allí ya eran absolutamente sumisos, más allá de la conducta de Sloane en el salón común el día anterior.

Él y la enfermera esperaron durante lo que parecieron horas. ¿Sería todo parte de lo mismo? Una enfermera extraña que no conocía y que le ladraba; la larga e incómoda espera en la oficina helada del director mientras moría de hambre, sin poder hacer nada más que recordar el extraño calor que había sentido en la puerta… Quizás su tratamiento ya había comenzado sin que él lo supiera.

Solo te sientes extraño, se recordó. *Y estás cansado. Mal alimentado. Y echas de menos tu casa.*

El director finalmente apareció, pero no por la puerta que estaba detrás de Ricky como él había creído. En lugar de eso entró por una puerta que estaba en la pared opuesta y que había confundido con un armario. Alcanzó a echar un vistazo al interior, donde parecía haber una escalera que conducía hacia abajo. Si el latido de Brookline estaba en ese sótano, al parecer el manicomio tenía muchas arterias y venas.

—Ah. Aquí está, señor Desmond. Excelente, es hora de presentarnos y comenzar. Estoy muy ansioso por trabajar con usted.

Ricky puso la espalda recta como una vara. Escuchó al director despedir a la enfermera y luego oyó que la puerta se cerraba con llave detrás de él. Recorrió la oficina con la mirada, dominado por el pánico, pero no vio ningún instrumento quirúrgico que el director pudiera usar con él. Aunque quizás esto era solo una especie de breve consulta o sesión de terapia antes de comenzar la verdadera tortura en el sótano.

Solo no olvides quién eres, se recordó Ricky. *Puedes sobrevivir a esto. Ya lo has hecho antes. Puedes fingir si es necesario, pero no olvides de verdad. La sonrisa torcida de Martin. El hueco entre sus dientes.*

Las luces de la calle Boylston a medianoche, la sensación de salir a escondidas y ser libre, feliz y de estar vivo.

—¿Podemos terminar con esto? —preguntó Ricky mientras cruzaba las manos sobre su regazo, con la mirada fija al frente.

El director Crawford se tomó su tiempo para dar la vuelta al escritorio antes de regresar a su silla y tomar asiento. Suspiró en silencio mientras lo observaba, como un abuelo decepcionado a quien le han endilgado la tarea de regañar a un niño malo.

—No es necesario que tengamos una relación hostil, señor Desmond. ¿Acaso no lo han tratado bien desde que llegó?

Ricky le lanzó una mirada llena de odio.

—Esa no es la cuestión.

—¿Ah no? —el director abrió muy grandes los ojos simulando sorpresa—. ¿Y cuál es "la cuestión"?

—Esto es un manicomio. No estoy aquí por voluntad propia. Y usted está lastimando a mi amiga, ¿o no? Está utilizando terapia de electroshock con Kay y ella no hizo nada malo.

—El comportamiento aberrante de Keith Waterston no tiene nada que ver con usted, ni tampoco el tratamiento que el médico que lo supervisa considere adecuado.

Ricky había sentido que el miedo y la ira se asomaban a lo lejos, pero no esperaba que estallaran en ese preciso instante. Nunca lo esperaba. Golpeó su puño sobre el escritorio, haciendo saltar la escultura de porcelana en forma de cabeza que se encontraba encima.

—¡Se lo está haciendo a ella y me lo hará a mí también! Sabía que era solo cuestión de tiempo. Todos esos tratamientos innovadores de los que sus médicos les hablaron a mis padres son una farsa.

El director se quedó en silencio, mirándolo fijamente una vez más. Eso casi era peor. Deberían haberlo inmovilizado por ese arrebato. Deberían haberlo sancionado. Sedado. No estaba siendo muy obediente ni disciplinado. Siempre que perdía el control de esa forma después sentía tanto frío, se sentía tan avergonzado.

—Entiendo su frustración, señor Desmond, pero no es necesario que levante la voz.

—Yo no… Mire, solo quiero hablar con mis padres. Con mi madre. No sé por qué ha estado básicamente ignorándome hasta ahora y realmente no me importa. Toda esta estupidez es un malentendido.

El director se inclinó hacia delante, apoyó los codos sobre el escritorio y se acomodó los lentes con marco de metal. Los cristales no exageraban sus ojos. Por el contrario, hacían que sus pupilas se vieran más pequeñas, más enfocadas, como agujas apuntadas hacia Ricky.

—Cada paciente es un individuo. Por lo tanto, cada paciente es evaluado y tratado de acuerdo a sus necesidades específicas. Intentamos mantener un nivel básico de rutina. La estructura es importante, especialmente al principio. Su familia me confió su cuidado y no tengo la más mínima intención de traicionar esa confianza. Usted y yo también podemos confiar el uno en el otro, Ricky, pero no si me mira con recelo. O peor, si me trata de manera abiertamente hostil.

Ricky se cruzó de brazos con obstinación y lo miró furioso.

—¿Por qué confiaría en usted si todo lo que quiere hacer es cambiarme? Sé por qué estoy aquí y no va a funcionar.

Por primera vez, vislumbró una emoción real en el rostro del director Crawford. La superficie pálida y lisa de su fachada se estremeció y la copia horrible de una sonrisa le deformó las mejillas. Se inclinó más hacia delante, casi hasta la mitad del escritorio.

—¿Por qué cree que está aquí? —preguntó el director.

Ricky lo miró fijamente, negándose a responder.

—Ya veo. Decirlo lo hace sentir incómodo. No es extraño.

Se abrió la puerta y ambos se sobresaltaron. La enfermera Ash entró en la oficina y su expresión neutra se convirtió en una de temor cuando vio a los dos hombres juntos.

—¡Oh! —exclamó, mientras retrocedía. Tenía un plato con un trozo de atún y algunas galletas sobre su mano derecha—. Disculpe, señor, no tenía idea de que estaba con alguien.

—Debería revisar el cronograma del día con más atención —le gritó el director—. Está sujeto a cambios, algo que usted sabe pero que, por algún motivo, olvidó. Y como es de buena educación aquí y en la sociedad en general, debería tocar la puerta.

—Realmente lo lamento. Es solo que usted por lo general almuerza...

—El cronograma, enfermera Ash. No me haga repetírselo.

Ricky no sabía por qué estaba tan sorprendido. Por supuesto que ese hombre era un bravucón. La enfermera Ash se disculpó nuevamente casi llorando mientras se retiraba de la oficina; cerró la puerta con tanto cuidado y tanta suavidad que Ricky casi no la oyó.

—Usted trata así a todo el mundo, ¿no? —preguntó él—. A sus empleados, a su hermano...

No obtuvo la reacción que esperaba. El director rio por lo bajo, habiendo recuperado su apariencia calma y serena.

—Supongo que esa actitud osada ponía nerviosos a sus médicos anteriores, ¿no es así? Descubrirá que ese método es inútil aquí.

—¿Ah, sí?

Sabía que ser insolente era una estupidez, pero a veces simplemente no podía evitarlo. Se suponía que debía estar tranquilo, pasando desapercibido. Pero eso no había sido suficiente hasta entonces y definitivamente no creía que eso fuera a ayudarlo a hablar con su madre y salir de allí. Solo necesitaba descubrir qué debía hacer para lograrlo.

—Sí. Sus comentarios son bienvenidos. Me resultan divertidos. Verá, no tengo ninguna intención de cambiarlo, señor Desmond. Lo acepto casi tal como es. No, lo que quiero es *perfeccionarlo*.

CAPÍTULO Nº 10

Las palabras resonaron en su mente una y otra vez.
"Lo acepto casi tal como es".

Cada vez se trababa en el "casi", pero el resto de la frase lo hacía sentir extraño, expuesto. Ningún adulto le había dicho nada como eso desde… jamás. Se quedó observando al director mientras parpadeaba y esperaba lo peor, esperaba que le explicara ese "casi" para poder borrar la fugaz sensación de pertenencia que había instado a Ricky a bajar la guardia.

–Venga, quiero mostrarle algo –el director se puso de pie, sacó la pequeña lata de pastillas de menta y se metió una en la boca antes de ofrecerle la lata abierta a Ricky. Le dirigió una breve sonrisa–. Lo sé, lo sé: las reglas. Orden y disciplina. Adelante. No se lo diré a nadie. Después de todo, son *mis* reglas.

Ricky tomó una y sus labios se fruncieron enseguida por el intenso sabor a hierbabuena. No había probado nada más que avena insípida, huevos falsos y sopa aguada durante días. El director se dirigió a la puerta por la que había llegado. Como el resto del manicomio, su oficina estaba increíblemente aseada. Había carpetas y papeles apilados en columnas rectangulares. Una estantería junto a la puerta que daba a las escaleras exhibía diplomas, premios y trofeos. No había fotos del hermano que Ricky había visto aquel día, solo un pequeño retrato del propio director y más fotografías de pacientes. Estas tenían inclinaciones más médicas que las del salón multiuso. Algunas habían sido tomadas tan cerca de un ojo o de una parte específica del cuerpo que Ricky no podía distinguir qué era lo que estaba viendo. Otras mostraban al director posando con los pacientes, pero más que como un médico trabajando, lo hacían verse como un cazador junto a sus preciados trofeos.

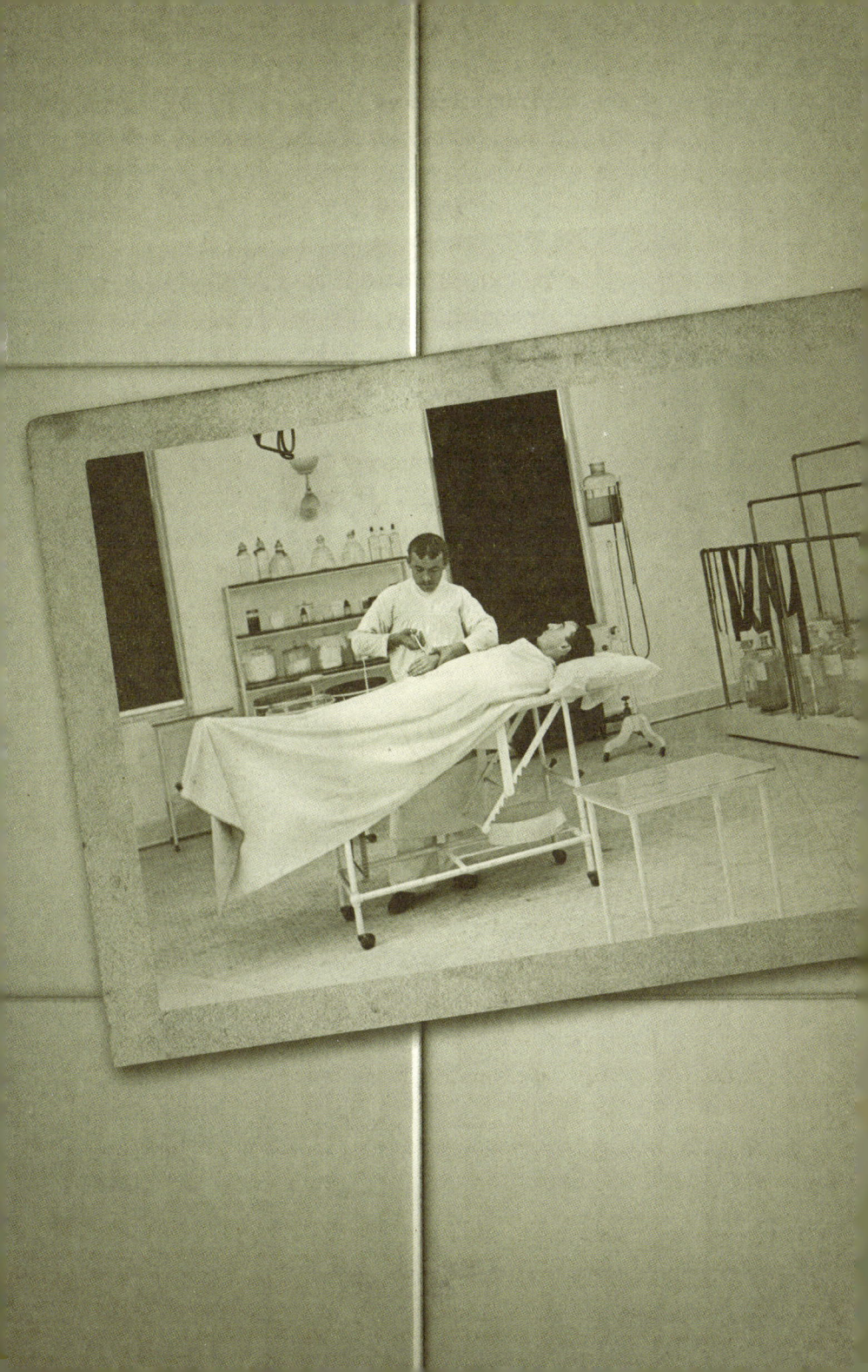

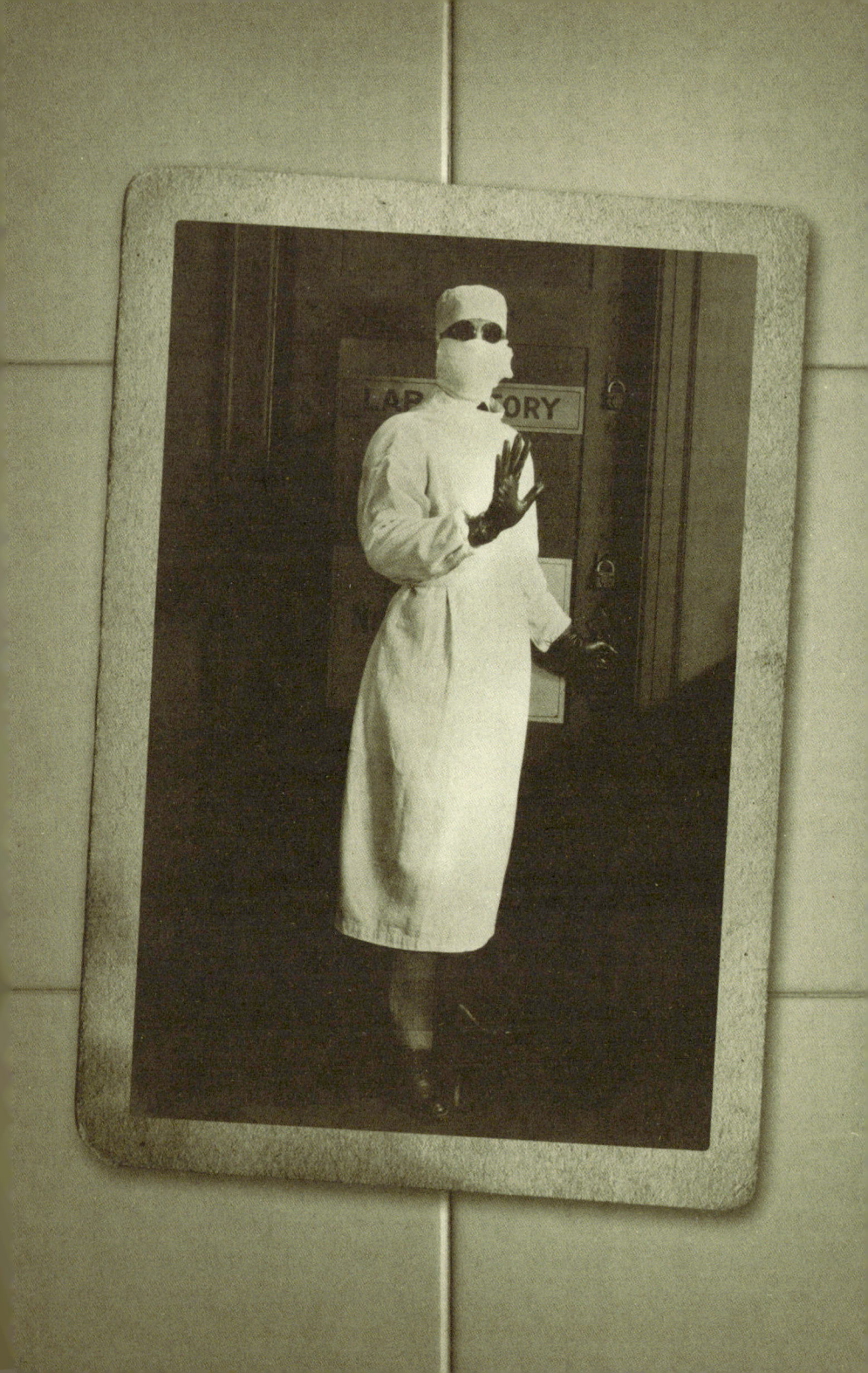

—No es necesario que se demore —agregó el director mientras abría la puerta y la sostenía para dejar pasar a Ricky—. Solo daremos un pequeño paseo.

—¿Adónde vamos? —preguntó él.

La escalera le resultaba desconcertantemente familiar. La recordaba del sueño en el que había recorrido el edificio. Se le hizo un nudo en la garganta cuando el director pasó junto a él y comenzó a bajar.

Sentía una fuerte curiosidad por saber qué había realmente allí abajo, pero lo que en realidad lo obligó a avanzar fue la puerta que se cerró detrás de él. Ya había experimentado la sensación de *déjà vu* antes, pero no de esa forma. La curiosidad se mezcló con temor. Al final de las escaleras el director se detuvo para buscar sus llaves, pero si entornaba los ojos, Ricky podía ver lo que los esperaba más adelante.

—Los niveles inferiores están reservados para los casos más difíciles —explicó el director.

Ricky echó un vistazo por el pasillo pero no vio enfermeras ni auxiliares ni otros médicos. Estaba solo con el director y podía sentir la impaciencia del hombre.

—¿Debería…? ¿Realmente debería estar aquí abajo? —preguntó.

Había sencillas luces de emergencia que brillaban en las paredes, pero iluminaban poco.

El director rio por lo bajo y le hizo señas para que avanzara.

—Ah. Siente que le estoy concediendo privilegios especiales.

—¿No es así?

—Por supuesto. Es más, pronto habrá una gala especial para recaudar fondos; me gusta mostrarles a nuestros benefactores la forma en que Brookline puede mejorar la vida de los pacientes, y espero poder mostrarles pacientes como usted, pacientes con verdadero potencial.

Sonrió y siguió avanzando, dejando a Ricky una vez más con la opción de seguirlo o permanecer allí. Pero él lo siguió. Allí, al menos, comenzaba a ver una oportunidad. Si le seguía la corriente, si lograba congraciarse con ese perturbado, quizás podría pedirle otro privilegio especial: llamar a su casa. Una vez que su madre escuchara la tristeza de su voz vendría corriendo desde Boston.

—Pero ¿por qué? —preguntó, sin poder evitarlo—. ¿Qué tengo de especial?

—¿Cómo es eso? Creí que se consideraba muy especial en verdad. Único. Mejor.

Ricky se retorció, incómodo.

—Solo me gusta bromear —dijo—. Alardear, ese tipo de cosas.

—Mmm. Digámoslo de esta manera: le dije que los pacientes aquí son individuos y realmente lo creo. Pero al mismo tiempo, los veo a todos de la misma forma. Todos son pacientes. Todos deben ser tratados. La única diferencia está en el enfoque.

Se oyó un alarido largo y penetrante que provenía de las profundidades del manicomio. Ricky casi perdió el equilibrio del susto y se tomó de la pared que estaba a su derecha para evitar caer. El director pareció no notarlo y continuó avanzando con paso enérgico por el angosto pasillo con gran soltura.

—Los pacientes de aquí abajo están esperando —dijo y se detuvo en lo alto de otra escalera que bajaba en espiral y tenía un solo pasamanos. No tenía idea de que la parte inferior de Brookline fuera tan inmensa ni tan fría—. Están esperando que encontremos curas para los males que los aquejan. Técnicas. Los médicos les han fallado. No se los puede ayudar. No todavía.

Ricky pensó en las fichas, en los pacientes que habían muerto entre esas mismas paredes. No eran solo fracasos, pensó, no era solo una falla de la ciencia. A esas personas las habían matado.

Fallecido, fallecido, fallecido.

Desconocido, desconocido, desconocido.

—Sin duda están locos. Están tan locos como usted, tan locos como yo —agregó el director mientras continuaba descendiendo.

—¿Qué quiere decir? —le preguntó.

Aquello no le gustaba nada. Quería volver arriba. Oyó cómo la puerta que daba a la escalera se cerraba encima de ellos, fuera de vista, y el ruido resonó por el cavernoso sótano.

—Ningún hombre está realmente cuerdo en su propia época —fue la respuesta—. ¿Acaso Galileo estaba loco? ¿Miguel Ángel? ¿Darwin? No. Todos fueron genios, pero sus contemporáneos jamás lo reconocerían. Y si debo soportar que me traten de loco por lo que quiero lograr en *nuestra* época, estimado muchacho, entonces que así sea.

CAPÍTULO Nº 11

La planta inferior del sótano, muy por debajo de su pequeña celda en Brookline, era exactamente como la recordaba. ¿Cómo era posible que hubiese visto eso? Tenía que tratarse de alguna clase de truco psicológico, pensó Ricky, como cuando escuchas una palabra por primera vez y luego podrías jurar que la ves en todas partes. De todas formas, estaba helado hasta los huesos, su delgada vestimenta de paciente era tan aislante como el papel.

Oyó voces que provenían de la alta entrada abovedada que estaba más adelante a la izquierda de la escalera. Algo golpeaba de forma arrítmica contra una superficie de metal, era un ruido sordo y hueco que le recordaba al latido, su latido.

—El sueño de Galileo acerca de nuestro sistema solar, el de Miguel Ángel sobre nuestros mecanismos internos, el de Darwin acerca de nuestros orígenes... Todas fueron ideas magistrales. Todos les dieron un propósito fructífero a sus vidas. Sus pensamientos perduraron, sin duda, pero sus vidas terminaron —el director se detuvo un poco antes del arco. Ricky frenó también y lanzó una mirada nerviosa hacia el pasillo donde vio las puertas cerradas de su sueño. Allí había tres auxiliares que conversaban entre ellos—. Y eso, que esas vidas terminaran, es una verdadera lástima.

Ricky no comprendía. Por supuesto que murieron. Todos morimos a la larga.

Algunos antes que otros, y muchos aquí mismo.

Se frotó los brazos para contrarrestar el frío, pero era en vano. El director lo observó, interesado incluso en su silencio incómodo.

—¿Por qué estamos aquí abajo?

—Los casos perdidos —dijo el director con tono triste, y suspiró—. Los incurables. Los mantenemos aquí. Quería mostrarle aquello en lo que todos *podemos* convertirnos, para que nunca le suceda. La medicina no puede ayudarlos, no todavía, y la espera debe ser espantosa. Esa es la razón por la que me dedico a esto, por la que todos hacemos lo que hacemos aquí en Brookline. Es el motivo por el que trabajamos tan duro, por el que tenemos tantas reglas, tantas normas que debemos obedecer.

El director Crawford condujo a Ricky hacia el pabellón. El sonido de los golpes contra el metal se hizo más fuerte y a medida que avanzaron por el corredor, se dio cuenta de que provenía de una de las habitaciones. Alguien estaba embistiendo la puerta con devastadora violencia. *¡Pum! ¡P-Pum!* Él se sobresaltaba con cada golpe; el ruido se oía tan fuerte y tan cerca ahora, que le sacudía el cerebro. La puerta no cedía, pero todo el pabellón vibraba con la fuerza de los golpes.

—¿No debería entrar alguien ahí? —preguntó con voz queda—. ¿Y si se lastima?

—Oh, pero ya están heridos. A la larga se cansará. Ese caso en particular tiene una vena histriónica.

¿Histriónica? Sonaba más a *terror*.

El ruido había distraído a Ricky del recorrido. Pero ahora notó que estaban llegando al final del pabellón. Había una puerta que conducía a más habitaciones, pero no estaba pensando en eso. Estaban cerca de la última puerta de la derecha. Era imposible que la niña realmente estuviese allí. Pero el director había tomado un juego de llaves y caminó con velocidad hacia la puerta. Oh Dios, realmente iba a abrirla. No sabía (no quería saber) lo que vería dentro.

—¡¿Qué está haciendo?!

El grito venía de atrás de ellos. Ricky se volvió y allí estaba la enfermera Ash, que los observaba a solo unos pasos de distancia, boquiabierta, paralizada de miedo. Sus zapatos taconearon sobre el piso de piedra natural y llegó en un segundo hasta donde ellos se encontraban. Tomó a Ricky de la muñeca y lo alejó de la puerta a la fuerza.

—Enfermera Ash. *Jocelyn* —dijo el director con una voz acerada. Su rostro se había transformado nuevamente en una máscara fría y pálida—. ¿Qué cree que está haciendo con mi paciente?

Ella se debatió por un momento mientras abría y cerraba la boca con lo que sonaba como un suspiro ahogado. Aun así, no soltó la muñeca de Ricky, quien se dio cuenta de que se sentía aliviado. Sentía que ella lo estaba rescatando, aunque no supiese de qué.

—Él… me dijo que tenía jaqueca esta mañana —respondió la enfermera Ash tartamudeando y miró fijamente a Ricky—. *¿No es así?*

—Eh, sí —respondió él, mientras asentía muy lentamente, imitándola—. Jaqueca.

—Acaba de llegar la reposición de codeína —se apresuró a agregar ella—. No pudimos medicarlo antes, pero no deberíamos dejar que continúe sufriendo, director Crawford.

—Jaqueca —el director había perdido el interés en Ricky por el momento y tenía su afilada mirada clavada en la enfermera.

Ricky sintió pena por ella. Sentía cómo temblaba la mano que le sujetaba la muñeca y cómo su piel se iba poniendo húmeda y pegajosa. ¿Qué era tan urgente? ¿Acaso ella sabía lo que había en esa habitación y quería protegerlo?

—Ricky Desmond padece de jaqueca —dijo el director, lentamente, como si estuviese poniendo a prueba la lógica de la declaración, palabra por palabra.

—Es… Es tan fuerte que no he estado durmiendo bien —comentó él, desarrollando la mentira con una pizca de verdad—. Debería haber dicho algo. Eh, el dolor me confundió y afectó mi memoria.

—Bueno, podemos ayudarte enseguida —la enfermera tiró de su muñeca, alejándolo del director bruscamente—. Vamos. Ven conmigo, Ricky. Ahora.

CAPÍTULO Nº 12

No se sintió libre de la mirada del director hasta que se encontraron de vuelta en su celda, a tres pisos y un mundo de distancia. La enfermera Ash prácticamente lo lanzó dentro de la habitación y se apoyó con fuerza contra la puerta como para apuntalarla en caso de que alguien los siguiera.

No había dicho una sola palabra desde que lo había sacado del sótano y había ignorado a sus colegas que la observaron fijo por el camino.

Orden y disciplina. No habían salido caminando serenamente por el pasillo y Ricky suponía que debía haberse visto tan aturdido como se había sentido.

—¿Qué está sucediendo? —preguntó y se plantó en el medio de la habitación. Era difícil de creer, pero en realidad estaba *feliz* de estar de vuelta en esa horrible celda—. Ocurre algo, ¿no es así? ¿Por qué le mentiste así al director?

La enfermera Ash no respondió y permaneció recostada contra la puerta, respirando con dificultad. Pero lo miró atentamente, con los ojos entrecerrados como si casi no pudiera reconocerlo. Entonces se enderezó, apretó la mandíbula y se alisó el cabello pelirrojo y crespo que asomaba por debajo de su cofia. Algunos mechones se le habían soltado.

Se acercó a Ricky como una loca, pero él no desistió.

—¿Sabes lo que hay en esa habitación? ¿Qué quería el director que viera allí dentro?

—Nada —respondió, susurrando con la voz ronca. Sus ojos seguían abiertos como platos y llenos de angustia—. Ya no hay nada en esa habitación. Solía haber una niña, pero ya no está. Yo no… No sé adónde la llevó.

—¿*Qué*? —Ricky se puso pálido y sintió más frío que cuando estaba en el sótano. Eso no era posible. No podía haber sabido eso. No podía haber sido un sueño.

La enfermera Ash se puso la tabla sujetapapeles bajo el brazo y lo tomó de las muñecas con ambas manos.

—Tienes que prometerme, Ricky, tienes que prometerme que no volverás más allí abajo con él.

—¿A qué se debe todo esto? —preguntó él, mientras negaba con la cabeza—. ¿Acaso no es tu *jefe*?

—Solo… —la enfermera lanzó una mirada hacia atrás, a la puerta, por encima de su hombro y se detuvo a considerar algo—. Solo prométemelo —dijo por fin, mientras se volvía nuevamente hacia él. Ricky tuvo que mirarla a los ojos para lograr que hablara otra vez. Sus manos todavía temblaban y estaban sudorosas—. Prométeme que no irás allá abajo. No puedes confiar en él.

—Pero es tu jefe —insistió Ricky—. ¿Qué demonios está pasando?

—¿Confías en mí? —preguntó ella, mordiéndose el labio.

Odiaba que las personas respondieran a una pregunta con otra pregunta. Quizás ella estaba evitando responder, pero él asintió. Sí, claro. Al menos de esa forma podía hacer que siguiera hablando y sacarle más información.

—Sí, creo que confío en ti.

—Tendré que conformarme con eso —dijo ella deprisa. Tenía el labio casi en carne viva donde se lo había estado mordiendo—. Este lugar… No es exactamente como se ve de afuera. No es lo que parece.

—Bueno, eso ya lo había descifrado —comentó él entre dientes.

—¿Cómo? —preguntó ella—. ¿Qué fue específicamente? ¿Qué has visto? ¿Qué sabes?

Tantas preguntas. Bueno, acababa de decir que confiaba en ella y recurrir al mantra local del orden y la disciplina no le había servido para nada antes, así que decidió jugarse el todo por el todo.

—He estado viendo cosas extrañas. Creo que aluciné que iba al sótano y veía a una niña, pero no entiendo cómo pude haberlo imaginado todo. Nunca había estado allí abajo hasta hoy. Y en el depósito sentí una presencia y vi… No sé lo que vi. Un fantasma, quizás. Una figura. Oh, y afuera de la oficina del director, cuando intenté tocar la puerta, estaba caliente, como si la sala se estuviese incendiando.

La enfermera Ash estaba callada, asimilando todo.

—Estoy seguro de que parece una locura —dijo él—. Pero probablemente estés acostumbrada a eso aquí.

—No, Ricky, aquí suceden cosas que yo tampoco puedo explicar —respondió la enfermera con un suspiro—. Y tengo tantos deseos de ayudarte, de ayudar a todos aquí.

—El director me dijo algo parecido.

—*No* —ella se dio vuelta, mientras sostenía la cofia y la aplastaba contra su cabeza. Luego reconsideró ese impulso y arregló el gorro con cuidado. Sonaba casi al borde del llanto—. No, yo no soy como él, Ricky. Yo realmente quiero hacer el bien.

—Y él no.

No era una pregunta y ella no lo refutó.

—Hay cosas que quiero decirte pero no *puedo*. El director tiene un talento especial con las personas. Sé que eso no tiene mucho sentido ahora y espero por tu bien que nunca lo tenga.

—Pero yo…

—Solo escucha. Escucha y recuerda esto, sin importar lo que pueda decirte mañana o el día después. No importa que sea mi jefe —continuó ella mientras cerraba muy fuerte los ojos—. Sea lo que sea, también es un carnicero. Un *monstruo*.

    Los ojos de la enfermera se abrieron de golpe y se cubrió la boca. Se veía pálida, enferma, como si estuviese a punto de vomitar, como si solo por decir esas palabras le hubiesen dado náuseas. Entonces salió corriendo hacia la puerta y la cerró de golpe tras ella.

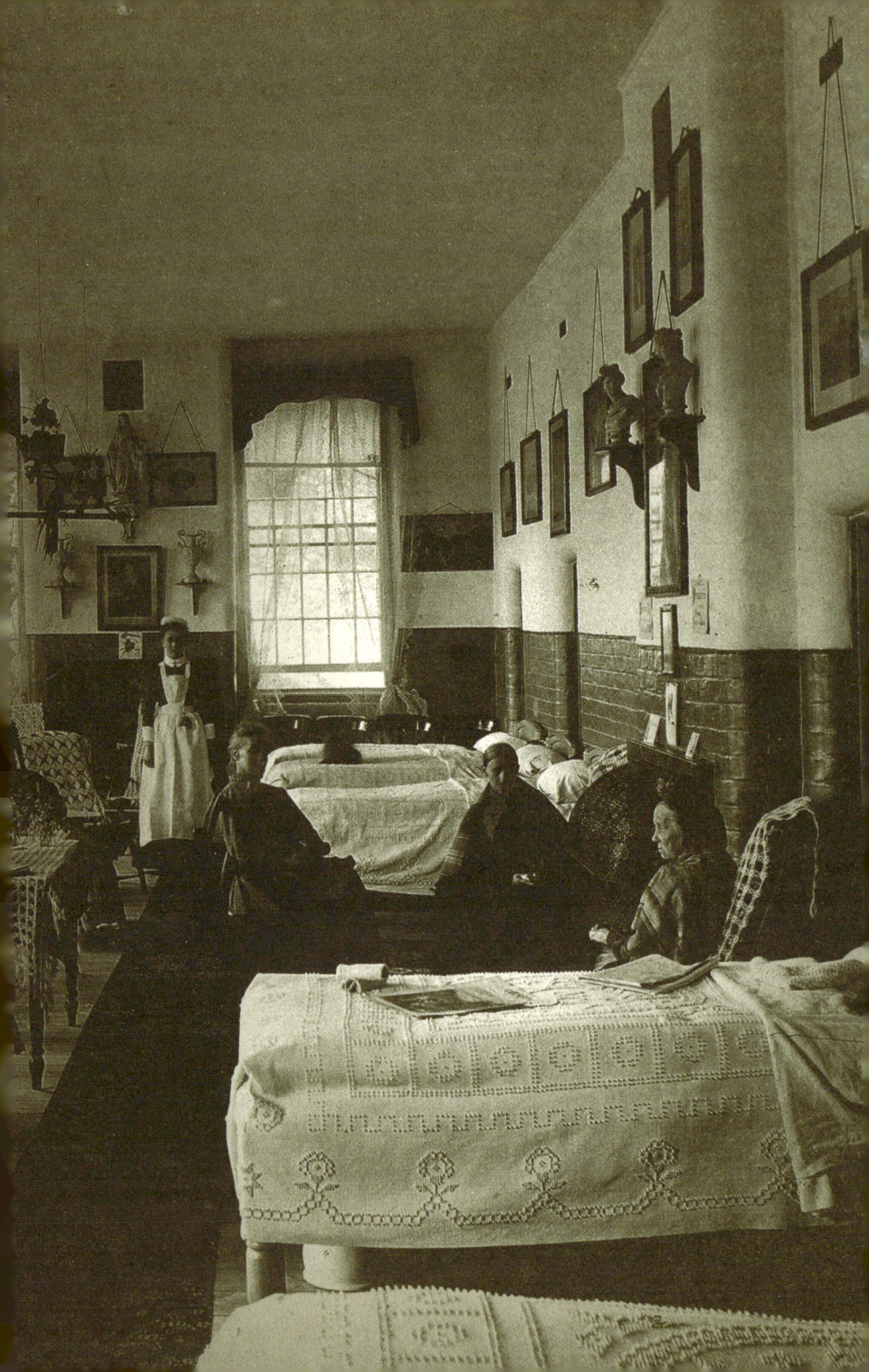

CAPÍTULO Nº 13

ESCAPE DEL ASYLUM

Diario de Ricky Desmond
Junio

Solo tengo que aguantar hasta septiembre. Mamá vendrá a buscarme entonces. Comenzarán las clases y no querrá tener que explicar por qué no estoy ahí. Esto es solo por el verano, solo por unos meses. Solo debo aguantar hasta que comiencen las clases.

Guarda las apariencias, mamá. Ven a buscarme. Eres buena en eso, en fingir que todo está bien en la familia. Pero no importa; te lo perdonaré si solo regresas y me sacas de aquí. No entiendo cómo puedes abandonarme cuando fue solo una vez. Bueno, fue una vez muy mala. Sé que lastimé a Butch y que eso te asustó. Pero me disculparé. Diría cualquier cosa que quisieras si solo actuaras como una maldita madre y llevaras a casa a tu niño.

El director es un carnicero. El director es un monstruo. Ahí tiene, enfermera Ash, lo escribí para no olvidarlo. ¿Ya está feliz? La próxima vez responda mis preguntas *antes de acobardarse y salir corriendo. ¡El director tiene un talento especial con las personas! Seguro que sí. Probablemente se trata de un estúpido juego que ambos están jugando. Intentan confundirme. Estoy demasiado seguro de mi cordura para su gusto y por eso no me dejan en paz. Y también es la razón por la que no dejan que me marche. Apuesto a que le darían una terrible reprimenda, un brutal sermón, si me fuera antes de comenzar mi tratamiento. ¿Es por eso que actuó de esa forma hoy? ¿Es ese el motivo por el que me salvó del director pero no me deja llamar a mi mamá? Por Dios. No sé si debería agradecerle u odiarla. U odiarlo a él.*

No, los odio a los dos. Los odio por retenerme aquí. ¿Qué demonios está sucediendo? ¿Cuándo vendrás a buscarme, mamá? ¿Acaso es más fácil, más práctico olvidarme?

Ricky jamás había doblado tantas servilletas de tela en su vida. Era una tarea soporífera. Repetitiva. No diría que era la mejor forma de pasar una tarde. Las manos se le estaban empezando a acalambrar. Cada uno de los cuadrados de tela debía ser anudado y enrollado de una manera muy elaborada y luego debía ser atado con un trozo de cordel previamente cortado. Simplemente adorable. Con un moño, por supuesto, que tuviera los lazos un poco más pequeños que las colas.

El hombre llamado Dennis estaba trabajando frente a Ricky en la mesa del comedor. Era sorprendentemente hábil para la tarea. Su apariencia no sugería una destreza particular para la motricidad fina. Sus manos eran gigantescas y sus dedos de salchicha eran tan largos y gruesos que podrían aplastar el cráneo de Ricky sin esfuerzo. Estaba en silencio, de pie, muy quieto mientras hacía su trabajo. El personal lo trataba como a un caballo salvaje y nervioso, le hablaban con voz suave y solo lo tocaban de lejos. A Ricky le sorprendía que no le pusieran una zanahoria frente al rostro para trasladarlo de un lugar a otro.

Ya se había sentado antes con él durante el almuerzo, pero casi nunca compartían el horario de trabajo. Hoy, Dennis cumplía con sus tareas cubierto de magullones, tenía la cabeza morada y azul y algunos tajos profundos y magulladuras en su frente maciza.

—¿Te resbalaste en la ducha, Dennis? —preguntó Ricky mientras ataba otra servilleta—. A mí esta mañana me lavaron con agua caliente. Qué afortunado, ¿no? Me siento lleno de vida.

Dennis lo ignoró mientras trabajaba el doble de rápido que él.

—¿A quién se le ocurre organizar una gala en un manicomio?

La pregunta no estaba dirigida a nadie en particular, pero faltando solo cinco días para la ilustre fiesta del director no podía evitar preguntarse una vez más por qué ese trabajo no podía ser realizado por profesionales. Angela, Sloane, Tanner y algunos otros pacientes trabajaban en la misma mesa que ellos. Ricky había comenzado a reconocer a otros de sus compañeros del manicomio. Sloane era bastante fácil de recordar por su cabello blanco, crespo y revuelto, y por la horrible cicatriz de su cuello (no quería saber cómo se la había hecho). Y Sloane también parecía reconocer y recordar a Ricky y hacía todo lo posible por mantenerse alejado de él, incluso se estremecía si debían entrar juntos en alguna habitación o si tenían que sentarse en la misma mesa. También estaba John-John, un muchacho más o menos de su misma edad que padecía pérdida de memoria de corto plazo.

Estaba allí porque sus padres creían que era todo un engaño, que estaba fingiendo para faltar a la escuela. Por lo que podía observar, John-John tenía el nivel de comprensión de un genio para la ciencia y las matemáticas, así que si estaba faltando a clase, eso no estaba afectando demasiado su aprendizaje.

Y también estaba Patty, una mujer de mediana edad con voz suave, cuya celda estaba en el mismo piso que la de Ricky y que era propensa a hablar en verso o ponerse a cantar de repente. En realidad, eso era bastante simpático. A veces quedaba claro, por el momento que elegía, que solo lo hacía para irritar al personal. Le agradaba escucharla cantar a través de las paredes. Algunas noches podía disfrutar interpretaciones de musicales completos. La noche anterior había sido *Oklahoma!* No lo ayudaba a dormir, pero sí ahuyentaba algunos de los pensamientos más sombríos que habían comenzado a invadirlo cuando estaba solo.

Anudó y ató otra servilleta de forma descuidada y la arrojó sobre la pila.

Seis enfermeras deambulaban cerca de la puerta mientras señalaban diferentes mesas en el comedor y luego espacios vacíos; quizás estaban analizando la mejor forma de organizar el salón para satisfacer las rigurosas exigencias del director. Ricky estaba a punto de comenzar a fantasear formas de instigar una fuga cuando Kay se coló por la puerta, bordeó la pared por detrás de las enfermeras y caminó con determinación hacia su mesa. Sin vacilar un instante se acomodó junto a él y observó la forma en que Dennis enrollaba y doblaba las servilletas antes de comenzar a hacerlo ella misma.

—Creí que no teníamos el mismo horario de trabajo hoy —dijo Ricky en un susurro.

En realidad no le importaba demasiado que Dennis lo oyera, ya que el gigantón no parecía ser propenso a parlotear y mucho menos, delatarlos.

—Creíste bien —respondió ella—. No debería estar aquí, pero tenía que mostrarte algo.

—¿Estás rompiendo las reglas? —preguntó impresionado—. ¿Por mí? No tenías que hacerlo.

—Esto quizás te haga cambiar de opinión —sus manos se movieron a la velocidad de la luz: soltó la servilleta que acababa de ajustar y sacó algo que tenía escondido bajo la parte de arriba de su uniforme, metido en la cintura de su pantalón. Se lo pasó a Ricky y luego echó un vistazo hacia atrás—. Puede que no sea nada. No lo sé. Pero lo que dijiste acerca de ver a ese fantasma en el depósito…

—Dije que no sabía qué había visto —comentó Ricky entre dientes.

—¿Podrías mirarlo de una vez?

Tomó otra servilleta y comenzó a copiar los movimientos de Dennis. Patty empezó a cantar una de sus canciones, pero las enfermeras estaban demasiado absortas en su debate para notarlo.

—La mayoría de la información está borroneada —dijo Ricky mientras estudiaba la ficha que Kay había encontrado.

Las notas estaban escritas con letra larga, serpenteante, casi indescifrable. En la parte superior reconoció la mitad del nombre de un médico y luego, en el espacio donde debía ir el nombre del paciente, parecía decir Diamond o Dandelion, o *Desmond*.

Fuera quien fuese, lo habían recluido por un episodio violento en el que había lesionado a uno de los auxiliares de guardia. Al parecer era "extremadamente resistente a la terapia experimental del martes".

—Desmond es un apellido bastante común —señaló Ricky—. *Si es que* eso es lo que dice.

Pero la mano le temblaba un poco mientras leía la ficha. Kay no sabía toda la verdad acerca de lo que le había hecho a su padrastro, pero ver su apellido asociado a una inclinación hacia arranques violentos le preocupaba. Le asustaba.

—Sé que no te agrada mucho tu padrastro —dijo Kay en voz baja—. ¿Qué le pasó a tu verdadero padre?

—Se marchó —era lo único que su madre le había dicho respecto a él—. No era bueno para nosotros. Yo era problemático ya desde niño y supongo que fue demasiado para él, así que se fue.

—Lo siento —susurró ella.

—Sé lo que estás pensando.

—Solo estoy pensando que lo siento —insistió Kay.

—Se marchó.

Se marchó. Nos dejó. Nos dejó con Butch. Esa era la verdad.

Ricky apretó con fuerza la ficha mientras sentía emerger la peligrosa oscuridad que precedía a sus incidentes. No, no era culpa de Kay. Ella solo estaba intentando ayudarlo. Aun así quería descargarse contra algo. Se sentía demasiado saturado, sobrecargado, y todo ese miedo y esa incertidumbre tenían que salir por algún lado. Pero no había nada que pudiese golpear, así que se metió la ficha en la cintura del pantalón.

—¿Te molesta si me la quedo? —preguntó.

—Ya ha estado dentro de tus pantalones así que es toda tuya.

La necesidad de romper algo desapareció y Ricky rio, mientras levantaba la mirada para observar a Kay. Ella sonreía con timidez. Había roto las reglas por él y sabía cuánto significaba para ella.

—Gracias. Sé que solo intentas ayudarme.

—Desmond es un apellido común —respondió ella.

—Muy común —coincidió Ricky.

Ya se sentía mejor.

Dennis levantó la cabeza de golpe, sujetando una servilleta con ambas manos.

—Inmóvil —dijo el hombre y emitió la palabra tan lentamente que sonó como si se hubiese quedado dormido a mitad de una sílaba—. Tan inmóvil. Era como una estatua. Rígido. En pose. Hermoso.

—¿Qué dijiste? —Ricky y Kay se miraron el uno al otro. A pesar de haber pasado más tiempo allí, ella parecía tan sorprendida como él—. ¿De qué estás hablando, Dennis?

—Nada. La última vez que lo vi. Nada.

Entonces Dennis sonrió con la mirada perdida y ató otra servilleta.

CAPÍTULO Nº 14

*L*os gritos que lo despertaron a la mañana siguiente no se encontraban en su imaginación. Lo hicieron sacudirse en su cama; distantes, sí, pero *reales*. Sabía que eran reales porque sabía a quién pertenecían.

Kay.

Ricky saltó de la cama y comenzó a caminar de un lado a otro en su habitación, desaliñado y exhausto. ¿Qué le estaban haciendo? ¿Acaso el tratamiento de electroshock para su "problema" era peor de lo que habían probado con él en Hillcrest? Eso había sido suficientemente malo. Era humillante. Era una tortura. No entendía cómo alguien podía hacer ese tipo de cosas y llamarse médico. Los médicos ayudaban. Los médicos se preocupaban. Al igual que ocurría con la palabra "tratamiento", ese vocablo era una falsedad.

Cielos, se sentía pésimo. Probablemente se veía terrible también. No se había visto a sí mismo en más de diez días. En la escuela nunca le habían faltado citas ni atención. "Igualito a Burt Ward", solía decirle su madre con ternura, antes de enterarse de su condición. Lo despeinaba y luego le volvía a acomodar el cabello. "Guapo como Burt Ward, ¡mi chico maravilla! ¡Mi propio chico maravilla!".

Siempre le sonó estúpido. Apenas se parecían y, de todos modos, esos trajes que usaban en *Batman* eran ridículos.

Me pondría uno ahora mismo y correría dando vueltas por la cafetería frente a toda la escuela si así pudiese salir de aquí.

Los pacientes no tenían acceso a espejos, probablemente porque suponían que los romperían para obtener trozos afilados. Ahora lo entendía; la desesperación, la necesidad de simplemente *escapar*. Los otros pacientes parecían tan tranquilos. Aclimatados. No podía imaginar llegar a estar así alguna vez. No lo permitiría.

Sea como fuera, era hora de elaborar un plan mejor que intentar congraciarse con la enfermera Ash o con el director esperando que le concedieran una llamada. Estaba claro ahora que esa llamada nunca llegaría. De todos modos, no había visto mucho al director ni a la enfermera los últimos días. Y eso que ella le había dicho que intentaría ayudarlo…

Kay era su principal preocupación ahora. Debía verla. Debía ayudarla. Iba a necesitar una aliada para mantener la cordura.

La enfermera Ash fue a buscarlo después de todo, pero recién para el almuerzo. Otra enfermera lo había llevado a desayunar, pero Kay no estaba allí y la ignota enfermera se había quedado para observarlo mientras comía. Ricky ya estaba listo y junto a la puerta cuando llegó la enfermera Ash; había escuchado sus pasos en el pasillo y había reconocido su andar relativamente más relajado.

—¿Estamos ansiosos hoy? —bromeó ella con una sonrisa benévola cuando abrió la puerta y lo encontró de pie, firme como un soldado.

—¿Ansioso? ¿Estás bromeando? —dijo él, resoplando—. Después de lo que me dijiste la última vez que nos vimos creo que me debes algunas explicaciones. Te fuiste corriendo sin decir nada. Parecía que estabas a punto de vomitar. Es un monstruo, ¿recuerdas? ¿Un carnicero? ¿Qué quisiste decir? ¿Qué le hizo a esa niña que estaba en el sótano?

La enfermera Ash empujó la cabeza hacia atrás y arqueó una de sus cejas.

—Rick... No tengo idea de lo que estás hablando. Solo estoy aquí para llevarte a almorzar y luego a jardinería, y después tienes que trabajar en tu diario durante una hora.

—Pero tú... ¡No! ¡Me salvaste del sótano! Me dijiste que no confiara en el director, dijiste... Me hiciste prometer que no iría con él a ninguna parte.

La enfermera frunció el ceño y consultó su historial.

—No sea ridículo, señor Desmond. El director es mi superior. Nunca diría algo así y le agradecería que no me involucrara en sus disparatados delirios.

CAPÍTULO Nº 15

Ricky todavía no se había acostumbrado a la sensación de encierro. Incluso ahora, a pesar de su preocupación por Kay y su curiosidad por saber más sobre de la ficha del paciente de apellido Desmond, fantaseaba acerca de echarse a correr, arremeter contra el auxiliar y la reja que lo separaban de la salida y seguir corriendo a toda velocidad hasta perderse de vista.

Kay no había estado en el comedor durante el almuerzo y tampoco estaba afuera para la jardinería. Miró a su alrededor y no vio ni un solo indicio de que el resto de los pacientes hubieran notado o les importara su ausencia. Era un pensamiento triste. Kay había notado tanto acerca de todos ellos.

Sintió que un escalofrío recorría su cuerpo cuando se dio vuelta para entrar al concluir su horario de trabajo, como un viento fuerte que se convertía en una flecha que apuntaba hacia la libertad.

"Corre", dijo una voz suave que venía de atrás.

La voz estaba sin lugar a dudas fuera de su cabeza. Giró para seguir el sonido y sintió otra ráfaga fría contra su piel.

—Ricky, vamos, es hora de entrar —lo llamó la enfermera Ash.

—Pero escuché…

—¿Vamos a tener uno de esos días? —preguntó ella.

Ricky oyó la impaciencia en la voz de la enfermera y trató de ignorar los incómodos movimientos del aire frío sobre su piel. De forma disimulada se pellizcó el dedo meñique y comprobó lo helada que se le había puesto la piel. Y era junio, casi era verano.

Estaban a solo unos pasos del salón multiuso cuando volvió a oír la voz. Esta vez más cerca. Justo en su oído.

"Corre", dijo otra vez, y después: "*Escóndete*".

No esperaba ver a Kay, pero allí estaba, escribiendo, sentada sola en una mesa contra un rincón en el extremo opuesto del salón. Se veía tan abatida que las enfermeras ni siquiera la obligaron a cambiar de lugar para sentarse con los demás. Ricky no podía creer que pudiera estar erguida. Después de solo unos quince minutos de terapia de electroshock en Hillcrest se había sentido mareado y confundido, y su memoria había tardado todo un día en volver a la normalidad.

La enfermera Ash se quedó merodeando después de darle a Ricky algunas crayolas y un bloc de papel y lo siguió hasta la mesa donde estaba Kay. Todavía sentía la piel fría y su mano temblaba al sostener la crayola.

—Solo trabajen en silencio —indicó la enfermera Ash, dirigiéndose más bien a Ricky—. El director espera poder aprovechar la gala para presentar a los pacientes que muestran más avances a algunos de los donantes. ¿No sería lindo que los incluyera? Hasta podrían comer un poco de pastel al final de la noche.

—Qué emocionante —dijo Ricky entre dientes.

—Ahórrate el sarcasmo, por favor —respondió ella con un suspiro.

—Al director le agradaron mis observaciones. A ti también deberían gustarte.

—Yo no soy el director —replicó ella.

Al oír eso levantó la mirada para observarla. Era el único indicio de parte de la enfermera de que recordara la extraña conversación que habían tenido. ¿Lo había dicho sin querer? ¿Era una señal?

—Concéntrate en tu diario, Ricky.

Esperó a que la enfermera se marchara antes de decir otra palabra.

Cansada. Kay se veía tan, tan cansada. Su cuello se encorvaba por el peso de la cabeza, tenía los ojos irritados y le temblaban las manos. Obligarla a permanecer allí sentada era como seguir torturándola. Deberían haberle permitido descansar y recuperarse bien.

Quizás había perdido la memoria. Quizás estaba confundida. Ricky esperó, pero tenía la mente revuelta. Apoyó la crayola sobre el papel y la dejó allí mientras hacía rebotar su rodilla bajo la mesa, intentado pensar qué decir. No sabía si debería contarle a Kay acerca de la voz que acababa de oír. Solo lo haría parecer como que estaba perdiendo la cabeza y, lo que era peor, quizás haría que el arduo día de Kay fuese aún más difícil.

—¿Sabes? —dijo ella mientras garabateaba una espiral en su papel—, mi papá no es un hombre malo. Sé que no lo es. A veces las personas se obsesionan con algo y eso es lo único que les importa. ¿Yo? Solo quería hacerlo feliz. No parece una mala idea, ¿no? Solo hacerlo feliz de cualquier forma que pudiese, y funcionó por un tiempo.

La voz de Kay sonaba más firme de lo que él había esperado. Eso le daba esperanzas de que seguía siendo la misma de siempre, al menos por lo que podía ver.

—Pero mi papá tenía otra idea. Pensó que debía hacer todo lo que hiciera feliz a Dios, y lo que hace feliz a Dios no es lo que me hace feliz a mí. De eso se trata, en realidad. A veces, para hacer feliz a una persona, harías lo que fuera, aunque te duela demasiado.

Sin importar si era cierto o no, Ricky negó con la cabeza. Miró a su alrededor, escudriñando a los demás. Sloane estaba allí, pero no parecía interesado en su diario. Lo observaba fijo con una mirada asesina. Angela y Patty trabajaban diligentemente, o al menos eso parecía. La enfermera Ash estaba de pie, inmóvil y en silencio, junto a la puerta, con su superior, la enfermera Kramer. A Ricky no le molestaba eso, cualquier cosa era mejor que ser observado por el director.

—Él debería haber querido hacerte feliz —dijo Ricky en voz baja—. Tú deberías haber sido lo más importante para él. Tú y tu felicidad.

Kay se encogió de hombros.

—¿Ya pasaste por esto?

Ricky sabía bastante sobre lo que ella estaba pasando. O, al menos, suponía que sí. Dudaba que existieran muchas variantes del *tratamiento*.

Asintió.

—En Hillcrest. Ese lugar era pan comido en su mayor parte, pero hacia el final comenzaron a frustrarse conmigo. Te muestran fotografías y te dan una descarga si te entusiasman las imágenes incorrectas —explicó, trabándose un poco. Era imposible describirlo sin sonar repugnante, pero quizás esa era la idea—. ¿Ves a un chico guapo y tu soldadito se pone firme? *Pum*. Descarga. Justo donde más duele.

Eso hizo que Kay esbozara una sonrisa burlona. Realmente era bonita, quizás incluso más bonita que Diana Ross si podía verse tan angelical con el cabello tan apelmazado y enmarañado.

—Sip.

—A veces no podía lograr que mi cuerpo cooperase, aunque ni siquiera me gustaran las diapositivas. Lo que sucede más allá de mi cintura no es una ciencia exacta —agregó, con la esperanza de hacerla sonreír otra vez. Así fue, e incluso soltó una pequeña risita.

Se quedaron en silencio por un rato después de eso, y Ricky escribió lo que recordaba de su conversación con la enfermera Ash. La que habían tenido antes de que perdiera la memoria o lo que fuera que le hubiese sucedido. "El director tiene un talento con las personas". Quería saber qué significaba eso. Quizás podía lavarle el cerebro, o algo así. Sonaba descabellado, pero no quería creer que la enfermera estaba tratando de engañarlo o provocarlo.

El director es un carnicero. El director es un monstruo. Ahí tiene, enfermera Ash, lo escribí para no olvidarlo. ¿Ya está feliz?

Kay lo miraba cada tanto mientras escribía, pero a él no le molestaba. Cuando terminó, esperó a que la enfermera Ash le quitara los ojos de encima para arrancar la página y metérsela en la cintura del pantalón, como había hecho con la ficha. ¿Comenzarían a registrarlo más a fondo ahora? ¿O el director todavía quería concederle "privilegios" especiales?

Se estremeció y luego garabateó algo mucho más trivial para dejar en el bloc de notas.

–¿Estás bien? –preguntó Kay, con la crayola suspendida en el aire.

–Sí, claro –respondió él–. En realidad, no. Estamos en un manicomio, así que obviamente es bastante relativo, pero estoy casi seguro de que estoy peor que cuando llegué.

Ella asintió lentamente e inclinó más la cabeza hacia la mesa. No podría haber sido más obvio para un testigo casual que estaba a punto de susurrarle algo en secreto.

–¿Son los sueños? –preguntó ella, se mojó los labios y agregó igual de bajito–, ¿las pesadillas?

–Todas las noches deambulo por Brookline. Hay un sonido como un tambor o un latido o algo, y tengo que seguirlo, como la primera vez, cuando creí que estaba sucediendo de verdad. Ahora me pregunto si no fue así. Siento que sí. Realmente no puedo notar la diferencia.

–Y te diriges al sótano –agregó ella, con los ojos cada vez más abiertos.

–Donde hay una niña…

—En la última celda de la derecha —Kay se apoyó con fuerza contra el respaldo de su silla. Se acercó la crayola a la boca como para mordisquear la punta, pero recordó lo que era y se mordió el nudillo en su lugar—. Esa sí que es una coincidencia.

—Lo sé —asintió Ricky.

Bien, la enfermera Ash no los estaba observando. La enfermera Kramer la había distraído, mostrándole algo en una tabla sujetapapeles. Perfecto.

—Hay más, Kay. Mucho más.

—No estoy segura de querer saberlo —dijo ella mientras se retorcía en su silla y se inclinaba otra vez hacia delante—. Pero por tu expresión puedo ver que necesitas desahogarte.

—No tuve oportunidad de contártelo ayer, pero el director finalmente me llamó aparte. Me dio un gran discurso acerca de los genios y lo triste que es que mueran. Lo sé, no me mires así, yo tampoco le encontré mucho sentido cuando me lo dijo. El asunto es que sentí que me estaba seleccionando para algo. Algo extraño. Dijo que no *quiere* cambiarme. Ya sabes, no quiere hacer que dejen de gustarme otros muchachos. ¿Qué demonios crees que significa eso siquiera?

—Eso no suena correcto. A *mí* sí quiere cambiarme. De hecho, acaba de hacer su mejor esfuerzo para lograrlo. ¿Eso te parece justo?

Los ojos de Kay brillaron de rabia, pero apartó la mirada antes de que Ricky pudiese sentir que era contra él. Rayos, quizás ella debería odiarlo. Quizás el hecho de ser un "buen" chico blanco de una buena familia blanca era todo lo que se necesitaba para ganar el favor del director, pero lo dudaba mucho. John-John también parecía estar pasándolo muy mal con su tratamiento.

Ricky seguía sin tener idea de qué pretendía el director con él.

—No es que lo haya disfrutado —dijo, un poco a la defensiva—. Me llevó al sótano.

—¿Y? —lo presionó Kay—. ¿Qué había allí?

—Era como mi sueño, pero no tan escalofriante, supongo. Había auxiliares y alguien se golpeaba contra una puerta. El director iba a mostrarme la habitación, la de la niña, y entonces apareció la enfermera Ash y me sacó de allí.

Por Dios, sonaba completamente demente al decirlo en voz alta. *Era* demente. De todas formas, se sentía bien decírselo a alguien y que ese alguien asintiera y confiara en su palabra. Incluso bajo esa horrible luz Kay tenía un cierto resplandor angelical que le daba a la conversación un aire sagrado. Como de confesión. Pero a diferencia de todos los sacerdotes que Ricky había conocido, la presencia de Kay lo tranquilizaba.

—Te juro que todo es verdad —agregó en voz baja.

—¿Y entonces qué?

—La enfermera me arrastró de vuelta a mi habitación, pero el director estaba enfadado. Es decir, se veía furioso. Ella me dijo que es malo, que no debería escucharlo ni volver con él al sótano. "Un monstruo". Así lo describió. "Un carnicero y un monstruo". Me hizo prometer que no volvería al sótano con él.

Sí. Demente.

—Y hoy fue como si nada hubiese ocurrido. ¡Se comportó como si yo hubiese inventado todo! Es como si estuvieran haciendo todo lo posible para hacerme sentir que estoy loco.

Kay se quedó callada y permaneció así por un largo rato. Ah. Genial. Debería haber adivinado que esto sucedería: la historia le sonaba disparatada incluso a él, y era quien la había vivido. Esa momentánea calma como de confesionario se rompería en cualquier momento. Ella consideró la historia por un minuto o dos, mientras hacía girar la crayola color verde hierba entre sus dedos. Ricky podía ver que se había mordido las uñas casi hasta la base y las tenía quebradas, con los dedos lastimados como su labio inferior.

—¿Qué te metiste en el pantalón hace un momento? —preguntó ella.

—Quería escribir todo lo que la enfermera Ash me dijo ayer. Es todo cierto, Kay, te lo juro. ¿Por qué lo inventaría?

—No creo que lo hicieras, Ricky. Pero, por otro lado, no te conozco tanto. Hacer amigos aquí es… Ya sabes, no siempre es fácil. O inteligente. Llegas a conocer a alguien, te agrada, y luego un día ya no está. Se los llevan, mejoran o se hacen tanto daño que ya no los pueden salvar. ¿Cuál de ellos eres tú?

—Al que se lo llevan —dijo de modo tajante—. Porque ya estoy bien. Porque no pertenezco a este lugar. Sabes que tú y yo solo somos diferentes. Diferentes no significa enfermos.

Se balanceó nuevamente hacia la mesa mientras daba un enorme suspiro que se prolongó hasta que se quedó sin aire. Entonces se mordió la uña otra vez. Realmente debería evitar esa mala costumbre.

—¿Y qué vas a hacer? —preguntó.

—¿Me crees?

Kay hizo rebotar despacio su cabeza hacia delante y hacia atrás hasta que finalmente pareció que asentía. Ricky volvió a sentirse culpable de pronto: Kay había pasado la mañana sufriendo y ahora él la abrumaba con sus pesadas historias. Y ella lo escuchaba. Y le creía. Alguien así de fuerte era la clase de aliada que cualquiera querría tener.

—Es demasiado para ser un invento —dijo—. Incluso para ti.

—Y ni siquiera objetaré eso.

Intercambiaron una sonrisa, pero fue breve. Se le hizo un nudo en el estómago y el alma se le fue a los pies: se oyó un alboroto en la puerta del salón multiuso y cuando las enfermeras se separaron, el director Crawford pasó entre medio de ellas y sonrió lentamente. Le tomó solo un instante encontrar al paciente que quería.

—Aún no respondiste mi pregunta —instó Kay.

—¿Qué voy a hacer? ¿Qué otra cosa puedo hacer? Voy a salir de aquí de alguna forma, y no me iré solo.

CAPÍTULO Nº 16

—¿Quiere que hagamos *qué*?

Ricky seguía al director mientras intentaba no caminar demasiado rápido para no pisarle los talones. Avanzaban, o quizás paseaban, por el pasillo que estaba fuera del salón multiuso. El director caminaba con las manos detrás de la espalda.

—Es un tipo de terapia —le dijo el director.

Su voz no era grave. Imponía cierto grado de atención, pero también era aguda, fina como la primera capa de hielo sobre un lago. Flotaba casi liviana un momento y al siguiente se volvía más profunda y peligrosa. Ricky había oído el cambio cuando el director se había enfadado con su hermano y después con la enfermera Ash, y ahora se preguntaba si volvería a oírlo. Pero el director se contentaba con deambular y detenerse frente a las fotografías que estaban colgadas en la pared del pasillo.

—Algunas instituciones hacen todo lo posible por separar a los pacientes unos de otros —le dijo a Ricky. Se acercó a una de las fotos y la examinó antes de quitar una minúscula mota de polvo del vidrio—. Considero que ese enfoque es contraproducente. Un miembro activo de la sociedad es capaz de interactuar con sus semejantes. Aquí llevamos a cabo esa prueba a escala de vez en cuando: medimos los avances concediendo a los pacientes cierto grado de socialización y cooperación. Durante toda mi carrera he intentado encontrar una solución más amable y moderada que las bárbaras prácticas de mis predecesores.

Más amable. Más moderada. Eso le sonaba bien, en especial si significaba que nunca más tendría que someterse a la terapia de electroshock.

—Supongo que los demás pacientes no son tan malos —admitió Ricky—. Angela y Patty, digo, tienen sus momentos, pero nunca he tenido un problema con ellas.

—Eso es muy amable de su parte, señor Desmond, gracias.

En realidad no era un cumplido, pero bueno.

—Sí —dijo, y agregó el tono sarcástico solo en su mente—. Cuando quiera.

—Por lo tanto, no tendrá problema en organizar una pequeña puesta en escena para la gala. Una obrita. Nada demasiado elaborado. Solo una pequeña demostración del buen trabajo que hacemos aquí, prueba de que nuestros pacientes están estables y mejoran, y son capaces de trabajar juntos.

Que lo pusieran a cargo de la "puesta en escena" le parecía otro "privilegio", y no le gustaba. No sabía cómo responder y sospechaba que de todas formas lo obligarían a acceder, pero se ahorró la molestia cuando algo en la pared llamó la atención del director.

—Esto. Adoro esto.

El hombre prácticamente acarició la foto.

Ricky se quedó observándola. No entendía qué podía adorar de eso. Era un paciente acostado, visto de perfil, que miraba fijamente hacia el techo con lo que parecían ser tijeras suspendidas encima.

—Eh…

Corre. Escóndete.

Ricky se estremeció. Ahora más que nunca quería seguir el consejo de esa voz incorpórea.

—Imagino que esa no será su suerte —dijo el director con una risita sin gracia—. Este no es mi propio trabajo, por supuesto. Este médico fue increíblemente prolífico. Hacía docenas de tratamientos

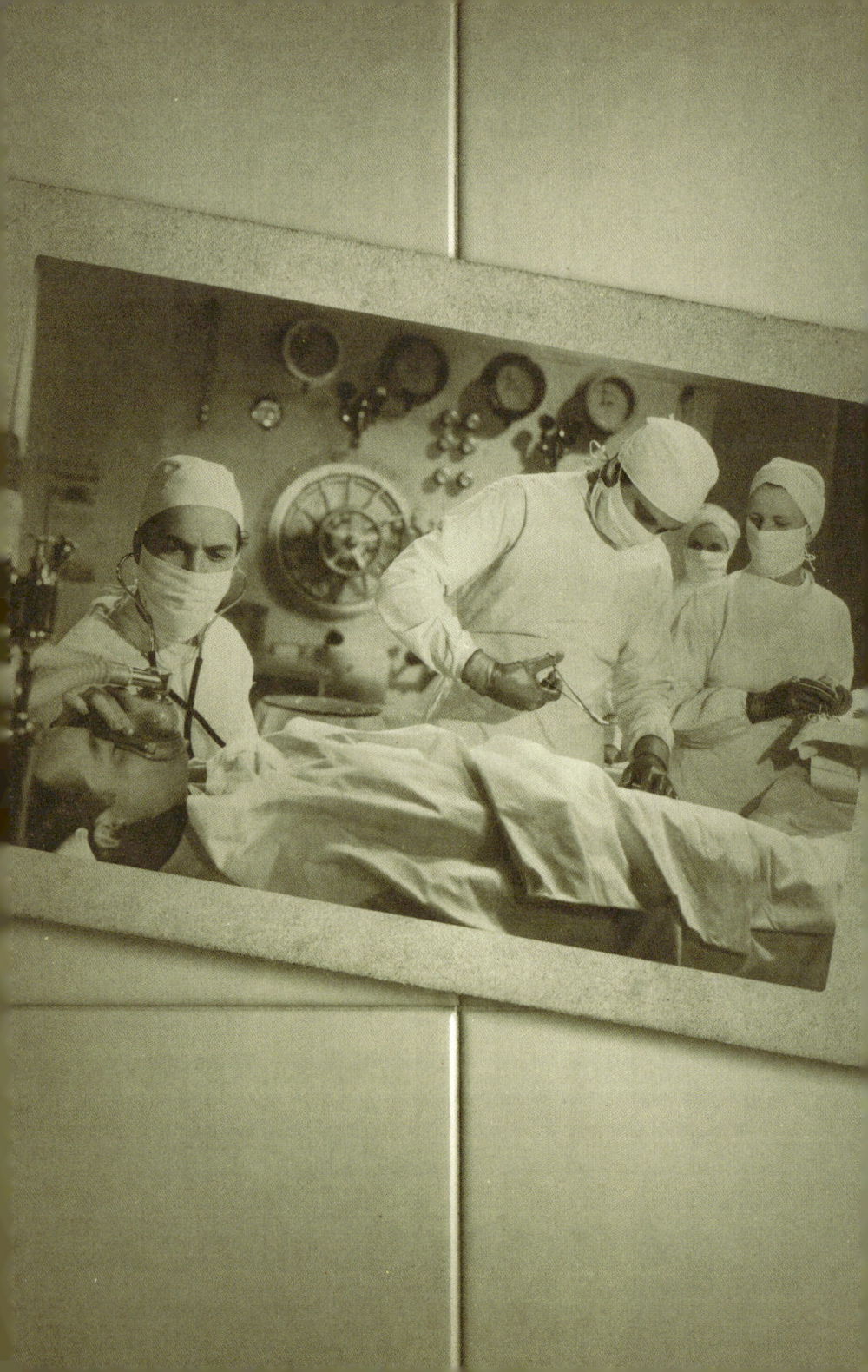

por día, docenas… –suspiró y sonó casi nostálgico–. Pero esos días se han ido. Los hemos reemplazado con métodos más sofisticados, pero hasta yo puedo admitir que había algo admirable acerca del entusiasmo de Freeman. Todavía espero poder conocerlo algún día.

Se quedaron en silencio y parecía que el director Crawford nunca iba a dejar de contemplar extasiado las fotos. Ricky, que permanecía un poco más atrás, echó un vistazo a la siempre presente tabla sujetapapeles que el médico tenía bajo el brazo. Estaba lo suficientemente distraído… Despacio, se movió hacia la derecha, intentando colocarse en una posición que le permitiera ver los papeles sujetos a la tabla. El antebrazo y la muñeca del director cubrían la mayor parte de lo que estaba escrito, pero Ricky pudo divisar el encabezado.

No planeaba permanecer en Brookline y pronto encontraría una manera de salir, pero la curiosidad lo acosaba. ¿Qué pensaba de él el director en realidad? ¿Qué pensaban *todos* ellos de él?

Allí estaban, en letras mayúsculas de imprenta, el nombre de Ricky y su historial. Nada extraño. Recorrió la hoja hacia abajo entrecerrando los ojos para intentar descifrar el texto apretado que llenaba línea tras línea. La mayoría estaba escrito en taquigrafía y no podía entenderlo, pero algunas partes eran legibles.

Presumido. Arrogante. Todo como se predecía. Pasar a la F2 y 1ra dosis.

Ricky tragó saliva, apartó rápidamente la mirada del papel y dio un veloz paso atrás. Descubrió que el director, en silencio y sin que Ricky lo notara, había girado lo suficiente como para observarlo. La forma en que el rostro del director era lo único que apuntaba en su dirección era perturbadora, escalofriante, como una muñeca con la cabeza demasiado torcida a un lado.

Bueno, si era tan *presumido* y *arrogante* entonces no lo echarían de menos cuando saliera huyendo de allí.

—Con respecto a la obra.

Ricky habló un poco demasiado fuerte, con la esperanza de que el director no lo hubiese estado observando mucho tiempo. No tenía idea de cómo interpretar lo que había leído, pero nada sonaba particularmente alentador. Marcharse era su única opción y quería irse *ya*. Tenía que lograr llamar a su casa de alguna forma, antes de que la F2 y la primera dosis, fueran lo que fueran, sucedieran.

—Entonces… ¿Quiere que, eh, la escriba yo mismo?

El director retrocedió distraídamente y resolvió el extraño ángulo de su cabeza. Siguió avanzando por el pasillo con una sonrisa lejana en su rostro.

—No, la enfermera Ash le dará algo para utilizar. Confío en que montará un espectáculo impresionante.

El guion era tan autocomplaciente y aburrido como Ricky había esperado. La única ventaja era que le proporcionaba una excusa para pasar tiempo con Kay, aunque fuera bajo estricta supervisión.

—Tienes cuatro días hasta la gala —había dicho la enfermera Ash al entregarle una pila de pequeños folletos.

Eran los guiones escritos a máquina. Notó algunas erratas en la portada.

—¿Quién *escribió* esto? —preguntó Ricky, asqueado.

Tanto él como los demás pacientes que debían participar habían sido reunidos en el salón de recreo. Angela y Patty estaban ocupadas revisando las cajas con vestuario y utilería que les habían proporcionado.

—El director —respondió ella con una sonrisa apretada. Entonces le guiñó un ojo y agregó—: Creo que no debería renunciar a su otro trabajo.

Ricky esbozó una sonrisa al oír eso. Su compañía de teatro estaba compuesta por él mismo, Kay, Angela, Patty, Dennis y Tanner. Se sentía aliviado de que Sloane no participara, ese viejo le daba escalofríos. Después de haber evitado a Ricky durante tanto tiempo su nueva afición por mirarlo fijamente con una expresión de desagrado era aún más perturbadora.

Se congregaron alrededor de las cajas de vestuario y utilería mientras él examinaba el guion. Era peor de lo que esperaba, en especial los diálogos. Los personajes sonaban como un anuncio de un hospital psiquiátrico.

—¿Tenemos que decir esto frente a personas reales? —murmuró Kay mientras leía uno de los guiones con el ceño fruncido—. Dame un papel pequeño. No me importa si los que vendrán a vernos son extraños. Esto es simplemente bochornoso.

—Puedes ser Chica Dos —respondió Ricky, resoplando—. Cuánta creatividad.

—Esto es ridículo —coincidió Tanner.

Había cerrado el folleto con su guion y observaba con furia las puertas del salón multiuso. La enfermera Ash estaba allí, observándolos apaciblemente. No notó, o al menos no demostró notar, la silueta que se encontraba detrás de ella. El director. Que observaba. Incluso a esa distancia, Ricky podía sentir su mirada.

Mejor no perder tiempo, entonces. Comenzó a batir las palmas, imitando a la extraña maestra de artes dramáticas de su escuela. La señorita Calloway siempre era blanco de burlas, con su enorme peinado anticuado y sus lentes ojo de gato. Parecía más un insecto que zumbaba por los pasillos que una directora teatral. Era la única actividad extracurricular para la que Ricky había hecho una prueba pero la había abandonado enseguida, cansado de que Butch le dijera que era un "espectáculo de fenómenos maricas" cada vez que regresaba de ensayar.

"Te salió el tiro por la culata, Butch. El espectáculo de fenómenos maricas está por comenzar y tú fuiste quien me metió aquí", se dijo a sí mismo.

Y eso le dio una idea. Los estaban observando, seguro, pero podía agregar un poco de emoción a la obrita si tenía cuidado. Se inclinó hacia Kay hasta quedar muy cerca de ella, mientras miraba a Angela y Patty ponerse enormes batas de médico y reírse una de la otra.

–¿Tienes ganas de romper las reglas una vez más? –preguntó él.

–¿Qué tienes en mente?

–Vi algo en la tabla sujetapapeles del director. Algo sobre mí. Sé que dije que saldríamos de aquí y sé que debemos hacerlo pronto, Kay, pero necesito ver mejor lo que están escribiendo sobre mí y voy a necesitar tu ayuda para hacerlo.

–¿Por qué simplemente no nos vamos? –preguntó ella.

–Lo haremos.

Lo afirmó como si le estuviese haciendo una promesa. Pero no podía evitar sentir que el director estaba jugando con él. ¿Por qué era tan amable y permisivo si en realidad pensaba que Ricky era un mocoso presumido y arrogante? Había algo extraño acerca de ese hombre, acerca de Brookline, y necesitaba saber cómo encajaba él en todo eso antes de marcharse para siempre.

CAPÍTULO Nº 17

—¿Esto es lo que buscas?

La enfermera Ash se detuvo en la puerta frente a él, reacia a entrar. Ricky no podía culparla, la habitación estaba oscura como boca de lobo.

Los últimos días habían pasado con asombrosa rapidez para Ricky. Dirigir la obra lo había mantenido ocupado e incluso entretenido. Ahora recordaba que realmente había disfrutado las clases de teatro antes de Butch. Y era agradable tener una actividad en la que no solo les permitían, sino que los alentaban a hablar, aunque las palabras que dijeran no fueran las suyas, sino las del director.

También le había otorgado más libertad con el personal. Todavía no tenía un plan concreto (más bien un montón de pequeñas ideas, una de las cuales podía llegar a funcionar), pero todavía no estaba dispuesto a renunciar a su llamada a casa. Esperaba que al avecinarse la gala, el frenesí de actividad y los controles más laxos le dieran una buena oportunidad, y quería estar listo para lo que fuera.

Mientras, transitó los ensayos, comidas y noches frías con una constante sensación de inquietud. ¿Cuándo llegaría la F2? ¿Qué planeaba administrarle el director?

—Es difícil saberlo en esta oscuridad —dijo Ricky.

La enfermera Ash se apresuró a entrar y tiró de una cuerda que colgaba del techo. Incluso con la luz encendida el lugar era una expansión oscura y cavernosa que Ricky no había sabido que existía. Estaba unido al salón multiuso por un pasillo húmedo y parecía más una cueva tenebrosa que un depósito. La enfermera Ash encendió otra luz más adentro que titiló mientras se encendía poco a poco. Ahora podía ver, entre las sombras, las mesas y sillas adicionales, la vajilla para banquetes, lámparas. Algunos maniquíes para prácticas médicas se alzaban en soportes y bordeaban el único camino sembrado de cosas que se abría a través de la habitación. Uno de ellos estaba inclinado precariamente hacia delante y tenía la cabeza en un ángulo que le recordó al director.

Siempre observando. Siempre vigilando.

Se estremeció y comenzó a abrirse paso a través de los trastos que cubrían el suelo.

—¿Ves algo aquí que pueda servir? —preguntó la enfermera—. Sé que dijiste que querías más vestuario, pero no es necesario que la obra sea demasiado elaborada.

—Creí que el director quería que impresionáramos a los invitados —contestó Ricky.

Le sorprendió que la enfermera le permitiera revisar ese viejo depósito. Quizás debía reevaluar sus probabilidades de ganársela.

—Estoy haciendo lo mejor que puedo —agregó Ricky, y lo decía en serio—. Usted me dijo que mantuviera la cabeza gacha y siguiera las reglas. Eso es exactamente lo que estoy haciendo. Órdenes de la enfermera.

—Tienes razón —respondió la enfermera Ash—. Y creo que es una buena señal que te estés tomando tan en serio esta responsabilidad. Tienes una tendencia a ser, bien…

—¿Presumido? —arriesgó Ricky, poniéndola a prueba—. ¿Arrogante?

—Mmm, esas no son las palabras que iba a usar.

Entonces quizás ella no había visto las notas del director, o no se le habían pegado como a Ricky.

—¿Por qué no decimos "osado"?

La enfermera Ash lo siguió unos pasos más atrás, taconeando por el camino atestado de cosas.

—Creo que podría haber algunas pelucas y abrigos viejos allí atrás. La enfermera Kramer me dijo que el personal solía presentar una obra de Navidad para los pacientes en años anteriores.

—¿Por qué dejaron de hacerlo? —preguntó Ricky mientras esquivaba uno de los maniquíes médicos escorados. Estaba dividido en secciones etiquetadas y le recordaba a la forma en que un carnicero descuartizaría un animal.

—Algún incidente u otro, supongo —respondió ella—. No me contó toda la historia.

—¡Bingo! Ahora sí.

Divisó una hilera de cajas que le llegaban más o menos a las rodillas y de una de ellas sobresalía una peluca oscura. Una de sus ideas, la que lo había llevado allí, era improvisar un disfraz con lo que tenía a su disposición que se pareciera al uniforme de un auxiliar si no había más remedio. Podía usarlo para salir sin que se dieran cuenta durante la gala y correr (difícil) o, al menos, llegar hasta la recepción y usar el teléfono (difícil también, pero no imposible). La interesante ventaja de la segunda opción era que también podía localizar las notas del director sobre él (y, con algo de suerte, más información acerca de ese otro Desmond).

(Si parecía que ninguna de esas opciones iba a funcionar, su siguiente idea era acercarse furtivamente al patán de apariencia más empática de la gala y contarle su triste historia. Él solo era un chico bueno, incomprendido, ¿no tendría compasión y se pondría en contacto con la señora Desmond de la calle Boylston para hacerle saber que su hijito realmente quería regresar a casa?).

Se le revolvió el estómago al pensar en la posibilidades que tenía Kay con cualquiera de esas ideas. ¿Cómo haría para sacarla de Brookline? Se dijo que si él lograba salir, entonces tendría el tiempo, los recursos y la libertad para tramar un plan de escape más audaz para ella.

Por el momento buscaba cualquier cosa que se pareciera a las camisas blancas y almidonadas de los uniformes que usaban los auxiliares.

Una peluca ayudaría también, si quería salir corriendo y llegar hasta la carretera sin que nadie lo detuviera.

El foco que estaba detrás de él titiló y luego chasqueó cuando subió la tensión y logró permanecer encendido. La enfermera Ash tropezó con algo y maldijo en voz baja. Ricky podía oír pasos a través del techo encima de su cabeza, lentos, como si alguien estuviese deambulando de un lado al otro, arrastrando los pies, un *staccato* sordo que penetraba las gruesas paredes y la espesa cortina de polvo del depósito.

Se preguntó cuántos lugares como aquel habría en Brookline, cuartos oscuros y sucios que se contradecían con el exterior blanco y limpio.

Trepó por encima de una caja de cartón cerrada y se aproximó al pequeño mechón de cabello que se veía a unos pocos metros de distancia. Ese sector estaba más oscuro, fuera del alcance de la agonizante luz. Sintió una picazón asfixiante por el polvo que le saturaba la garganta y recordó el aire casi irrespirable del depósito donde estaban los archivos. Pero estaba cerca de su objetivo y avanzó rápido, ansioso por regresar a la luz con lo que fuera que encontrase.

Rodeó unas cajas y se detuvo en seco. Sintió que se le helaba la sangre. ¿Un hombre? ¿Un cadáver? No, un hombre, pálido y frágil, escuálido, estaba sentado en el pequeño hueco formado por las cajas. Tenía las rodillas abrazadas contra el pecho y oyó a Ricky inmediatamente. Su melena despeinada se agitó, levantó la cabeza de golpe y se quedó mirándolo con la boca abierta. Sus ojos eran enormes, negros y derramaban lágrimas turbias.

"Lo siento tanto, no me lleve al sótano otra vez", siseó el hombre. Tenía las mejillas cubiertas de arañazos. Sostenía un bisturí con una mano temblorosa cubierta de sangre que corría espesa por sus dedos. "He sido tan bueno. ¡He hecho todo lo que me ha pedido! He hecho todo lo que me ha pedido, pero no me haga hacer esto. ¡No puedo! Lo siento, lo siento tanto...".

—¡Ricky! ¿Ricky?

Alguien lo sujetaba del brazo y lo sacudía. De pronto, no sabía si estaba mirando al hombre esquelético o si estaba desplomado en el suelo junto a él. Sí, definitivamente estaba en el suelo. Podía sentir el suelo helado bajo la palma de su mano y la capa de polvo que flotaba por encima de sus nudillos. ¿Cómo se había caído? La enfermera Ash seguía sacudiéndolo y luego le apoyó una mano sobre la frente para comprobar si tenía fiebre.

El hombre había desaparecido.

—Vi... —*No, no les digas. No son tus amigos. No pueden saberlo*—. Me sentí tan mareado de pronto —mintió.

—Estás helado —susurró la enfermera Ash—. No tienes fiebre. ¿Desayunaste?

—No —mintió otra vez—. Yo... no tenía hambre. Supongo que me sentí débil, o algo así.

—Vaya que sí. Caíste como una bolsa de ladrillos. ¿Qué estabas diciendo? —preguntó ella mientras lo ayudaba a ponerse de pie lentamente.

—¿Diciendo?

Ricky se quedó con la boca abierta unos segundos mientras observaba el lugar en el suelo donde el hombre había estado acurrucado contra las cajas. Podía jurar que había un vacío en la espesa película de polvo.

—No creo haber dicho nada.

—Gritaste algo antes de desmayarte —dijo ella, ansiosa, mientras sujetaba con fuerza los brazos de Ricky y lo apartaba de las cajas. Él ahora veía que no había ninguna peluca. Nunca había habido una—. Sonabas tan asustado, Ricky. Sonó como si hubieses dicho "Ayuda".

CAPÍTULO Nº 18

El comedor estaba iluminado de forma acogedora para variar, el aire estaba colmado con el aroma de apetitosas salsas herbáceas y carne asada. Aperitivos cubiertos de reluciente mantequilla brillaban sobre las mesas de banquete que bordeaban el perímetro exterior del comedor convertido en salón de fiesta.

El aroma, que normalmente provocaría que se le hiciese agua la boca, le dio náuseas y le causó un nudo en el estómago. En realidad no había comido mucho en todo el día. O el día anterior. Sentía los pies de plomo con los pesados zapatos suministrados a los pacientes para esa noche y solo para esa noche. Se puso de pie, aturdido y nervioso, y apoyó la espalda contra la pared.

—Desvergonzados —dijo Kay a su lado.

Ella y los demás pacientes autorizados a presenciar la gala del director estaban vestidos para la ocasión: sencillas camisas blancas y pantalones para los hombres y las mismas camisas y faldas negras decentes para las mujeres. Kay se retorció en sus pantalones; se veía desdichada. Era un evidente insulto del director, pero Ricky se había asegurado de salir de la neblina de su nerviosismo para decirle que igual se veía bonita, incluso sin la falda. Todos los pacientes esperaban ansiosamente, observando a los invitados que socializaban y se atiborraban de comida. Ricky había estado atento a la búsqueda de algún invitado que pareciera compasivo, pero hasta el momento no había visto ni a uno solo. Kay parecía coincidir.

—Ninguno tiene conciencia. Creo que ni siquiera nos consideran personas. ¿Crees que este tipo de cosas les quitan el sueño alguna vez a estos payasos?

—No. Se van a sus casas y duermen profundamente en sus camas hechas de dinero y se levantan sin una sola preocupación. Como sea, mira la pancarta.

Ricky señaló hacia una enorme pancarta de papel pintada de forma festiva que colgaba sobre las puertas que daban al salón común.

SALVEN A NUESTROS ENFERMOS
MEJOR COMIDA Y CAMAS PARA BROOKLINE

—Creen que nos están haciendo un favor —dijo Ricky—. Aunque no me quejaría de que nos dieran mejor comida...

—Sí, bueno, yo creo que son desdichados. Simplemente no lo saben.

Ricky esbozó una sonrisa al oír eso.

—Siempre ves el lado positivo.

—¿Cuándo vamos a sacarnos de encima esta obra? —preguntó ella.

Sus exiguos accesorios estaban escondidos en una bolsa de tela para ropa sucia que estaba al otro lado de Ricky. Sus actores lo observaban ansiosos en busca de instrucciones. No sabía qué hacer hasta que comenzara la obra, así que evitó sus miradas.

—Espero que pronto —respondió. Como no había conseguido un disfraz convincente estaba escudriñando el salón con desesperación en busca de algún indicio de que los auxiliares estuvieran bajando la guardia y que podría salir sin que nadie lo notara—. ¿Cuento contigo?

—Claro, pero estoy perdiendo el valor conforme pasan los minutos —respondió Kay en voz baja—. Sería una lástima impresionar a todos y luego echar a perder toda su buena voluntad si tus planes no funcionan.

—Si mis planes no funcionan creo que ambos tendremos mucho más de qué preocuparnos, Kay. Comienzo a sentir que es ahora o nunca.

No le había contado que había visto un fantasma o lo que fuera en el depósito. El miedo que lo atormentaba, casi tanto como la curiosidad acerca de lo que el director había escrito en esos papeles, era que cuanto más tiempo permanecía allí más *necesitaba* estar ahí. Brookline lo estaba volviendo loco.

—Si yo… si no intento escapar, no quiero que eso evite que tú lo hagas —murmuró ella mirando el suelo.

—Kay. Sabes que nunca te dejaría aquí. Tiene que haber una forma de que los dos podamos escapar. Puedes darme una lista de tus parientes, los buenos, y quizás ellos puedan sacarte de aquí.

Era incierto y ambos lo sabían. Era poco probable que otra persona que no fuera su padre tuviese la autoridad para sacarla de allí.

El director entró por las puertas que estaban a la izquierda y silenció su conversación de manera eficaz. No solo la de ellos; los invitados comenzaron a notarlo y un murmullo interesado recorrió la multitud. Ricky no podía creer cuánta gente había ido. La mayoría eran personas mayores pero divisó algunos jóvenes, hombres y mujeres, también. Una mujer casi corrió hacia el director al verlo llegar. Era bajita y voluptuosa, tenía el cabello oscuro y un revoltijo de pesados collares que colgaban sobre su blusa. Si sus cálculos eran correctos debía tener la edad de una chica universitaria.

Los invitados estaban vestidos solo de blanco y negro a propósito, pero aquí y allá Ricky notó destellos rojos escondidos en algunas solapas o en los escotes de ciertas damas. Eran pequeños broches rojos, pero no todos los tenían.

El director evitó la comida y la bebida y se enfrascó de inmediato en una conversación con la joven de cabello oscuro que lo había interceptado.

Ricky no estaba demasiado interesado en lo que tenían para decirse. En cambio, dirigió su atención hacia las puertas. No había música, pero las conversaciones a media voz del salón servían de suave banda sonora mientras evaluaba sus opciones. Había un solo auxiliar junto a las puertas, atento pero no demasiado concentrado en su puesto a juzgar por la forma en que su mirada se desviaba hacia la mujer de cabello oscuro que estaba colgada del director.

Las enfermeras se paseaban entre los invitados; la mayoría esbozaba frágiles sonrisas mientras soportaban el peso de tener que actuar como camareras por esa noche.

La vigilancia no era poco rigurosa, en especial con la enfermera Ash apostada cerca de ellos, pero Ricky sentía que muchos de los auxiliares y enfermeras *no estaban* ahí. Tal vez después de la obra tendría más suerte para cautivar a alguno de los invitados; hasta ese momento ninguno se había aproximado siquiera a los pacientes. Observaban a Ricky y sus actores y susurraban pero desde una distancia prudencial. Claro, estos eran los pacientes "dóciles", pero de todas formas eran pacientes en un manicomio.

La mayoría de los auxiliares y enfermeras probablemente estaban en las habitaciones, cuidando que los pacientes se mantuvieran tranquilos y en silencio para no perturbar a los invitados. Orden y disciplina. Ese era el estilo Brookline.

Ante el menor inconveniente sabía que el director pondría en acción a su equipo en un instante. Después de tanto trabajo y preparación no podían permitir que nada saliera mal.

—Me cercioraré de que les guarden un poco de pastel a cada uno como recompensa por su trabajo duro —dijo la enfermera Ash, inclinándose hacia ellos con una sonrisa alentadora—. No puedo esperar a ver cómo quedó la obra.

—¿Ya falta poco para comenzar? —preguntó Patty. Estaba de pie junto a Kay y se veía cada vez más ansiosa. La camisa blanca no le quedaba muy bien y como era bajita y rechoncha, la falda que debería haberle llegado hasta los tobillos rozaba el suelo. Tenía grandes ojos azules, un poco bizcos, como si necesitara lentes para corregirlos pero no le permitieran usarlos en el manicomio–. La obra… ¿Cuánto tiempo más nos obligarán a esperar así? Muero de hambre…

—Estoy seguro de que ya falta poco –le dijo Tanner, que estaba junto a ella.

Él miraba fijamente hacia delante, con los ojos entrecerrados y enfocados, como si estuviese haciendo un enorme esfuerzo por bloquear el parloteo y los olores.

Al otro lado del salón la mujer de cabello oscuro echó hacia atrás la cabeza y comenzó a reír ruidosamente de algo que decía el director. Tenía un espacio tan notorio entre los dientes que Ricky podía verlo desde donde estaba. La vio salir por la puerta por donde entraban poco a poco los últimos invitados. Un momento después regresó con un pequeño gong y una baqueta con la punta blanda y redondeada. Levantó el gong y lo golpeó dos veces mientras sonreía a todos con satisfacción.

Inmediatamente los invitados callaron y Ricky sintió como si lo hubiesen dejado fuera de alguna clase de club.

—Formalidades –dijo el director, casi como disculpándose–. Si los donantes principales pudieran acompañarme…

El director llevaba una chaqueta negra formal y una camisa blanca casi sin cuello. Donde podría haber tenido un pañuelo de bolsillo había un pequeño broche rojo brillante. Ricky vio cómo cerca de una docena de invitados se separaban del resto y salían en fila. Notó que todos tenían esos broches rojos.

—¿Tenemos que esperar más? –se quejó Patty, inquieta. Kay intentó apoyar su mano en el hombro de la mujer para calmarla, pero Patty se la quitó de encima de un sacudón–. Entramos en calor hace siglos. Quizás deberíamos aprovechar el momento antes de perderlo, como dice la canción. Nos trajeron para que diéramos un espectáculo, ¿no es así?

Ricky no sabía si los ojos de Patty brillaban de picardía o de ira.

Un hombre alto y guapo con una sonrisa fácil y cabello castaño rojizo se adelantó y extendió su mano hacia el director, quien la estrechó antes de acompañar fuera del salón al resto de los Broches Rojos.

—¿Adónde crees que van? —murmuró Kay.

—¿A contar su dinero? ¿Quién sabe? Esta podría ser la distracción que quería —dijo él.

La enfermera Ash hizo contacto visual con él y sonrió, luego señaló el centro del salón para indicarle que comenzara la obra.

Ricky corrió hasta donde estaba ella y casi se asfixió en la nube de perfume floral que flotaba sobre los invitados.

—El director ni siquiera está aquí —susurró Ricky—. ¿No deberíamos esperar?

—Estoy segura de que volverá pronto. Estamos un poco atrasados, así que ¿por qué no empiezan?

Ricky asintió. No quería que le importase que el director se perdiera su estúpida obrita, pero le fastidiaba que le hubiese pedido que dirigiese todo y después no lo viera.

Se volvió hacia su elenco: todos se veían absolutamente desinteresados excepto Patty, que se retorcía ante la expectativa de comenzar.

—Aquí vamos —les dijo en silencio, moviendo los labios.

—Su atención, por favor —decía la enfermera Ash mientras gesticulaba con la mano, intentando que la multitud hiciera silencio—. El director Crawford les ha pedido a algunos de los pacientes que muestran más avances que pongan en escena una pequeña obra para todos ustedes. Estoy segura de que apreciarán que les den toda su atención.

Ricky reconoció las miradas que lo observaban: eran las miradas expectantes, ligeramente irritadas de los padres obligados a ver cantar a sus revoltosos niños en el concierto anual de Navidad.

Casi todas las cabezas estaban inclinadas condescendientemente a un lado con los labios fruncidos y proyectaban en silencio las palabras "¿No son simplemente adorables?".

Se aclaró la garganta y tomó su lugar en el sector que habían despejado para los pacientes. Mientras sostenía un trozo de cartón que simulaba ser una tabla sujetapapeles apoyó el mentón sobre su puño con aire pensativo y recitó su primer parlamento:

—El trabajo de un médico nunca acaba. Curar al enfermo. Atender al herido y al oprimido. Pero ¿atender a los enfermos de mente? —soltó un exagerado *¡AJÁ!* y asintió—. Los misterios del alma y la mente son los mayores misterios de todos.

Aplausos suaves y corteses recorrieron el salón. Giró hacia la derecha, hacia la parte de atrás del salón, buscando a Kay para darle su pie.

—¡Mi primer paciente del día! —exclamó, odiando cada estúpida palabra que salía de su boca—. ¡Qué emocionante! ¡El primer misterio a examinar!

Pero Kay no lo estaba escuchando, ni siquiera se estaba preparando para su entrada. Estaba demasiado ocupada intentando llevar a Patty de vuelta hacia la pared con el resto de los pacientes. Al parecer, la cantante se había cansado de esperar. Con las enfermeras ocupadas con sus bandejas y los auxiliares en otras habitaciones, Patty se soltó y avanzó directo hacia el público.

Los invitados se apartaron, manteniéndose alejados de ella. Algunos señalaban y reían por lo bajo, y Ricky oyó claramente a un hombre que le decía a su esposa:

—¡Oh, qué divertido! ¡Mira, están comenzando con su obrita!

Patty levantó los brazos y comenzó a medio cantar, medio recitar un discurso.

Su voz retumbaba con claridad shakesperiana contra el techo abovedado. La enfermera Ash corrió hacia ella y las demás enfermeras se apresuraron a dejar sus bandejas sin volcar nada y ayudar.

—¡En verdad son deliciosos los placeres de la imaginación! Toda la Tierra nos pertenece en esos exquisitos momentos; ni una sola criatura se nos resiste —vociferó Patty, con las mejillas encendidas por el entusiasmo, la atención—. Devastamos el mundo, lo repoblamos de nuevos objetos que también inmolamos. Tenemos los medios para todos los crímenes, y los usamos todos, centuplicamos el horror[1].

Cuando llegó al punto culminante dos enfermeras la acorralaron, sin duda haciendo su mejor esfuerzo para disuadirla y evitar tener que callarla con una inyección delante de tanta gente.

—¿Qué hacemos? —preguntó Kay, con una inspiración sobresaltada y se cubrió la boca.

—La dejamos seguir —dijo Ricky al ver su oportunidad. No había quedado nadie junto a las puertas—. Y más tarde le agradecemos su impresionante actuación.

Kay negó con la cabeza una sola vez, rápido, de manera triste. A Ricky le dolió un poco pero no tenía tiempo de vacilar. Si no se iba ahora, quizás nunca escaparía.

---

1. N. de la E.: *Juliette o Las prosperidades del vicio*, Marqués de Sade, 1796.

CAPÍTULO Nº 19

Ricky rodeó el alboroto dejando atrás a Kay con el resto de los pacientes. No podía culparla por no acompañarlo, las probabilidades de que los vieran o los atraparan eran altas y solo aumentaban si iban juntos.

Al llegar a las puertas giró la cabeza para mirarla y vio que estaba consolando a Dennis, quien se había alterado por el ruido y estaba con la frente apoyada contra la pared.

Patty no iba a rendirse en silencio. Forcejeó con las enfermeras que trataban de tranquilizarla, ahí mismo en medio del salón. Ricky creyó ver que lo miraba y sonreía, pero para entonces ya estaba en el pasillo. Suspiró aliviado al encontrarlo completamente vacío.

Caminó deprisa por el corredor que llevaba al vestíbulo. Al aproximarse al final del pasillo avanzó con más cuidado. Una única puerta alta con un panel de malla metálica llevaba al vestíbulo y nunca la dejaban desatendida. La puerta estaba cerrada con llave, desde luego, pero el vestíbulo estaba escasamente iluminado y en silencio ahora que todos los invitados estaban dentro. Hasta donde podía ver no había nadie en la entrada.

Sacó provecho de su buena suerte, se frotó las palmas sudadas en sus pantalones prestados y pasó junto a la puerta que llevaba al vestíbulo. No era difícil encontrar las oficinas desde allí. El pasillo iba en una única dirección, a pesar de tener muchas puertas a ambos lados, y terminaba en una pesada puerta que daba al área de recepción y, más adelante, al sótano. Ricky sintió un frío en la nuca y disminuyó la velocidad al recordar la voz que parecía seguirlo por el manicomio. Siempre venía acompañada de una sensación de frío sobrenatural. Ahora lo visitó una vez más y Ricky dejó que lo traspasara, resuelto, sin prestar atención a que la piel de sus brazos se erizó cuando se detuvo frente a la oficina del director.

La oficina estaba a oscuras, pero la puerta estaba sin llave. Ricky no sabía si eso se debía a un error del personal o a la arrogante suposición de que la gala transcurriría sin complicaciones. Sea como fuera, él no vaciló ni un instante antes de entrar. Había llegado hasta allí y dudaba que el castigo fuese muy diferente por entrar a escondidas a una oficina específica que por simplemente haberse escabullido. Y *no iban* a atraparlo, se recordó.

Se dirigió deprisa hacia el ordenado escritorio. Encendió la luz y localizó el reloj del director. Se dio tres minutos. Incluso eso le resultaba arriesgado. Pero cualquier cosa que descubriera tendría que volver a ponerla en su sitio. Si no lograba escapar esa noche, el director no podía enterarse de que había estado revisando sus cosas. Entonces trabajó enérgicamente: abrió gavetas al azar en busca de la tabla sujetapapeles, una libreta, o cualquier cosa que pudiese hojear.

La última gaveta del lado derecho del escritorio tenía un fichero con unas cincuenta carpetas con lengüetas que mostraban apellidos ordenados alfabéticamente. Encontró la que decía "DESMOND, R." y la sacó de un tirón. Lo había encontrado y todavía tenía al menos dos minutos para volver a ordenar todo y marcharse. Abrió la carpeta y...

Vacía.

Ricky se quedó mirando el lugar donde debería haber docenas y docenas de útiles notas, pero no había nada. Sintiendo que lo invadía el pánico sacó otra carpeta al azar. Esa, por supuesto, estaba llena hasta el tope de historiales, registros, observaciones escritas a mano…

Sintió que ese extraño miasma helado lo envolvía otra vez y se paralizó. O era su imaginación o se oían pasos que provenían del pasillo. Afortunadamente, había cerrado la puerta al entrar. Apagó la lámpara que estaba sobre el escritorio y permaneció de pie en la oscuridad escuchando con la respiración entrecortada. Los pasos se aproximaban.

"Corre", oyó que la voz incorpórea le susurraba roncamente en el oído otra vez. "Escóndete".

CAPÍTULO Nº 20

Ricky cerró la gaveta lo más silenciosamente que pudo y se metió debajo del escritorio, apretándose contra un rincón. Era la clase de escritorio que tenía un frente plano y un espacio del otro lado para las piernas y los pies. Se escondió en aquel espacio con las rodillas contra el pecho sosteniendo las dos carpetas.

Por un momento creyó que quizás los pasos solo habían estado en su mente, pero no, la puerta se abrió con un suave chirrido. Contuvo la respiración, temblando, indefenso, esperando que lo descubrieran.

Oyó tres pares de pasos diferentes que entraban y sintió que la oficina se llenaba. Un par de pies llevaba zapatos de tacón, podía darse cuenta por el exagerado repiqueteo. Las tres personas que entraron se congregaron frente al escritorio; solo algunos centímetros de madera los separaban de la cabeza de Ricky.

—Estás un poco negligente con la seguridad, Crawford. ¿Ni siquiera cierras con llave la puerta de tu oficina estos días? —preguntó un hombre.

Tenía una voz grave un poco maliciosa y ronca, como si fumara habitualmente.

—No seas ridículo, Roger, aquí no sucede nada sin que yo esté al tanto.

Era el director.

—¿Podemos pasar a lo que nos importa? Me esperan unos canapés y lindas enfermeras.

Ricky oyó que el director suspiraba y se acercaba al escritorio, y contuvo aún más la respiración. Escuchó que se apoyaba sobre el escritorio, medio sentándose sobre él. La madera crujió y a Ricky le resultó ensordecedor. Intentó no emitir sonido y desaparecer.

—La Fase Dos comenzará pronto, Roger, te lo aseguro —dijo el director con un tono que manifestaba que se sentía abusado.

—¿Pronto? ¿Por qué no mañana? ¿A qué se debe la indecisión? ¿Sabes a cuántas personas tuve que sobornar para lograr que esos centros nos dieran un nombre? Tuve que enviarles esos folletos de Brookline por correo seis veces a los padres del chico. *Seis.* Y ahora cada día perdido es otro día que tengo que pagar la electricidad de este lugar. Todo este asunto se está volviendo demasiado costoso.

—El director Crawford sabe lo que hace —dijo la mujer, reflejando la irritación del director—. ¿No suele decirse que no se puede precipitar la perfección?

—Bueno, contigo sí que se precipitó —respondió Roger.

—Ya es suficiente —interrumpió el director—. Carie, agradezco tu apoyo pero puedo hablar por mí mismo sobre este asunto. La Fase Dos se ha postergado porque el sujeto ha sido excepcionalmente cooperativo y dócil esta vez. Es una buena señal, desde luego, un Paciente Cero con buena disposición es nuestro objetivo. Mis intentos previos fueron necesariamente menos ambiciosos; fueron el trabajo preliminar, no el proyecto completo. Solo quiero tiempo suficiente para observarlo antes de avanzar con el tratamiento. Estamos hablando de seres humanos, Roger, no ratones de laboratorio. Son complejos. Complicados. Lo que se está volviendo demasiado costoso es la adquisición de más especímenes adecuados.

—Pronto seré decano —le dijo Roger, igual de exasperado—. Entonces podrás escoger los que quieras. Pronto *seré* decano, ¿no es así?

—El director está encargándose de poner al comité a tu favor, pero estas cosas llevan tiempo —respondió la mujer, Carie—. No puedes obtener esa clase de poder simplemente chasqueando los dedos.

—No por ahora, al menos —agregó Roger con una risa áspera—. ¿Siempre le permites que te hable así?

—Aprecio sus contribuciones sin censura.

—Habla por ti. Bueno. Bueno. Solo acelera todo esto, ¿está bien? La Fase Dos debe comenzar lo antes posible —vociferó Roger—. No quiero sorpresas más adelante. Quiero que perfecciones completamente esa técnica tuya. Esta clase de dinero compra perfección, Crawford, no chapucería.

Comida y camas para Brookline, un carajo, pensó Ricky con amargura. Se preguntó si todos los invitados sabían lo que sus fondos pagaban o si eran solo los "donantes principales".

Ricky oyó pasos que se dirigían hacia la puerta.

—Ahora, si me disculpan —dijo Roger—, debo ocuparme de esos canapés.

La puerta se abrió y se cerró. Ricky se relajó un poco, olvidando que todavía había dos personas en la habitación, una de las cuales estaba sentada justo arriba suyo.

—Imbécil —oyó que la mujer decía entre dientes.

—Sí —coincidió el director Crawford—. Pero es un imbécil útil. ¿Cómo te sientes? ¿Jaquecas? ¿Hemorragias nasales?

—Estoy bien —le aseguró ella—. Ahora cuéntame más acerca de este nuevo sujeto. ¿Puedo conocerlo?

—A su debido tiempo, Carie. A su debido tiempo. Habrá suficiente tiempo para que lo veas después de que comience su transformación.

La puerta se abrió de golpe y sonó como un disparo. Ricky se asustó y esperó contra toda esperanza que el director no lo hubiese oído ni sentido sobresaltarse bajo el escritorio.

—¿Enfermera Ash? ¿Qué sucede? —preguntó el director.

Se levantó del escritorio y cruzó la oficina dando fuertes pisotones.

—Debería... Es... Señor, será mejor que venga a verlo por usted mismo.

La oficina se vació tan rápido como se había llenado y Ricky finalmente pudo soltar el aliento que había estado conteniendo. Cerró con fuerza los ojos por un momento, casi sin poder creer su propia suerte. Entonces salió arrastrándose de su escondite y, con cuidado, volvió a poner las carpetas en su sitio, asegurándose de encontrar el lugar correcto en el orden alfabético. Caminó sin hacer ruido hacia la puerta, que había quedado abierta, y se asomó al pasillo. Sonaba como si el alboroto del comedor estuviese comenzando a extenderse al resto del manicomio.

Salió al pasillo y corrió de vuelta en dirección al vestíbulo, intentando abrirse paso entre los invitados que salían escandalizados en tropel y pasaban junto a él, ignorándolo. Finalmente se deslizó hacia el interior del comedor con la espalda contra la pared y observó cómo se desataba el caos mientras el director intentaba tomar el control de la situación. Dennis había comenzado a golpear sus puños contra la pared y rugió indignado cuando tres auxiliares intentaron ponerle un bozal y arrojarlo al suelo. Estuvo a punto de lograr repelerlos. Lanzó manotazos y golpeó a uno de los auxiliares en la cabeza con tanta fuerza que se desplomó. Patty había sido sedada y silenciada, pero ahora Angela tenía un ataque de histeria porque habían derribado a su amiga.

Ricky buscó a Kay con la mirada pero la enfermera Ash lo encontró primero. La sintió antes de verla, cuando su implacable mano lo sujetó con fuerza de la muñeca.

—¿Dónde estabas? —exigió saber.

Los últimos dos invitados pasaron ruidosamente junto a ellos. La mujer sollozaba contra el pañuelo de su esposo.

—¿De qué estás hablando? —Ricky se apresuró a pensar una buena historia.

—¿Dónde estabas? —repitió la enfermera Ash. Nunca la había visto tan enfadada—. Y esta vez, no me mientas.

CAPÍTULO Nº 21

—¿Qué es la Fase Dos?

La enfermera Ash acababa de llevar a Ricky a su habitación. Se quedó inmóvil mientras estiraba el brazo para cerrar la puerta. Bajó un poco la cabeza, con los hombros encorvados como un animal que detecta un lejano aroma inquietante.

Finalmente, dijo:

—Tengo que regresar a ver si el director necesita ayuda para confinar al resto de los pacientes.

—Solo dímelo, puedo manejarlo —insistió Ricky, todavía de pie. Afuera, en el pasillo, se oía que el caos de esa noche iba menguando, y también la voz del director que intentaba tranquilizar a los últimos invitados que quedaban—. ¿Qué es la Fase Dos? ¿Va a sucederme algo?

La enfermera hizo ademán de salir, pero al parecer lo pensó mejor y en lugar de eso cerró la puerta para silenciar el ruido del pasillo. Su mirada no era amistosa, pero ya no parecía enfadada, solo recelosa.

—Bueno —dijo cuidadosamente. Se enderezó mientras cruzaba los brazos; ya no parecía un animal asustado—. Basta. Sé que abandonaste la fiesta esta noche. ¿Adónde fuiste?

Ricky negó con la cabeza. Las palmas de sus manos seguían sudadas por los nervios y sintió que el pecho se le oprimía. Así era como se sentía siempre que estaba a punto de perder los estribos: el aumento de adrenalina, el repentino impulso de golpear algo. No podía golpearla a ella, ni siquiera se le ocurriría atacarla, pero se sentía peligroso. Tenso.

—No voy a responder sus preguntas si se niega a responder las mías.

—Eres un *paciente* aquí, Ricky. ¿Cuántas veces necesitas que te lo recuerden? Esto es un hospital. Existen reglas. ¿Adónde fuiste? —tenía los ojos encendidos pero no levantó la voz—. ¿Qué viste?

Lo sabía. Ella no era su amiga. Era otra persona más que lo traicionaría en un instante, una más en la larga lista que incluía a su papá, su mamá y Butch, los chicos de la escuela. Quería gritar. Se dio cuenta de que jamás conseguiría que lo ayudaran ni que sintieran compasión por él. El director planeaba hacerle algo y todavía no sabía qué. La Fase Dos. Una dosis de... *algo.* Y los amigos también estaban involucrados. Eso lo hacía peor. ¿Cómo lo había llamado el director? ¿Un espécimen?

Se dejó caer sobre su colchón de pacotilla y se quedó mirando fijamente hacia delante.

—No importa, ¿no es así? Lo que haya visto u oído... Mi mamá no va a volver a buscarme esta vez, ¿no? Lo arruiné todo.

No estaba fingiendo. Sentía que le temblaban los brazos y las piernas. La derrota o la resignación, fuera lo que fuese, se sentía horrible. Y ahora había salido a escondidas, lo habían atrapado y ¿para qué? Para oír los planes que otra persona más tenía para él. Planes que no podía comprender ni evitar.

—Atacaste a tu padrastro —dijo la enfermera Ash, cambiando el tono de su voz.

Ahora sonaba amable. Estaba negociando. Caminó hacia Ricky y se detuvo al borde de la cama. Era tan joven. ¿Cómo se había convertido en enfermera siendo tan joven? Se podía ver que el trabajo ya estaba haciendo estragos en su juventud; las arrugas alrededor de sus ojos y su boca eran demasiado profundas para alguien de su edad. Se preguntó cómo sería trabajar en un lugar como ese, ver a personas de su misma edad sufriendo o solo perdiendo el tiempo, mientras contaba los días de juventud que nunca recuperaría.

–Lo lastimaste –reiteró–. No es una broma, Ricky. Pasaste por dos instituciones antes de venir aquí. Tienes un serio problema con tu temperamento, ¿sabes? Y tu familia está preocupada por ti. Las salidas a todas horas, el faltar a clases, los…

–Muchachos –finalizó él entre dientes.

–Tus padres te trajeron aquí por un motivo –continuó ella–. ¿Puedes intentar entenderlo?

–Lo entiendo –dijo Ricky, y hablaba en serio–. Sí. Tienes razón. Tengo un problema con mi temperamento. Pero no siento que me estén ayudando con eso aquí. Algo está sucediendo. Puedes decirme lo que quieras pero sé que es verdad. Parece que no puedes decidir si estás de mi lado o del lado del director. No sé quiénes son esos amigos del director ni qué es la Fase Dos pero sí sé cuando me mienten. No soy un niño.

–Rick…

La enfermera Ash giró bruscamente la cabeza hacia un lado al oír lo mismo que él: un fuerte grito atormentado que provenía del sótano. Sus mejillas se encendieron. Bien. Ella también lo había escuchado. Era el signo de puntuación perfecto.

Ricky giró y se acostó con la espalda sobre el colchón.

–Puedes administrarme una dosis de lo que sea, puedes intentar callarme o cambiarme. Pero yo sé que el director esconde algo. Que *todos* ustedes esconden algo. Voy a encontrar la forma de salir de aquí y no olvidaré quiénes me ayudaron y quiénes no.

Todavía tenía el pequeño trozo de papel donde había escrito lo que ella le había dicho. *Monstruo. Carnicero.* No, no lo olvidaría. Ahora había otras palabras que rondaban su mente gracias al director. *Espécimen, dosis, transformación.*

Ricky respiró hondo y cerró los ojos. Tenía miedo, mucho miedo ahora que la ira lo había abandonado, pero no podía dejar que ella viera eso.

—Me gustaría estar solo.

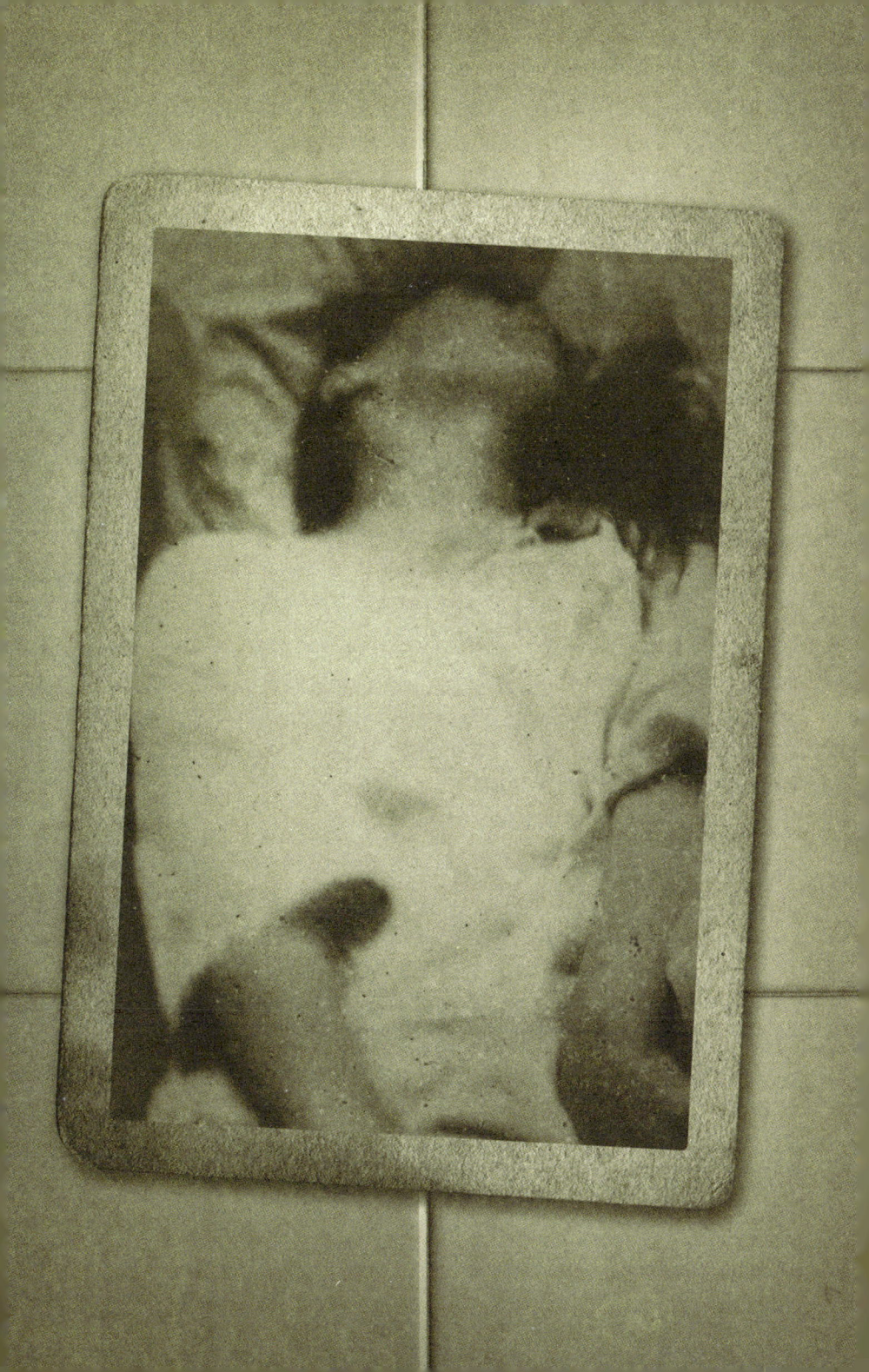

CAPÍTULO Nº 22

*P*ermaneció confinado en su habitación durante dos días. Al final de ese período, Ricky casi estaba feliz de ver al director otra vez cuando abrió la puerta de su celda. Él se quedó observando a su paciente por un largo rato mientras calculaba algo. Sus lentes resplandecían bajo la fuerte luz del pasillo y el vidrio brillaba tanto que Ricky no podía distinguir los ojos del director, solo veía círculos blancos.

—Creo que todos se han calmado después de esa desafortunada crisis —dijo el director con frialdad. Sonaba como un padre decepcionado—. ¿Por qué no viene conmigo para que podamos discutir su interpretación de esos eventos?

Se levantó de la cama lentamente y caminó hasta la puerta arrastrando los pies. No se había bañado en dos días y tenía el cabello despeinado y grasoso. Su pantalón y camisa de paciente eran nuevos pero ya habían comenzado a adoptar el hedor de su cuerpo sucio. En silencio, con la mandíbula apretada, Ricky siguió al director fuera de su habitación.

—Entiendo que usted y Keith Waterston se están haciendo amigos —dijo.

Ricky ya no interpretó erróneamente el comentario como parte de una conversación cortés. Había decidido que no tomaría nada de lo que dijera el personal como simple charla trivial. Todo era deliberado. Todo era invasivo.

—Hago amigos con facilidad —respondió él sin emoción.

Avanzaron por el serpenteante pasillo que salía del salón de recreo en el extremo sur del edificio, bajaron las escaleras hasta el vestíbulo y giraron a la izquierda, dejando atrás la relativa tranquilidad de las sillas y mesas cubiertas de revistas de la sala de espera y siguieron hacia el sector administrativo. Un grupo de enfermeras se habían reunido en el dispensario y callaron repentinamente cuando el director pasó frente a ellas acompañado de Ricky.

—Eso ciertamente es verdad. La enfermera Ash también siente afecto por usted —comentó el director.

—No lo sé —dijo Ricky, mientras se encogía de hombros, simulando indiferencia—. Parece tratar igual a todo el mundo.

—Mmm. Pero habla maravillas de ti. Los pacientes dispuestos a cooperar son una bendición. Además, eres casi de su misma edad, y eres apuesto. Las muchachas se fijan en ti, Ricky. Seguramente tú también te fijas en ellas, ¿no es así?

¿Eso significaba que la enfermera Ash no le había dicho al director que se había ido durante la gala? Creía que ese era el motivo por el que había permanecido confinado, pero tal vez todos habían permanecido confinados como castigo por el alboroto. El director no parecía enfadado, así que quizás la enfermera realmente no le había mencionado nada acerca de la conversación que habían tenido esa noche.

—No estoy aquí para buscar una cita —respondió Ricky—. Tengo... problemas con mi temperamento. Eso hace que me comporte mal. Estoy aquí para tratar esos problemas.

—Eso es muy maduro de tu parte —el director sonaba realmente impresionado, como si se lo hubiera creído—. Y tienes razón, desde luego. Todo lo que debemos hacer es lograr controlar tus impulsos agresivos y estarás listo.

El director comió una de sus mentas mientras entraban en su oficina. No mostró indicios de que fuera a detenerse, lo cual significaba que volverían al sótano. ¿Esto era la Fase Dos? ¿Era hora de la dosis? Ricky intentó que el pánico no lo dominara, pero al mismo tiempo se sentía (al igual que durante la primera entrevista que habían tenido) extrañamente alentado por las palabras del director. Observó la espalda del hombre con los ojos entrecerrados mientras intentaba evaluarlo basándose en los pocos momentos que había pasado con él. Quizás la enfermera Ash también estaba loca. Quizás trabajar en este lugar la había afectado como le estaba afectando a él.

El director Crawford no parecía ser una amenaza, pero Ricky sabía que era peligroso confiar en cualquier adulto que prometiera algo que sonara demasiado bueno para ser verdad; y mantenerlo en un manicomio sin ninguna intención de abordar su "perversión", como lo llamaba Butch, era extremadamente bueno para ser verdad. De todas formas sabía que solo era verdad a medias; dudaba de que la "transformación" de la que había hablado el director la noche de la gala fuese tan leve como la hacía sonar ahora. Ricky sentía el aplastante peso de toda la confusión sobre sus hombros.

Eso hizo que caminara más lento.

—¿Por qué volvemos allí abajo? —preguntó.

—Suena nervioso, señor Desmond.

Las fuertes pisadas del director ya se oían sobre los escalones. No vaciló ni esperó a que Ricky lo siguiera.

—Quizás *estoy* nervioso.

—No lo esté. Ya le aclaré mis intenciones, ¿no es así? Un futuro más amable y moderado para la medicina, ¿recuerda? No tiene nada que temer de mí —dijo. Su voz era afectuosa. Una voz paternal, en cierto modo, suave y colmada de sabiduría, y algo que parecía alegría—. Simplemente lo estoy llevando a ver a otro paciente.

—¿A quién?

ESCAPE DEL ASYLUM

¿Sería Kay? Muchos pensamientos invadieron su mente. ¿Y si mientras él había estado confinado en su habitación, la habían arrastrado al sótano para algo peor que terapia de electroshock? Sí, estaba sacando conclusiones apresuradas y también se estaba dejando llevar por el pánico. Pero no podía evitarlo.

La repentina carcajada del director sobresaltó a Ricky, quien tropezó ligeramente en los escalones. De manera rápida y automática el hombre giró y lo tomó del brazo para ayudarlo a recobrar el equilibrio. Luego continuó descendiendo como si nada hubiese sucedido.

–Tiene muchas preguntas hoy, ¿no es así? ¿Dónde está su espíritu aventurero, señor Desmond? ¿Su sentido del *misterio*?

Su sentido del misterio era lo único en lo que podía pensar últimamente. Ricky mantuvo la boca cerrada y lo siguió. Comenzó a temblar de frío y sintió con intensidad cuánto hacía que no disfrutaba de la luz del sol. El camino hacia abajo le pareció más oscuro esta vez, pero sabía qué esperar y no volvió a tropezar. Se preguntó cómo podían siquiera sobrevivir los pacientes que estaban allí abajo. ¿Cómo sobrevivían por las noches si él se estaba congelando después de tan solo cinco minutos?

Continuaron bajando y bajando. Había olvidado que llevaba tanto tiempo. En su visión todo parecía más rápido o, al menos, más urgente, con ese latido resonante que lo atraía e impulsaba todo el tiempo.

Cuando llegaron al pabellón inferior el director llevó aparte a uno de los auxiliares y señaló en la dirección de la que habían venido. Protección. No quería que volvieran a interrumpirlos. Ricky dudaba de que la enfermera Ash se presentara esta vez. Apretó los labios y se quedó observando al auxiliar cuando pasó junto a él pesadamente. El hombre ni siquiera lo miró, se dirigió a su puesto y se quedó allí, como un centinela.

Se detuvieron frente a la segunda puerta de la izquierda. El pabellón estaba silencioso en su mayoría, pero aun así la mirada de Ricky se desvió hacia la última puerta de la derecha. ¿Estaría allí en ese preciso momento la niña de su sueño? Volvió a dirigir su atención al director, por temor a que lo atrapara mirando en esa dirección.

La puerta se abrió con un chirrido raspando el suelo; era tan pesada que hasta el fornido director tuvo dificultad para abrirla. Una ráfaga mentolada flotó hasta Ricky cuando el hombre resopló por el esfuerzo. Entonces escudriñó el interior de la habitación, indefenso ante la oleada de curiosidad que lo invadió.

—Ah, excelente —dijo el director con voz cansina mientras señalaba el interior de la celda—. Aquí está nuestra pequeña estrella. Recuerdas a Patty, por supuesto. Creí que te gustaría ver cómo le estaba yendo después de esa extraordinaria *interpretación*.

CAPÍTULO Nº 23

La celda no estaba equipada de la forma en la que Ricky hubiese esperado. Por el momento estaba iluminada con la luz blanca casi cegadora de lámparas quirúrgicas colocadas a ambos lados de una camilla.

Patty yacía amarrada a la cama. Sus ojos casi bizcos miraban en todas direcciones y cuando se posaron sobre Ricky se quedó boquiabierta por la sorpresa. Él suponía que sus expresiones debían combinar, ya que sentía no solo que estaba incomodando a Patty, sino que estaba interfiriendo con algún tipo de cirugía importante. La enfermera Ash estaba de pie junto a la paciente y se veía desdichada. Sostenía una jeringa llena y sus manos se movían nerviosamente. Junto a la cama había una mesa metálica con algunos instrumentos quirúrgicos dispersos sobre un trozo de papel limpio.

—Patty mostraba mejoras continuas, pero su progreso era lento —dijo el director—. Con un avance tan lento, recaer se vuelve mucho más sencillo. A veces, por más difícil que sea, debemos ayudar a los pacientes a dar un salto adelante. Las estrategias más moderadas no siempre son eficaces. Lo intentamos, fracasamos y aceptamos nuestras limitaciones con respecto a ciertos defectos de la mente.

Todo tipo de calidez y amabilidad habían desaparecido de su voz. Ya no sonaba como un padre decepcionado, sino frío y distante, como si hubiese aprendido cómo ser humano de un manual médico. Tenía la mirada vacía al observar a Patty, quien forcejeó en la cama, pero solo hasta que el director levantó la mano y le hizo una seña a la enfermera; ella vaciló un poco antes de meter la jeringa en el brazo de la mujer.

Detrás de Ricky, la puerta estaba abierta, pero podía sentir la sólida corpulencia de un auxiliar que se interpuso en su camino para vigilarlo. Estaba atrapado.

—¿Qué...? ¿Qué le está haciendo? —preguntó.

Su instinto de supervivencia se disparó enseguida y comenzó a temblar. ¿Esta era la primera alternativa a la medicina amable y moderada? Todo lo que había dicho el director acerca de sus limitaciones era tan injusto. Patty era la vulnerable en esta situación. No podía evitar imaginarse amarrado en esa misma camilla. Otros pacientes habían muerto en este hospital. Lo sabía. Él mismo había visto las fichas de esos pacientes.

—Este procedimiento se inventó en Portugal, pero fue perfeccionado aquí. Solía ser mucho más engorroso, había que perforar el cráneo, y ese tipo de cosas —explicó el director con aire despreocupado.

Su voz sonaba absolutamente impasible mientras esperaba a que la anestesia hiciera efecto y tomaba un objeto largo y delgado similar a un enorme clavo.

La luz se reflejó sobre su acabado plateado, como una lágrima blanca que se deslizaba hacia abajo.

—Walter Freeman perfeccionó el procedimiento, lo pulió.

El director contempló el instrumento parecido a un clavo por un momento y luego se aproximó más a Patty. Esperó hasta que la enfermera Ash, después de respirar hondo, colocara en posición el rostro de Patty, inclinándolo levemente hacia arriba. Ricky podía ver el interior de su nariz.

—Ese sí que era un hombre brillante, pero nunca satisfecho —continuó divagando el director.

Ricky no podía creer lo que estaba viendo, ni que la enfermera Ash pudiese asistir tan tranquila. *¿Quién es el monstruo ahora?*, pensó con malicia mientras apretaba los puños. *Este es el secreto; este sótano oscuro y horrible, y lo que sucede aquí.*

Fallecido, fallecido, fallecido...

—Nunca satisfecho —repitió el director—. ¡Como yo! —soltó una risa sarcástica—. Ahora es mucho más simple. Mucho más humanitario. La lobotomía transorbital fue una revolución. Hay quienes dicen que es anticuada, bárbara, y yo me incluyo, ya que creo que hay métodos mejores en la actualidad; pero todavía se la considera el último recurso cuando la medicina le falla a alguien como Patty.

Ricky se lanzó hacia delante. Tenía que detener esto. Patty había sido su distracción, ¿no? Y una parte de él se preguntaba si no lo habría hecho a propósito para arruinar la gran noche del director. Él respetaba eso. Lo admiraba. No quería fallarle. El auxiliar lo tomó de los hombros por atrás y lo obligó a permanecer donde estaba.

—Acabará pronto —le aseguró el director.

Sin avisar, levantó el clavo; Ricky se encogió y cerró muy fuerte los ojos. Los sonidos también eran espantosos. Oyó una inhalación repentina, luego un golpe seco y un inconfundible crujido. Una pausa y luego el mismo sonido otra vez. Se le heló la sangre y se estremeció. De pronto, sintió que le estallaba la cabeza. Se oyó un grito que provenía del pasillo que estaba detrás de ellos, de las otras celdas. Sonaba a furia. A solidaridad. Comenzó con el grito de una niña, amortiguado por una pesada puerta. Luego se le unieron otras voces que se elevaron formando el mismo horrible coro que había oído en su visión.

Deseó poder taparse los oídos pero el auxiliar lo sujetaba con fuerza.

Los minutos pasaron lentamente. No se atrevía a abrir los ojos. Si solo pudiese bloquear los gritos, los lamentos...

–Listo. No fue tan malo, ¿o sí? Estará como nueva una vez que pase el efecto de la anestesia. Creo que podemos esperar un mejor comportamiento en su futuro.

Su comportamiento ni siquiera era malo antes, pensó Ricky. Era posible que ni siquiera estuviese enferma. A Patty solo le gustaba cantar y tenía una voz hermosa. Él también cantaría si tuviese una voz como la de ella. Recordó que los fines de semana, a veces Martin le tocaba la guitarra en el parque y Ricky comenzaba a cantar, simulando absoluta seriedad. Cantaba horrible, no podía seguir la melodía ni aunque supiese toda la letra, y siempre terminaban explotando de risa. Quería esconderse dentro de ese recuerdo, envolverse con él como si fuese una manta abrigada, pero sentía el frío palpable de la celda que lo atravesaba. Cuando abrió los ojos, el director sonreía orgulloso junto a su paciente, ajeno a los gritos amortiguados que llenaban el sótano.

Ricky miró a la enfermera Ash y supo la profundidad de su remordimiento. Se veía tan atrapada y arrepentida como él se sentía de pie ahí, con Patty inmóvil y dormida sobre la camilla frente a ellos.

CAPÍTULO Nº 24

—No entiendo —dijo Ricky, mirándolo fijamente.

Ya no forcejeaba con el auxiliar que lo sujetaba, sino que dejaba que él lo sostuviera de pie. Si iban a intentar atarlo a esa maldita camilla, usaría hasta la última gota de energía que tenía para resistirse.

—Claro que sí —respondió suavemente el director. Dejó el clavo sobre la bandeja, se dirigió hasta el extremo de la mesa y apoyó su mano sobre el tobillo de la mujer—. Patty era una instigadora, una amenaza para la salud del resto de nuestros pacientes. No toleramos eso aquí.

Lo castigamos. Ricky completó la amenaza implícita que le estaba haciendo. Miró nuevamente a la enfermera Ash y ella apartó la mirada, con el rostro pálido. El auxiliar lo soltó. Esa no sería su suerte. No sería su suerte porque la enfermera Ash había guardado silencio. No se sentía exactamente agradecido, pero sí aliviado. ¿Por qué no podía haber intercedido también en favor de Patty?

—Enfermera Ash, quédese con la paciente, por favor. Infórmeme cuando despierte.

—Sí, señor —dijo ella con un hilo de voz.

Ricky tuvo que combatir una oleada de náuseas provocadas por la repulsión que sentía. No por el director, que ahora estaba seguro de que no le agradaba, sino por la enfermera. *Este es su trabajo*, se recordó. *Y te protegió.*

El director pasó tan campante junto a Ricky, canturreando con alegría para sí mismo. Al parecer, la lobotomía lo había puesto de buen humor. Él sabía que se suponía que debía seguirlo y cuando no se movió suficientemente rápido el auxiliar lo instó a ponerse en movimiento y cerró la puerta de la celda con un golpe seco.

Iban a abandonar el sótano y Ricky no podía quejarse por eso, pero le inquietaba que se marcharan mientras todavía resonaban los gritos y lamentos. No parecía que el director siquiera los hubiese notado. Quizás no le importaba.

Los pacientes que presentaban los peores casos estaban ahí abajo, pensó Ricky, *pero Patty no estaba tan mal. ¿Eso quería decir que a los demás también los maltrataban así?*

Permaneció absorto en sus pensamientos mientras subían la escalera de vuelta a la planta baja y el frío del sótano trepaba detrás de ellos, intentando escapar. No relajó su postura hasta que llegaron al vestíbulo, donde la luz del sol entraba a raudales.

—Lo que todavía no entiendo es por qué me mostró eso.

—Es la realidad de mi ocupación —explicó el director. Su buen humor había desaparecido y ahora sonaba exhausto—. Ese procedimiento puede ser mortal. Debo tomar este tipo de decisiones constantemente, determinar si vale la pena correr el riesgo para ayudar al paciente y tratar sus anormalidades.

—Patty no era anormal —replicó Ricky de inmediato—. ¡Solo era excéntrica! No *necesitaba* hacer eso, ¡y definitivamente no necesitaba mostrármelo! ¿Y si le cuento todo esto a mi madre cuando venga a visitarme?

SI ES QUE viene a visitarme.

—Se lo mostré porque creo en usted, señor Desmond, y creo que tiene el potencial de convertirse en un joven extraordinario. Pero necesito que comprenda que esto sigue siendo un centro de atención para enfermos mentales. Las personas que se encuentran aquí no se están tomando un año sabático, están aquí para mejorar, con la esperanza de poder regresar con sus familias, si son afortunados. Tiene razón, Patty era excéntrica. Pero también estaba enferma. Ambas características no son mutuamente excluyentes. Lo mismo sucede con usted, la única diferencia es que usted tiene el potencial de ser algo más. Regresar con su familia no es lo único que puede desear —inclinó su cabeza hacia un lado y observó a Ricky desde atrás de sus extraños lentes. ¿Por qué sonaba tan triste?—. Venga.

En lugar de llevarlo de vuelta a su celda, lo condujo junto con el auxiliar hacia una habitación en la planta baja, una que no había visitado antes. El director abrió la puerta y en el interior vio a otro auxiliar que estaba limpiando el suelo mientras silbaba, aunque no tenía nada de alegre. Ricky se quedó mirando dentro de la habitación y se le hizo un doloroso nudo en el estómago. Sus músculos se contrajeron, preparándose para resistir invisibles oleadas de dolor.

Reconoció la máquina, sus abrazaderas y ataduras. Reconoció la estructura que mantenía el cuerpo erguido. Reconoció la pantalla blanca desplegable para pasar las diapositivas. La habitación hedía a orina y, lo que era peor, a temor.

Sin importar lo que se dijera a sí mismo, no podía hacer que su cuerpo se moviera. Estaba paralizado, transportado a Hillcrest, al repugnante cuartito al final del ala oeste del primer piso. A las ataduras. Al *dolor*.

El aliento mentolado del director hizo que se revolviera su anudado estómago y tuvo que respirar hondo para reprimir el deseo de vomitar. Ya se había sentido mal, pero ahora estaba seguro de que iba a vomitar.

—Este no es un cuarto para un paciente de un programa especial, para alguien con potencial —susurró el director suavemente,

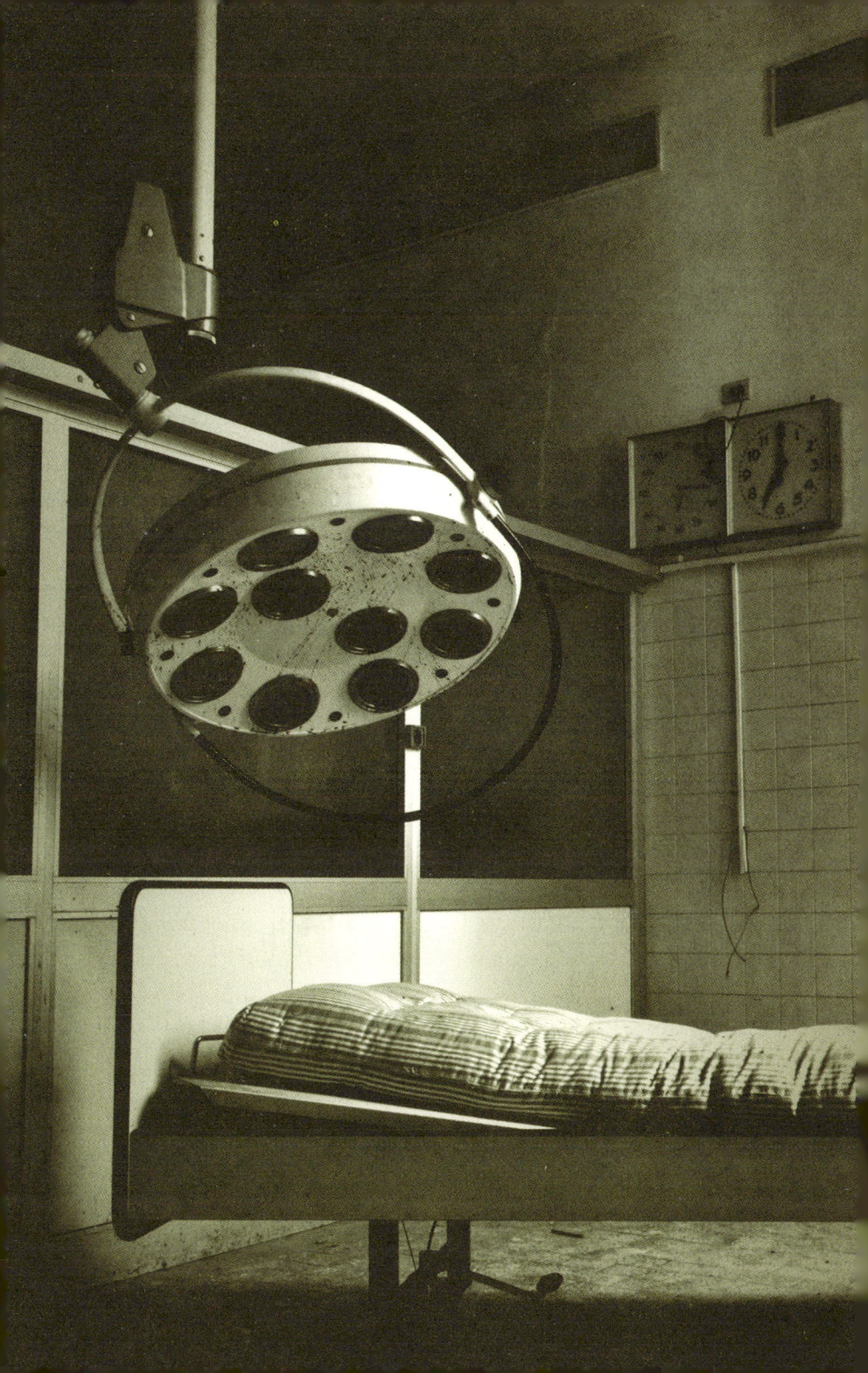

en tono tranquilizador, como si alguna palabra pudiese borrar el miedo paralizante de ese momento. No era un recuerdo, sino un trauma, y Ricky quería abalanzarse sobre el auxiliar y estrangularlo por silbar esa alegre melodía mientras limpiaba las pruebas de la tortura–. No tiene estar aquí, Ricky. No tiene que volver a estar en un lugar como este nunca más, y no tiene que terminar como Patty. ¿Comprende?

Él seguía sin poder hablar. O moverse. Sentía que sus venas eran como helados hilos punzantes que ardían por el recuerdo de estar amordazado y de ser electrocutado.

La voz del director ya no era amable.

–¿*Nos entendemos?*

–Sí –se oyó a sí mismo decir. Era lo único que *podía* decir. No quería terminar como Patty. Todavía podía oír el crujido que había hecho el clavo al entrar–. Sí.

La puerta se cerró y Ricky sollozó y se encogió. Se preguntó si las personas alguna vez dejarían de hacerlo sentir tan insignificante.

CAPÍTULO No 25

ESCAPE DEL ASYLUM

*E*l auxiliar lo llevó de vuelta a su habitación.

No era su imaginación, ese pasillo de la planta baja realmente parecía más oscuro. Echó un vistazo hacia arriba mientras caminaban y notó que uno de los focos de la lámpara del techo se había apagado y nadie se había molestado en cambiarlo. Las grietas en la fachada se multiplicaban.

Pasaron el vestíbulo y Ricky salió de su miedo y confusión para prestar atención al oír la voz familiar de un hombre que le gritaba a una enfermera tras la puerta con el panel de malla metálica.

Era el hermano del director, el hombre del otro día, con la misma piel blanca y los pómulos marcados, el mismo cabello oscuro. Ricky vio ahora que estaba vestido con ropa gastada. Recordó vagamente algo acerca del patrimonio de la madre que debía ser puesto en orden y se preguntó si el director habría obtenido su dinero honradamente o si eso era parte del motivo por el que peleaban.

—¿Qué quiere decir con que no me atenderá? Soy su hermano, por el amor de Dios. ¡Tenía una cita! Dígale que no me iré. ¡Esperaré todo el día y toda la noche si es necesario!

Ricky perdió de vista la discusión cuando doblaron una esquina y dejaron atrás el vestíbulo. El salón multiuso estaba cerrado y no se oían voces en su interior. Se dio cuenta de que realmente todos habían estado confinados. El director los estaba castigando por el desastre de la gala.

El auxiliar abrió la puerta con impaciencia y lo empujó hacia adentro con desconsideración. Cerró la puerta sin decir nada. La enfermera Ash al menos le recordaba cuánto faltaba hasta la hora del almuerzo o la cena, o le recomendaba que intentara descansar un poco. Se preguntó si ese auxiliar si quiera sabría su nombre.

Se sintió como un condenado a muerte que regresaba a su celda y tenía que esperar el destino que el director tenía en mente para él, fuera cual fuese. Cerró fuerte los ojos e intentó recomponerse, pero no lo estaba logrando.

Entonces abrió los ojos y soltó un grito ahogado. No estaba en su pequeña celda blanca, estaba en *casa*. En su casa en Boston. El suelo de baldosas había desaparecido y en su lugar había un tramo de césped crecido. Se le aceleró el corazón. Eso no era posible, pero allí estaba. Ricky avanzaba por el camino de entrada de su casa colonial, blanca y formal. Sin embargo, nada se veía exactamente como debería. Los canteros, que por lo general estaban llenos de alegres flores rojas, colgaban torcidos debajo de las ventanas. Pétalos rojos caían como lágrimas y las flores desnudas estaban marchitas y secas. La puerta estaba entreabierta y desde el jardín se podían oír los compases de apertura del programa de televisión preferido de su madre. La estática interrumpía la música y convertía el ritmo y la letra en una recopilación aleatoria de notas y palabras.

Aun así, ansiaba entrar. Era su casa, más allá de que se llevara bien con la familia que vivía allí o no; e incluso si a veces odiaba a su madre, había amor, ¿no? ¿Y si solo hubiese hablado con ella ese día que Butch llegó lanzando manotazos? ¿Y si ella realmente lo hubiese escuchado?

La puerta se abrió lentamente para recibirlo, solo lo suficiente como para que pasara. Algo se quemaba en la cocina y llenaba el aire de un olor grasoso, ahumado, acre. Oyó una carcajada de

su madre que provenía desde la sala que estaba a su derecha y siguió el sonido. La encontró pasando la aspiradora a los tapetes, pero el aparato estaba apagado y su madre revoleaba el cable como si fuese un lazo.

—¿Mamá? —preguntó Ricky desde la entrada.

Estaban pasando el programa favorito de su madre, pero la televisión titilaba tanto que era imposible saber qué estaban diciendo.

—Oh, Ricky, cariño, regresaste. Estoy tan feliz de que hayas vuelto. ¡Y justo a tiempo para la cena! Qué agradable sorpresa.

Su madre suspiró mientras se mecía al ritmo del parpadeo de la televisión. Tenía la cabeza inclinada hacia atrás mientras simulaba pasar la aspiradora; su piel se veía más pálida que de costumbre, sus ojos permanecían abiertos y con la mirada fija, y tenía una gran sonrisa en su rostro. Sus labios no parecían moverse cuando hablaba.

—¿Estás bien, mamá?

—Perfectamente, cariño —dijo y su boca permaneció inmóvil otra vez—. ¿Por qué no subes y buscas a tu padre? Estoy segura de que querrá comer pronto.

Su padre. Ricky corrió hacia la escalera. Ella nunca llamaba así a Butch, su padrastro. Siempre era "Butch". Eso quería decir que su verdadero padre estaba arriba. Finalmente había vuelto a casa, lo que Ricky siempre había querido pero nunca se había atrevido a admitir porque era demasiado trillado; era exactamente lo que esos idiotas de Victorwood querían. La única vez que lo había dicho en voz alta había hecho llorar de furia a su madre. Su padre se había ido, le recordó ella, los había dejado solos, era demasiado egoísta para quedarse y tratar de arreglar las cosas.

Pero ahora su padre había vuelto. Y resolvería todo. Plantaría flores nuevas en los canteros y sacaría a su madre del extraño estado en el que estaba. El piso de arriba pareció flotar cuando lo pisó; el pasillo se inclinó como si fuese parte de un laberinto en una feria de diversiones. Se equilibró apoyando una mano en la pared y avanzó tambaleándose. Sus pies descalzos chapoteaban en el tapete empapado. Un líquido rojo y espeso borboteaba entre los dedos de sus pies y le manchaba la piel

La radio estaba encendida en el baño, que era el único cuarto que tenía una luz que brillaba por debajo de la puerta. Ricky fue hasta allí, luchando contra el nauseabundo vaivén del pasillo que intentaba desequilibrarlo. Tenía los pies mojados y fríos, se sentía abombado, demasiado desorientado como para reconocer la canción que sonaba en la radio.

La puerta del baño estaba helada al tocarla, pero Ricky golpeó. Golpeó otra vez. Ahora podía escuchar con claridad la canción de la radio, era una de sus preferidas: "Tears of a Clown".

—¿Papá?

But don't let my glad expression.

Ricky golpeó más fuerte, tratando de hacerse oír por encima de la música.

Give you the wrong impression.

Sin importar lo fuerte que golpeara la puerta, no hacía el menor ruido. Golpeó y golpeó, mientras gritaba y gritaba, tan fuerte que comenzó a dolerle la garganta. Su padre estaba ahí dentro. ¿Por qué no podía oírlo? ¿Acaso no quería volver a ver a Ricky?

El pánico lo dominó y la música se detuvo de golpe.

—¿Qué pasa, hijo? ¿Por qué golpeas así?

Se dio vuelta y allí estaba Butch, al final del pasillo, grande y corpulento como siempre, pero también le sucedía algo malo. Estaba de espaldas a Ricky pero inclinado hacia él, con el cuello y la cabeza en un ángulo imposible, de manera que aunque le estuviese dando la espalda, Ricky podía ver su rostro. Pálido. Enfermo. Tenía la misma enorme sonrisa inmóvil que su madre.

—¿A qué se debe tanto barullo? —se movía hacia Ricky ahora, rápido, dando pasos exagerados en puntas de pie, grotescamente veloz, como una araña de patas largas—. ¿Por qué golpeas tanto?

Él retrocedió, se apoyó contra la puerta y se encogió. Oh Dios, no había escapatoria, no había ninguna puerta que pudiese abrir, ni habitaciones a las que pudiese entrar. No podía apartar la mirada de esa horrible sonrisa, esa que no se movía, que se acercaba cada vez más hasta que Butch estuvo justo encima de él.

—¿No sabes que está muerto? ¿No sabes que está muerto, MUERTO, *MUERTO*? FALLECIDO.

Ricky cayó al suelo con un gruñido. Y la realidad lo golpeó igual de fuerte: era otra visión. Un sueño. Le dolía el pecho y se había lastimado el mentón. Giró hasta quedar acostado boca arriba y apoyó las yemas de los dedos sobre su esternón, respirando con dificultad hasta que se evaporaron los últimos vestigios del sueño. El suelo frío era lo único que parecía real. Sólido. Ni siquiera podía confiar en su propio cuerpo, tembloroso y débil.

¿Por qué le resultaban tan reales las visiones que tenía ahí? Y ¿cuándo, estaba desesperado por saber, *cesarían*?

CAPÍTULO Nº 26

—Voy a salir de aquí. Tengo que hacerlo. Nada está bien aquí, nada es… Y Patty.

Ricky enfatizó su declaración con un resoplido mientras arrancaba una mata de malezas del cantero. El confinamiento había terminado. Tenían jardinería supervisada, que ahora le parecía un regalo. Kay y Ricky desmalezaban uno junto al otro y, a unos metros de distancia, otros pacientes podaban y plantaban lo mejor que podían. Incluso en ese día cálido el cielo estaba brumoso y la extraña neblina flotaba al borde del jardín. Lo hacía pensar en que un hechicero había lanzado un conjuro sobre ese lugar para impedir que cualquiera pudiese entrar o salir.

—El horario de trabajo probablemente sea nuestra mejor oportunidad, momentos como este —estaba divagando, pero lo ayudaba a llenar el silencio—. Quizás podríamos conseguir que alguien nos ayude, ¿sabes? Crear una distracción. Podríamos trepar la reja y después mantenernos alejados de la carretera. No será fácil, pero debemos intentarlo. No permitiré que terminemos como Patty.

Angela, que generalmente no se despegaba de ella, trabajaba por su cuenta. Y Patty estaba a solo unos metros de distancia, ocupándose con obediencia de las plantas. Estaba callada, ya no comenzaba a cantar repentinamente.

Kay se sentó sobre sus talones mientras se limpiaba la frente. Dejó una pequeña mancha de lodo que se mezcló con su sudor.

—Sabes que eso es imposible. Tú *viste* lo que le hicieron. ¿De verdad quieres arriesgarte a hacer lío después de eso? Simplemente nos atraparían, ¿y después qué?

—Lo sé, Kay, lo sé, pero justamente por eso es que debemos irnos —insistió. Arrojó un puñado de dientes de león dentro de una cubeta de plástico mientras ahuyentaba irritado una mosca que se había posado en su brazo—. Como ya no me importa sonar demente, te contaré que tuve una visión anoche acerca de mi familia. Mi casa se estaba cayendo a pedazos y mi mamá y mi padrastro se veían como monstruos. Tenían unas sonrisas espantosas —se estremeció de solo pensarlo—. Creo que fue una señal.

—Es como "El saneamiento de la Comarca" —dijo Kay con tono despreocupado.

—¿El qué de dónde?

Ricky no podía imaginar qué transgresión podía ameritar que alguien pusiese los ojos en blanco de la forma exagerada que lo hizo Kay.

—Oh, vamos, ¿acaso no lees? ¿Tolkien? ¿*El Señor de los Anillos*?

Ricky se sonrojó, con la mirada fija en las malezas que tenía en la mano.

—¿La revista *Tiger Beat* cuenta?

—No, desde luego que no —respondió ella, pero se relajó y se apoyó contra el hombro de Ricky, dándole un empujoncito—. Bueno, es de un libro. Unos pequeños hobbits hacen un largo viaje, lejos de casa. En un momento el personaje principal tiene una visión en la que su pueblo se está incendiando y, cuando regresan al final, descubren que todo se ha ido realmente al demonio. Estoy simplificando, pero de todas formas es una alegoría.

—¿Una qué?

Al menos esta vez no puso los ojos en blanco.

—El sentido es que nunca puedes volver a casa, no en realidad. A los hobbits aún los esperaban peligros al llegar a casa, y a ti también. Aunque logres cruzar esa reja, cuando tus padres se enteren te traerán de vuelta, ¿no es así?

—Sí —admitió Ricky. Se dejó caer mientras suspiraba—. Es probable que tengas razón. Creo que nunca estaré suficientemente curado para Butch. O para mi mamá, para ser honesto.

—Bueno, entonces necesitamos un plan mejor —le dijo Kay en voz baja—. Y cuando salgamos de aquí, no iremos a casa. Iremos a cualquier otro lado.

La idea de tener que arreglárselas por su cuenta lo asustaba, pero ella tenía razón. Y cumpliría dieciocho el año siguiente. Nunca había tenido las mejores calificaciones y, antes de todo eso, ya no estaba seguro de querer ir a la universidad. Le gustaba la idea de ir a Nueva York, de ver el vecindario West Village del que sus amigos de Victorwood le habían hablado.

—¿Realmente crees que podríamos arreglárnoslas solos?

—No lo sé, pero podríamos intentarlo.

Ricky asintió. Sonaba sabia. Adulta.

—Cielos, mi papá también estaba en el sueño. Dejé de soñar con él hace años, cuando me di cuenta de que realmente no iba a regresar.

—¿Por qué se fue en primer lugar? —preguntó Kay. No estaba trabajando mucho, arrancaba flores sanas cuando la enfermera Ash no los estaba observando y armaba una corona de flores—. ¿Crees que sería bueno con nosotros si lográramos encontrarlo?

Normalmente una pregunta como esa hubiese hecho explotar el temperamento de Ricky, pero por alguna razón no le molestó que Kay se lo preguntara. Probablemente porque sabía que ella no quería burlarse de él. En cambio, los chicos de su escuela eran otra historia. Su madre debía haber hecho algo mal para hacer que su padre se fuera, o así decía la historia popular. Sencillamente era así. Ningún hombre que se respetara se marchaba sin más y dejaba a su familia, así que su papá era una mala persona o su mamá era una cualquiera.

Ricky recordó la extraña fotografía que había encontrado en el depósito de los archivos, la del hombre inexplicablemente parecido a él. Eso y la ficha de paciente que Kay había encontrado… Casi era más fácil pensar que su padre se había vuelto loco y había terminado en un manicomio. Eso significaría que no había tenido opción, que en verdad le sucedía algo malo, aparte de ser un idiota egoísta.

Ricky arrancó otro manojo de malezas de un tirón.

—Mi mamá nunca se decidió por una buena historia. Un día era que siempre había sido un holgazán inoperante, la próxima vez que le preguntaba decía que era un soñador que nunca quería sentar cabeza. Butch dice que fue porque se embriagaba y la golpeaba, y que esa es la razón por la que mi mamá odia hablar al respecto. Pero no recuerdo haberlo visto ebrio jamás. Rayos, puede que nos acoja, pero simplemente no lo *conozco*.

—¿Dónde comenzarías a buscar, si pudieras? —preguntó Kay.

—California, es probable. Allí creció.

—Se me ocurre algo, salgamos de aquí juntos y te acompañaré —dijo ella y rio suavemente—. ¿Sabes por qué?

—¿Por qué?

—Porque es lo más lejos de aquí que podemos ir sin llegar a China. Y está bien lejos de mi papá —terminó la corona de flores y la dejó caer sobre la cabeza de Ricky—. Lamento que hayas tenido que ir al sótano. No puedo ni imaginar lo que fue ver cómo la… Verla así.

—Gracias —murmuró. La corona le hacía cosquillas en las orejas pero no se la quitó. Nunca antes le habían hecho una corona—.

Me sorprende que no me haya dicho simplemente: "Compórtate o serás el próximo".

—Pero tú eres su consentido, ¿no? —bromeó Kay. Su voz tenía un tono molesto y Ricky se percató enseguida.

—No debería haber dicho nada acerca de eso. No soy su consentido.

—Claro. Quizás eso de la Fase Dos fue solo un malentendido. Tal vez oíste mal.

—No importa lo que soy, voy a salir de aquí.

—¿Cuál es tu próximo plan? Ahora que lo de la gala fracasó.

—Todavía no lo sé —dijo Ricky—. Sé que suena retorcido, pero quizás esta historia con el director podría ser algo bueno para nosotros. Tal vez me dará más libertad. Podría decirle que caminar afuera por la noche me ayuda a calmar mis impulsos.

Sonaba tan estúpido y poco convincente como su último plan, pero el solo hecho de decir que haría algo lo hacía sentir mejor. Permanecer en Brookline sin rumbo, sin un plan, sería peor.

—Seguro —respondió Kay, y sonaba tan abatida como Ricky se sentía—. Solo no te vayas volando sin mí, ¿ok, Superman?

—No haría eso.

Kay concordó con un bufido y comenzó a arrancar más flores perfectamente sanas. Por un momento permanecieron en silencio y solo se oía el piar de algún pájaro errante en los árboles sobre sus cabezas, o a Sloane que murmuraba para sí mismo. Entonces la escuchó respirar hondo.

—El problema es que mi papá pagaría lo que fuera para verme *normal* otra vez. Yo nunca los dejaré ganar, así que él seguirá pagando y pagando, y nunca saldré de aquí.

—¿De verdad haría eso?

—Oh, sin duda alguna. Eso es lo que pasa cuando recibes un poco de dinero. Crees que puedes *arreglar* cualquier cosa con dinero.

Kay terminó su segunda corona de flores y se coronó a sí misma mientras observaba a Ricky desmalezar. *Eso no suena muy diferente de los amigos del director*, reflexionó.

—¿Cómo hizo todo ese dinero? Mi mamá heredó el suyo.

—Con la música. Morris Waterston y los Siete de Traje, que se hacen más famosos cada día y no necesitan a un hijo problemático.

Suspiró, se puso sus guantes de trabajo y rastrilló la tierra con los dedos sin entusiasmo.

—*¿Morris Waterston?*

Ricky no sabía si contarle que tenía sus tres discos en casa. Nunca se le había ocurrido que el líder de una de sus bandas favoritas podía ser alguien capaz de recluir a su hija.

—Ajá. Lo metieron en prisión una vez por una pelea en un bar, pero se ha reformado desde entonces. Yo no soy la clase de reformado que él quiere ser. Creí que un día me dejaría entrar a la banda. Tocar la trompeta. Pero no se puede tener a una mujer trompetista en esa clase de grupo, y definitivamente no una mujer trompetista como yo —levantó un puñado de tierra y lo revolvió buscando algo, sacó un gusano y lo arrojó por encima de la cabeza de Ricky hacia el viejo Sloane—. Le salió el tiro por la culata, la próxima vez que lo vea le voy a meter la trompeta en…

—¡Waterston! ¡A trabajar! —la enfermera Kramer los había visto desde la dirección contraria y se dirigía hacia ellos con las mejillas rojas e infladas. Al parecer, el calor no le sentaba bien a su tez blanca como una azucena—. Y usted —señaló a Ricky y luego se inclinó y le arrancó la corona, arrojándola al lodo—. Levántese. El director Crawford quiere verlo.

CAPÍTULO Nº 27

Diario de Ricky Desmond
Fines de junio

Sigo soñando con mi padre. Se me aparece todas las noches y se ve como el tipo de la foto que encontré, porque apenas puedo recordar cómo se veía cuando se fue. A veces me hace salir de mi cuarto y me lleva al vestíbulo y afuera, hacia la luz del sol. Otras veces me conduce hacia las sombras oscuras y vacías del sótano. Quizás sí es tan malo como dice Butch y quizás yo soy igual a él. Quizás esa es la razón por la que estoy aquí, porque ambos somos malos, y las malas personas deben desaparecer.

A veces me pregunto si él también nació como yo. Me pregunto si le gustaban los hombres y las mujeres o quizás solo los hombres y mamá se enteró. Ella no podría soportar eso. Siempre necesita que toda la atención sea para ella. Que todo el amor sea para ella.

Sin embargo, no hay suficiente amor para mí. No hay amor para mí. No es justo. No es justo que ella *simplemente pueda recluirme aquí y que yo no pueda hacer nada al respecto. ¿Quién dijo que las madres siempre están en lo cierto? Si yo puedo estar enfermo y averiado, entonces ella también.*

Kay tiene razón: mi papá puede estar allá afuera en algún lugar. Entonces podríamos desaparecer juntos.

Sé fuerte. Ricky esbozó una sonrisa serena para el director mientras observaba con horror cómo recolectaba algunos instrumentos y los guardaba en un maletín en su oficina. ¿Había escuchado de alguna forma la conversación que Ricky había tenido con Kay afuera?

—¿Quería verme? —preguntó; la piel le hormigueaba de ansiedad.

—Sí. Ahora que el hospital ha vuelto a la normalidad es hora de que comencemos en serio con nuestra colaboración —dijo el director. Hoy estaba serio. Severo. Puso el maletín bajo el brazo, rodeó afanosamente el escritorio y se dirigió a la puerta, deteniéndose solo para sacudir un pétalo del cabello de Ricky—. Veo que ha estado trabajando sin descanso en el jardín.

—Solo nos divertíamos un poco —se defendió de forma poco convincente.

—¿Está pasando tiempo con Keith otra vez?

Kay, lo corrigió en silencio, mientras intentaba mantener controlado su temperamento.

—Como dije, solo nos divertíamos un poco. Es difícil conservar el buen ánimo por aquí, ¿sabe? Después de lo de Patty... Bueno, quiero decir que todos notamos que está diferente. Ya no canta.

—Mmm —respondió el director, como si lo que Ricky había dicho fuese absolutamente aburrido e irrelevante. Correcto. El director había dejado en claro que sentía que tenía razón al clavarle un picahielo en el ojo a Patty y revolverle el cerebro. ¿Por qué importaría lo que sus pacientes sienten al respecto?–. No necesitará la amistad de Keith mucho tiempo más. O la de Patty. Este proyecto requiere de toda su atención y la mía. Vamos a desarrollar su potencial poniendo a prueba los límites de la mente y el espíritu humano. Es emocionante, Ricky, pero agotador. Ahora deberíamos ponernos en marcha hacia su nueva residencia.

—¿Mi nueva qué? —dejó escapar. Una sombra cayó sobre él desde atrás y al girar vio a uno de los auxiliares—. Es-espere, ¿adónde me llevan?

—Pues, arriba, señor Desmond —respondió el director animadamente mientras se metía una menta en la boca—. Se lo dije, estamos comenzando en serio. Me ha quedado claro que estaba equivocado con respecto a su fraternización con los demás pacientes. No lo está ayudando a adquirir la perspectiva adecuada. Patty me demostró eso con mucha claridad. Me equivoqué al hacerlo pasar tanto tiempo con los demás.

Su tono se volvió amenazador y Ricky oyó la advertencia implícita: debía aceptar las condiciones del director o lo atarían al aparato que estaba al otro lado del pasillo y tendría que soportar la terapia de aversión por el resto de tu estadía. O peor, el picahielo.

Ricky no respondió, lo que al parecer servía como respuesta afirmativa. Sabía que el auxiliar estaba allí en caso de que intentara cambiar de opinión.

—La enfermera Ash vació su habitación y preparó su nuevo cuarto.

—¿No puedo despedirme? —preguntó, y sintió la mano del auxiliar que lo sujetaba con fuerza del brazo. Lo estaban sacando a la fuerza de la oficina. Esto no era favoritismo, pensó, mientras se le aceleraba el pulso; era *exilio*–. ¿No puedo solo hablar con Kay antes de que me traslade?

—Por supuesto que no, señor Desmond. ¿Acaso no escuchó ni una sola palabra de lo que acabo de decirle? —el director chasqueó la lengua y pasó junto a Ricky con la cabeza inclinada hacia atrás y una sonrisa en sus labios–. Confíe en mí, muy pronto Keith será lo último en lo que pensará.

✗ ✗ ✗ ✗ ✗

La habitación 3808 era más cálida pero seguía siendo espartana, amueblada de manera casi idéntica a su antigua celda excepto por algunas comodidades más. Las ventanas seguían teniendo barrotes pero la cama tenía un colchón más grueso y una almohada más grande que un malvavisco. Las cortinas estaban abiertas y la luz del sol en la habitación era casi cegadora al reflejarse de forma dolorosa en todas las superficies blancas.

Se tapó los ojos y luego bajó la mano al notar una extraña abertura en la pared de la derecha de la habitación, cerca de la puerta. Tenía unos cincuenta centímetros de ancho y lo mismo de alto, un marco blanco de madera que la delineaba y estaba cubierta por una placa. La manija que tenía daba la impresión de que la placa se podía subir y tener vista a… algo.

—Esta será su nueva habitación por el momento, señor Desmond —le explicó el director mientras entraba detrás de él–. La enfermera Ash limpió todo de forma admirable. Excelente.

Su pulso no se había desacelerado desde que habían dejado la planta baja y ahora se apresuró aún más, con renovado terror. Si la enfermera Ash había vaciado su antigua habitación entonces debía haber encontrado las páginas del diario que había estado arrancando

y ocultando. La ficha de paciente del misterioso Desmond que lo precedió. *Idiota*. Detestaba que ella fuese la guardiana de todos sus secretos. Quizás no lo había delatado la noche de la gala, pero a fin de cuentas seguía siendo una marioneta del director.

—Bueno, entonces creo que es hora de su primer ejercicio —dijo el director.

Caminó hacia la cama dando largos pasos y se sentó. Apoyó un tobillo sobre la rodilla de la otra pierna y abrió su maletín de médico con un chasquido. Crawford sacó una brillante piedra roja en una cadena de plata que salía serpenteando del maletín hasta que se liberó con un suave susurro.

El auxiliar que los había acompañado entró con una silla. La apoyó y esperó, inmóvil y silencioso. Le recordó a Largo, de Los Locos Adams. Ricky se sentó sin que se lo indicaran.

—¿Qué es eso?

No podía apartar la mirada de la piedra roja que el director tenía en la palma de su mano. Parecía brillar con su propia luz interna; delgadas vetas más oscuras brotaban de su centro de forma irregular.

—Solo uno de mis múltiples métodos —dijo con calma el director. Se aclaró la garganta y se desplazó hasta quedar sentado justo al borde de la cama. Entonces levantó la cadena y dejó que la piedra se balanceara, un péndulo como un corazón brillante—. Quiero que sigas la piedra con la mirada, Ricky. Respira hondo. Relájate. Así, muy bien. ¿Es cómoda la silla?

Ya era bastante difícil apartar la mirada de la piedra cuando estaba inmóvil, pero ahora sus ojos seguían la trayectoria del objeto de forma automática.

—Sí, es cómoda —respondió distraído.

Para él la silla ni siquiera estaba realmente allí. No podía sentirla. Podía sentir que su pulso se normalizaba, sentía con una

claridad casi perturbadora los latidos de su corazón y el calor, la velocidad de la sangre que corría por su cuerpo.

No se sentía somnoliento como decían esos ridículos programas de televisión de hipnotistas, pero no podía evitar concentrarse en la piedra. A un lado y al otro. Comenzó a respirar al mismo ritmo del vaivén de la piedra. El rostro del director desapareció tras el péndulo. La piedra y la voz, la voz profunda y cálida, eran lo que lo mantenía anclado y alerta.

—Continúa mirándola. Continúa siguiéndola. Es fascinante, ¿no? Casi... reconfortante. Muy bien. Sabía que te gustaría. Ahora, Ricky, quiero que escuches mi voz y te concentres lo más que puedas. Mi voz te mantendrá a salvo. Mi voz te ayudará.

Sí. Eso sonaba bien. A un lado y al otro. Lo invadió una sensación de calma y libertad. Le recordó a la sensación de faltar a clases y beber de a sorbos una botella robada de brandy con Martin en el muelle. Butch se enfadaría cuando descubriese que la botella faltaba de su bar, pero en ese momento, en el muelle, con las gaviotas que graznaban a lo lejos y las olas que les besaban los pies, Ricky se había sentido completamente en paz.

—Cuando la enfermera Ash venga más tarde vas a tomar la medicina que te dará —le dijo suavemente el director. Eso también sonaba como un buen consejo. Estaba en un hospital. Cuando estás en un hospital debes tomar tu medicina. Una dosis. La primera dosis—. Vas a tragarla. Tomar la medicina te mantendrá a salvo. Estás a salvo aquí, Ricky. Aquí es donde debes estar. No quieres marcharte, ¿o sí? ¿Por qué querrías abandonarnos, si estás absolutamente a salvo?

CAPÍTULO Nº 28

*D*escanso sin sueños. Descanso hermoso y pacífico… Era un alivio tan grande poder dormir profundamente. Pero no duró mucho. Despertó y salió de su maravilloso estupor dominado por el pánico. Sentía que algo le sujetaba con fuerza las muñecas. ¿Esposas? ¿Cuándo lo habían esposado? Se sentía tan aturdido. No podía recordar nada después de llegar a su nuevo cuarto. Lo habían trasladado a la habitación 3808 y entonces el director había sacado una piedra roja con una cadena, y después de eso era como si alguien se hubiese metido en su cerebro con un borrador y hubiese limpiado la mitad del pizarrón.

—¡Shhh!

Era una voz de mujer. La habitación estaba a oscuras, pero al entrecerrar los ojos pudo vislumbrar a la enfermera Ash de rodillas junto a su catre.

—¿Qué estás haciendo? ¿Por qué estás…? ¡¿Por qué me estás esposando?!

Era demasiado. Había despertado del sueño más profundo a esta conmoción y empezó a dolerle el corazón. Se sacudió e intentó apartarla de la cama a golpes, pero la enfermera Ash lo sujetó con fuerza y lo hizo callar nuevamente.

—Silencio. Te estoy *quitando* las esposas, Rick. Te estoy dejando libre.

—Oh… Maldición. ¿Por qué no puedo pensar? ¿Y por qué me ataron?

—Te lo dije —susurró, mientras negaba con la cabeza. Algunos débiles rayos de luna se colaron a través de las cortinas pintando rayas en el suelo. Ricky vio que había una bandeja con comida en su mesa de noche, pero no tenía hambre—. No puedes confiar en el director. Tampoco puedes confiar en mí.

—¡Eso es bastante obvio! Creo que me di cuenta cuando los vi a ambos clavándole una aguja en el rostro a Patty.

Ella apartó las llaves y Ricky quedó libre. Las esposas cayeron al suelo con un suave tintineo y él trató de sentarse mientras se frotaba las muñecas escocidas.

—Me obligó a ayudarlo por una razón —dijo ella en voz baja mientras se ponía de pie—. Eso es lo que hace. No quiere que me creas ni que confíes en mí. No quiere que pienses que soy… buena, y quiere que sigamos siendo cómplices de sus actos. Que sigamos temiendo que nos vean. No me interesa si le crees a él o a mí. En realidad no importa. Todo lo que importa es que confíes en ti mismo.

—Le dijo la persona loca a la otra persona loca.

—No estoy loca, y tú tampoco —insistió ella. Tenía un chal azul tejido sobre los hombros y sin su cofia de papel se veía mucho más humana. Normal—. Desearía poder decirte todo… —apretó los ojos y gimió mientras su rostro brillaba de sudor—. Cuando lo intento es como si hubiese una mano que se cierne sobre mí, esperando para abofetearme.

—Ahora *sí* que suenas loca.

—No era así como quería que terminara —dijo la enfermera Ash, y se arrodilló otra vez. Quiso tomarlo de la mano pero Ricky la apartó—. No soy yo misma, Ricky, y no lo he sido desde que comencé a trabajar aquí. Él se mete en tu cabeza. Te *controla*. Con medicamentos, con hipnosis… ¿Acaso no ves lo que está haciendo? Te está aislando. Todos son tus enemigos.

Esperaba que después de unas semanas de convivencia con los otros pacientes quisieras hacer cualquier cosa por alejarte de ellos, pero ahora que le salió el tiro por la culata te separó de Kay y ya no me permite ayudarte más.

Todavía le costaba seguirla, su cerebro funcionaba lentamente por el sueño narcotizado. Parecía hablar en serio, pero sonaba disparatado. ¿Por qué el director se habría tomado todas esas molestias para aislarlo si podría haber ordenado eso desde el principio?

—Es gracioso, dices que ya no te permite ayudarme pero aquí estás. Ayudándome.

—No de la forma que él quiere —se apresuró a decir—. Estoy intentando ayudarte a combatir los medicamentos. La influencia. Es lo mejor que puedo hacer. Mira.

La enfermera Ash se metió la mano en el bolsillo y sacó un puñado de píldoras, luego las dejó caer sobre el colchón junto a él.

—Se supone que debo dártelas.

Ricky se quedó mirando fijamente las píldoras y sintió que su boca se inundaba de saliva. La siguiente dosis. ¿Qué demonios le sucedía? *Detestaba* tomar píldoras. Casi siempre le daban arcadas. Y sin embargo, ahí estaba, estirando la mano para tomarlas.

—Es mi medicina —se oyó decir con una voz extraña e infantil—. Tengo que tomar mi medicina ahora.

—¡No! —la enfermera se lanzó hacia delante y le golpeó la mano. Las píldoras se desparramaron silenciosamente por el piso cerámico agrietado—. No las tomes. De ahora en adelante te traeré píldoras falsas. Aspirinas. Podría seguirme... Observar. Dios, esto sería tanto más fácil si solo pudiera... —hizo un gesto de dolor, se tomó la cabeza con ambas manos y apretó, cerró los ojos tan fuerte que le cayeron lágrimas—. Así es como lo hace —dijo entre dientes apretados—. Me pone a prueba. Te pone a prueba. Nos. Pone. En. Contra... *¡Ah!*

Se desplomó parcialmente contra el catre.

—Cielos, ¿qué te sucede?

—Debes escucharme —siseó mientras se golpeaba la sien con lo que Ricky consideraba que era demasiada fuerza como para ser saludable—. Debes escuchar antes de que lo olvide.

No parecía ser el momento adecuado para esa conversación, pero no sabía qué otra cosa hacer. Se veía tan desesperada... Temblaba...

—Bueno, bueno, ¡deja de golpearte! ¿Qué estás intentando recordar?

—Jocelyn —dijo ella—. Llámame así. Me ayuda a recordar.

—¿Qué estás intentando recordar, Jocelyn?

—*Madge* —gritó, como si solo decir ese nombre le clavase un puñal en la espalda—. Se suicidó, Ricky. Este lugar la empujó a eso. La volvió loca. El director le daba medicamentos. Le administraba dosis en secreto. Se puso tan extraña, cambió tanto. No sé por qué lo hizo, quizás para atormentarme, pero la empujó a suicidarse. Tanner lo vio. Estaba ahí y eso lo destrozó, de la misma forma que casi me destruye a mí. Madge no se suicidaría. Simplemente no lo haría.

—¿Entonces qué, la hizo suicidarse con hipnosis? No sé si yo... Si eso es... Dios, no sé si te creo —dijo él mientras se alejaba lentamente de ella en dirección a la pared—. Eso parece imposible.

—Bien.

La enfermera Ash exhaló y finalmente soltó su cabeza. Parpadeó, se recompuso y luego se puso de pie. Levantó las píldoras desparramadas por el suelo y las volvió a guardar en su bolsillo. Cuando terminó, regresó al catre.

Ricky permaneció inmóvil, se sentía más a salvo acurrucado contra un rincón, lejos de ella y de las esposas que estaban junto a la almohada.

—Sé escéptico. No confíes en nada de lo que escuches aquí dentro. El director cree que me tiene más controlada —explicó la enfermera Ash. Bajó la mirada, avergonzada—. Que tiene más controlada mi *mente*. Cree que estás atado a la cama, pero por la noche no lo estarás. Y la puerta tampoco estará con llave entonces.

Escapa.

—Oficialmente, vendré dos veces por día: a traerte el desayuno y los medicamentos, y la cena y los medicamentos. No puedo asegurarte que no inspeccionarán el piso en algún momento, pero en lo que respecta al director, tú estarás tras dos sólidas cerraduras.

—¿Por qué? —murmuró Ricky. Era lo único que se le ocurría decir—. ¿Por qué haces esto?

La enfermera Ash dio unos pasos hacia la puerta y se puso el deteriorado cabello pelirrojo detrás de las orejas. Lo miró con una sonrisa triste.

—Regresa al depósito de la planta baja. Intenté buscar tus archivos pero no están. Desaparecieron. Hay algo que el director no quiere que vea. No sé si existe alguna forma de saber qué, pero tienes que buscarlos.

—¿Por qué no puedes hacerlo tú? Tú eres la enfermera.

—Porque debo regresar a hacer mis rondas nocturnas. Alguien lo notaría.

—¿Y qué se supone que debo buscar? —preguntó exasperado.

La enfermera sonaba demente, no solo loca, sino *demente*.

—Es algo acerca de ti específicamente —dijo Jocelyn distraída mientras negaba con la cabeza—. Te está ocultando de nosotros, ocultando los archivos...

Sus pasos sonaron suaves sobre el suelo de cerámicos. Ricky permaneció pegado a la pared mientras la observaba sacar unos papeles doblados que le resultaban familiares. Los dejó sobre la cama.

—La próxima vez, escóndelos mejor —dijo y se volvió para marcharse—. Volveré después de mis rondas para esposarte. Si sigues aquí.

CAPÍTULO Nº 29

*L*ibre.

Se sentía libre. O, al menos, cuando la euforia momentánea comenzó a desvanecerse, más libre de lo que se había sentido desde que había llegado a ese infierno. Cuando la euforia desapareció por completo se sintió paralizado, tan seguro como aquella primera noche de que había alguien del otro lado de la puerta, escuchando.

Pero nadie irrumpió en la habitación cuando se puso de pie, así que fue con pasos más confiados hacia la ventana y tocó los barrotes. Después caminó en círculo en medio de la habitación, solo para estar seguro. En su primera celda le habían dejado una pantuflas finitas para que las usara al salir de la habitación, pero ya no estaban y tenía los pies helados. Se permitió asimilar eso.

No esperaban que saliera más de la habitación.

Antes de llegar a Brookline la idea de hacer un pacto con el diablo siempre le había parecido un buen negocio, recibir algo a cambio de nada, pero ahora entendía lo que significaba intercambiar un infierno por otro. Un pacto con el diablo ofrecía la ilusión de poder elegir, no una verdadera elección. Ricky caminó de puntillas hacia el extraño marco que parecía una ventana en la pared opuesta. Estaba frente a la cama y era lo que estaba más cerca de la puerta. Se detuvo y estiró la mano hacia la manija de la placa que la cubría.

Si tiraba hacia arriba, la cubierta subiría. No era pesada y no estaba trabada.

Ricky soltó la manija. Lo único que le faltaba era que la placa cubriera un espejo unidireccional o una ventana al pasillo y que los auxiliares se dieran cuenta de que estaba desatado. Perdería la primera ventaja que había tenido desde la gala. A esa altura, podía ser la última. Así que fue hasta la puerta de puntillas, aunque todavía casi esperaba que le diera una descarga al tocarla. Pero no sucedió nada. Giró el pomo lentamente, haciendo la prueba, y cedió.

Tiró una vez con fuerza y vio cómo la puerta se abría hacia adentro. No podía creerlo. Aquello lucía completamente como un truco. Ya podía imaginarse al director escondido tras un rincón, haciendo anotaciones con su tabla sujetapapeles: *El sujeto espera cuatro minutos y diez segundos antes de intentar abrir la puerta.* Todo dependía de en quién confiaba, y la elección era complicada teniendo en cuenta que la propia enfermera Ash le había dicho que no debía confiar en ella. Pero le había llevado las páginas de su diario. Se había negado a darle la "medicina" que el director quería que tomase. (Sin duda debían ser sedantes, algo para dejarlo fuera de combate para que permaneciera maleable y tranquilo hasta que el director volviera a necesitarlo. Repugnante).

Llegaba un punto en el que debía dejar de intentar descifrar las intenciones de todos y simplemente arriesgarse. Después de todo, sabía mejor que nadie que hasta sus propias intenciones podían resultarle un misterio.

Esta era su oportunidad de escapar. De *irse*. Sin importar lo que hubiese dicho la enfermera Ash no iba a perder esa oportunidad buscando archivos o pistas. Se iba a largar de ahí. Ya habría tiempo para preguntas después.

El pasillo afuera de la habitación 3808 estaba vacío y silencioso. De alguna manera parecía más silencioso por el frío, de la misma forma que una pesada capa de nieve hacía que hasta las partes más ruidosas de Boston quedaran en silencio durante el invierno. Caminó por el pasillo hasta donde se atrevió. No parecía haber nadie vigilando ese piso, pero era imposible saber cuántas personas habría en los pisos inferiores a esa hora. El personal tenía que dormir en algún lugar y no le gustaba la idea de tocar accidentalmente la puerta de la habitación de la enfermera Kramer.

Fue explorando lentamente y corría de vuelta a su habitación ante el más mínimo ruido. La mayoría de las puertas de ese piso eran iguales a la suya, pesadas y bien cerradas, pero, o bien las habitaciones estaban vacías, o los pacientes estaban sedados. Los únicos sonidos, cuando se oía alguno, provenían de arriba o de abajo, no de esos cuartos.

Finalmente, Ricky llegó hasta la puerta que daba a la escalera al final del pasillo y allí podía oír con seguridad que había gente merodeando en el piso de abajo. Esperó bajo la luz de un foco que colgaba del techo, intentando descifrar palabras de lo que sonaba como una conversación casual entre algunas enfermeras quizás, seguida de risas. Le habría resultado casi reconfortante saber que el personal era capaz de reír si no hubiese estado tan asustado. Lo mejor de esa risa era que significaba que casi seguro no estaban esperando una fuga. La risa se alejó y Ricky se animó a probar la puerta que daba a la escalera. Estuvo a punto de gritar de euforia cuando cedió. Comenzó a bajar los primeros escalones. Su entusiasmo lo estaba volviendo imprudente.

Pero cuando llegó al primer piso se detuvo en seco y aguzó el oído, pegado contra la pared. Las risas estaban aún más lejos y cuando asomó la cabeza vio que las dos enfermeras que había escuchado estaban ahora al otro extremo del pasillo, con las cabezas inclinadas una hacia la otra mientras conversaban. Ese pabellón tenía aún menos círculos de luz y había un auxiliar en silencio en la mitad del pasillo. Para alivio de Ricky, tenía la

nariz metida en una revista, así que corrió rápidamente hacia la siguiente puerta que lo llevaría a otra escalera descendente.

    Se estaba acercando a la planta baja y al vestíbulo, que sabía que sería la parte más peligrosa. No tenía idea de qué lo esperaba allí ni cómo abriría la puerta y luego atravesaría la entrada principal, pero debía hacer el intento. Se le ocurrió entonces que la enfermera Ash (si realmente estaba de su lado contra el director) podía meterse en serios problemas por ese intento de fuga una vez que se dieran cuenta, es decir, cuando lo atraparan o cuando hubiese logrado escapar. Sintió un poco de remordimiento, pero fue solo momentáneo; su seguridad estaba primero. Si Jocelyn era inteligente, también pasaría esa noche alejándose de ese lugar.

    En algún lugar de la planta baja se cerró una puerta; se quedó inmóvil mientras intentaba oír qué podía estar esperándolo del otro lado de la puerta que conducía fuera de la escalera. Se oyó un sonido como de un llamado distante y luego un grito. No sabía si dar marcha atrás o avanzar y, petrificado por el miedo, simplemente se paralizó.

    Justo cuando decidió intentar llegar al vestíbulo la puerta se abrió de golpe y una figura pálida y desgarbada lo sorprendió, haciéndolo caer hacia atrás. Ricky se quedó sin aliento cuando su cabeza golpeó los cerámicos y todo le dio vueltas por un momento. Reprimió un gemido de dolor al recordar al auxiliar con la revista que estaba justo arriba.

    Levantó la mirada y vio a Sloane, que había cruzado la puerta a la fuerza. Medio desvestido y con los ojos como platos, el viejo tembló al ver a Ricky. Era imposible saber hacia dónde iba o cómo había salido de su celda, pero ahora retrocedió aterrado y abrió la puerta con su hombro mientras levantaba las manos frente a él como si se estuviese defendiendo de un ataque.

La brillante cicatriz que tenía en el cuello parecía latir con violencia.

—¡N-No! ¡Eres tú! ¡Estás muerto, yo te vi morir! No dejaré que me remates, ¿me oyes? ¡No te lo permitiré!

Ricky se apresuró a levantarse mientras oía a un par de auxiliares que corrían a toda velocidad para atraparlos en la escalera. Sloane debía haberlos eludido en algún momento, tal vez cerca del vestíbulo. Pero era imposible no verlo ahora.

—¡Shhhh! —Ricky intentó hacerlo callar mientras echaba un vistazo al pasillo y luego hacia arriba por la escalera—. ¡Van a encontrarte!

—¡Eras como mi hermano! ¿Cómo *pudiste*? ¿Cómo pudiste hacerme esto?

Sloane rompió en llanto y se acurrucó contra la puerta de las escaleras mientras se sujetaba el cuello. Los auxiliares ya casi habían llegado, Ricky podía oír sus pesados pasos. Se dio vuelta y subió corriendo por la escalera hacia el segundo piso sin mirar atrás.

No iba a escapar de Brookline esa noche, de ninguna manera, y ya sentía náuseas por la oleada de miedo y adrenalina. Eso había estado cerca. Demasiado cerca. Había estado a solo segundos de que lo atraparan esos auxiliares. Ricky regresó con cuidado a su habitación y cerró la puerta lo más silenciosamente que pudo, rogando que nadie revisara ese piso antes de que la enfermera Ash regresara para esposarlo y cerrar su puerta. Podía oír el estruendo y sentir el calor de su sangre que corría a toda velocidad mientras el terror iba amainando. Por el momento estaba demasiado asustado y aliviado como para estar furioso con Sloane, y no podía evitar sentir pena por el viejo, también. Se preguntó qué habría querido decir con todo ese asunto de su hermano. Quizás era algún trauma de la guerra, o algo así. Eso explicaría un arrebato extraño como ese y por qué estaba ahí en primer lugar. Ricky probablemente se parecía a algún soldado con el que había peleado.

Suspiró y se frotó el lugar de la nuca donde se había golpeado contra el suelo. Un fracaso total. Se detuvo camino a la cama y su mirada se posó otra vez en la abertura tapada de la pared. Estaba decidido a responder al menos una pregunta esa noche. Hacer algo imprudente para recordarse que todavía tenía el control de sí mismo.

Se inclinó hacia delante. Su respiración le calentaba los nudillos. La curiosidad y la ansiedad hicieron que le temblaran los dedos cuando tomó la manija de la cubierta y tiró. Al principio se atoró, así que tiró con más fuerza.

Valió la pena el esfuerzo, ya que la cubierta salió disparada hacia arriba, escapándosele de las manos, y reveló una hoja de vidrio inmaculada con vista a la habitación vecina. Una habitación que definitivamente estaba ocupada. Ricky inspiró sobresaltado, paralizado como había estado en la escalera. Su respiración empañaba el vidrio y volvía borrosa la visión de lo que lo había estado esperando del otro lado.

Una niña, una pequeña niña que lo observaba a través del vidrio, con el cabello y los ojos oscuros. Esos ojos tan oscuros, los ojos de sus visiones, estaban ahí, del otro lado de la pared, mirándolo fijamente.

La niña no parpadeó. No gritó. Simplemente levantó un dedo y lo apoyó sobre sus labios, haciéndolos callar a ambos.

CAPÍTULO Nº 30

ESCAPE DEL ASYLUM

Diario de Ricky Desmond
[Apenas legible, escrito con sangre en el dorso de su entrada anterior]
Fines de junio

La vi. Es real. La niña de mis pesadillas está aquí, del otro lado de la pared. No puedo dormir esta noche. Por Dios, no sé si alguna vez podré volver a dormir.

Ricky despertó esposado. Su primer instinto fue forcejear, pero se quedó quieto en cuanto su cabeza se despejó y sus ojos se enfocaron. Como lo había prometido, la enfermera Ash estaba ahí, con un vasito en la mano con su medicina. Y justo detrás de ella se cernía el director, observándolos con los labios apretados.

—Debo desatarlo, o podría tener dificultad para tragar. Es más fácil si está sentado —dijo ella.

—Hágalo —respondió el director.

Entonces retrocedió un paso, moviéndose con impaciencia mientras la enfermera Ash tomaba las llaves de su bolsillo y aflojaba las esposas. Cuando estuvieron suficientemente sueltas Ricky se las quitó con un quejido y se sentó. Había dado vueltas en la cama toda la noche y el dedo índice le dolía donde se lo había pinchado con el metal de las esposas para escribir un mensaje en una de las páginas de su diario.

Nada parecía real ni duradero en ese lugar y le había resultado urgente dejar por escrito que había visto a la niña, para confirmar que realmente estaba pasando. Podía desaparecer la noche siguiente. Una parte de él esperaba que así fuera. La *mayor* parte.

Así que esto era la Fase Dos. Medicina y esposas. Hipnosis y confinamiento. Debería haberle temido más. Debería haberse esforzado más por escapar cuando todavía estaba en la planta baja. Pero ¿cómo iba a saber que se volvería más difícil, no menos?

La enfermera Ash le entregó el vasito con las píldoras y un poco de agua para ayudarlo a tomarlas. Curiosamente, se veían idénticas a las que se habían desparramado por el suelo la noche anterior. Aunque por otro lado había estado muy oscuro y era difícil decirlo con seguridad… Pero se veían más o menos iguales. ¿Le habría mentido? ¿Eran solo aspirinas como le había asegurado que serían?

No tenía opción, no mientras los dos estuviesen allí observándolo. Ayudándose con el agua, tragó las píldoras. El director parecía satisfecho, asintió y anotó algo en su tabla. Se volvió hacia la ventana que daba al exterior y abrió la reja que la cubría para poder correr las cortinas. Ricky casi no sintió el papel que le raspó la mano, pero sí, ahí estaba: la enfermera Ash le había pasado disimuladamente una diminuta nota mientras el director estaba de espaldas a ellos. Se la metió en la mano cuando él le devolvió el agua.

—Ahora toma tu desayuno, Ricky —le dijo ella severamente. Pero su voz no coincidía con su expresión, y él podría jurar que le guiñó un ojo antes de salir de la habitación—. No deberías tomar tu medicina con el estómago vacío —agregó mirándolo por encima de su hombro.

—Exacto —los hombros del director se relajaron cuando la enfermera se marchó. Caminó hacia la cama y el sol de la mañana se reflejaba en su reloj de oro y en sus lentes—. Te ves exhausto, Ricky. ¿No dormiste?

Maldición. Tenía que mentir, y rápido.

—Es solo este colchón nuevo —balbuceó mientras comía un bocado de sus huevos para no tener que mirar al director a los ojos—. No me he acostumbrado a él.

—El tratamiento te ayudará con eso —respondió el director con tono impasible—. Pronto no notarás el colchón nuevo ni las esposas, me cercioraré de ello, mi muchacho. Serás fuerte. Invencible. Inmune al dolor y las molestias —se aproximó más y se inclinó para inspeccionar los ojos de Ricky y luego el resto de su rostro—. ¿Cómo te sientes aparte de eso?

Se tomó una mano con la otra, asegurándose de mantener la nota escondida. ¿Cómo se había sentido el día anterior durante el tratamiento? Esa podía ser una respuesta adecuada. Podía ser demasiado pronto para saber si la "medicina" estaba haciendo efecto, pero hasta ahora no se sentía diferente y no sabía si era más seguro decir la verdad o lo que creía que el director quería escuchar.

—Tranquilo —dijo. *Síguele la corriente. Conserva su confianza*—. Listo para sentirme mejor.

—¡Qué avance! ¡Y tan rápido! —exclamó el director y agregó en voz más baja—: Lo sabía. Naciste para esto. Simplemente lo sabía.

Es algo acerca de ti específicamente.

—¿Qué sabía?

—¿Qué no sé? —dijo el director, ignorando su pregunta con una broma.

Ricky sonrió lo más animadamente que pudo.

—Bueno, estoy listo —repitió, y respiró hondo cuando el director esbozó una gran sonrisa—. Pero quería pedirle algo —agregó.

La sonrisa desapareció.

—Yo… quiero garantías —Ricky se retorció, mirándose las manos y escarbándose las uñas. Pensar en los pactos con el diablo la noche anterior le había dado esta idea. Las personas que burlaban al diablo siempre eran las que no pedían cosas para sí mismas—. Kay. Déjala en paz. Por favor, haré todo lo que pueda para ayudarlo, pero solo déjala tranquila.

El director consideró visiblemente la solicitud, desplazando su peso de un pie al otro con las manos detrás de la espalda. Ricky se preguntó si quizás se había equivocado. Asumió que Crawford haría cualquier cosa por obtener su cooperación absoluta, y Kay apenas parecía importarle.

—Si continúas progresando —dijo finalmente el director—, consideraré la posibilidad de reducir su tratamiento. Pero *solo* si sigues progresando.

Recorrió la periferia de la habitación inspeccionando todo y luego regresó hasta donde estaba Ricky y lo examinó nuevamente. Él apretó los puños cuando Crawford se inclinó, lo tomó de las muñecas y volvió a ponerle las esposas. Casi se le escapa la nota de la mano porque los dedos se le acalambraron de apretarlos tan fuerte. El director retrocedió y se sacudió las manos con exageración, lo que irritó a Ricky de una forma irracional.

—Bueno, te dejaré con tus pensamientos. En unas horas podemos comenzar otra vez, Ricky. No tienes idea de lo feliz que me hace escuchar que estás *listo*, mi muchacho. Mi Paciente Cero.

Ya había oído esas palabras antes. Paciente Cero. Se estremeció. El director había estado planeando esto por mucho tiempo. Cuando la puerta finalmente se cerró, se relajó solo un poco.

ESCAPE DEL ASYLUM

¿Cómo demonios se suponía que leyera la nota de Jocelyn si casi no podía mover los brazos? No tuvo mucho tiempo para quejarse; la enfermera Ash regresó solo un momento después con la excusa de retirar la bandeja del desayuno, aunque se la pasaba echando vistazos por encima de su hombro, como si pudiera meterse en problemas incluso por eso.

—¿Será así todos los días? —preguntó hundiéndose en la almohada cuando ella lo liberó.

La enfermera Ash se veía tan exhausta como él se sentía, la piel debajo de sus ojos estaba oscura y azulada.

—Me temo que sí.

Ricky abrió la nota y sonrió con satisfacción.

Escuché que el servicio a la habitación es terrible allí arriba. Tienes que quejarte con el gerente. ¿Yo? Estuve en el spa todo el día.

K

—Es una verdadera comediante —comentó la enfermera Ash con amabilidad—. Ella... no estuvo en el spa.

—Sé lo que significa.

La estaban torturando otra vez. En el cuarto de la terapia de electroshock. Ricky dobló la nota y la escondió bajo el colchón con el resto de su contrabando. Con un poco de suerte esos días de "spa" estarían contados ahora que él había hecho su "pacto con el diablo". Valía la pena. Al menos dejarían en paz a uno de los dos.

—Gracias por traerme la nota.

—Claro. ¿Quieres que le diga algo de tu parte?

Ricky comió lo que quedaba de sus huevos antes de dejar que la enfermera Ash retirara la bandeja.

—Puedo intentar traerte papel y una crayola, pero no te prometo nada.

–Dile que le escribiré al gerente una carta muy firme –dijo y cerró los ojos–. Y dile que encontraré la forma de que nos larguemos de este antro. De algún modo. Pronto. Dile que se lo prometo.

CAPÍTULO Nº 31

—Ricky, ¿sabes de qué se trata todo esto?

La voz del director lo acariciaba como el reconfortante abrazo de un padre. Era como escuchar un cuento para antes de dormir que lo dejaba somnoliento pero incapaz de dormirse del todo. Sus ojos seguían la gema a un lado y al otro, y estaba completamente relajado. Completamente vacío. De hecho, nunca se había sentido tan vacío. Como un recipiente. Sí, él era un recipiente y las palabras del director lo llenaban.

—Legado —respondió Ricky desde algún lugar en la profundidad de su mente—. Por siempre. Eternidad.

Era tan agradable estar en lo correcto. Sería recompensado.

—Así es. Muy bien, Ricky.

Esa era la recompensa. Un elogio. Lo estaba haciendo bien. La piedra roja se movía a un lado y al otro. Podía sentir la luz del sol que entraba por la ventana. El aroma a menta del aliento del director. Algunos sentidos se aguzaban mientras otros se apagaban por completo.

—Muy, pero muy bien. ¿Qué más?

—Inmortalidad.

—Exacto. Lo estás entendiendo tan rápido. ¿Sabes por qué te elegí, Ricky? ¿Sabes por qué tenías que ser mi Paciente Cero?

No lo sabía, pero la piedra, el ritmo, el vaivén, todo le decía que de verdad quería saberlo. De hecho, saber la respuesta era lo único importante. Lo único y punto.

—¿Por qué? ¿Por qué tenía que ser yo?

—Otros eran inteligentes —dijo el director—. Otros eran más listos, más cultos, más deseosos de complacer, más interesados en la ciencia o la filosofía del proceso. Pero resultó, para consternación mía, debo admitir, que nada de eso era suficiente. De hecho, los resultados estaban tan alejados de lo que quería lograr que ni siquiera formaron verdaderamente parte del mismo experimento que tú. Entonces la suerte (lo opuesto a la ciencia, pero su compañera necesaria) intervino y el paciente que te precedió se acercó mucho, de forma completamente accidental. Entonces formulé una nueva hipótesis. Biología. La biología siempre había sido la clave —el director suspiró como decepcionado consigo mismo, pero se recobró pronto—. Tú… Tú eres curioso como él. La curiosidad tiene movimiento, Ricky. Te empuja siempre hacia delante. Tiene *impulso*.

Sí, impulso, igual que la piedra. Igual que la piedra que se balanceaba a un lado y al otro.

—Ahora relájate, Ricky, y abre completamente tu mente. Hay tanto que necesito decirte, tanto que debes transportar hacia el futuro…

✗ ✗ ✗ ✗ ✗ ✗

Sentía como si le hubiesen abierto la cabeza con una sierra y se la hubieran vuelto a cerrar, pero habían dejado algo adentro. Le dolía, le estallaba, como si su cerebro fuese demasiado grande para su cráneo. Demasiadas palabras apiñadas en una página.

Gimiendo, rodó a un lado y al otro en la cama, tanto como pudo con las manos amarradas. Esto era otro tipo de tortura. Una brutal resaca sin haber bebido ni una gota. Intentó recordar lo que había pasado, comprender ese espacio en blanco en la mitad del día. Había despertado, había desayunado, había leído la nota de Kay y luego los auxiliares lo habían llevado a un cuarto al final del pasillo y lo habían rociado con agua helada, dándole un baño que creyó que le arrancaría la piel. Y después había regresado a su cuarto y el director lo estaba esperando.

Había sacado otra vez la piedra roja del maletín de cuero y después... Nada. Ahí estaba el espacio en blanco. Pero Ricky sentía que había algo diferente, que había cambiado de alguna manera.

Él no había sido Boy Scout, pero podía darse cuenta de que estaba atardeciendo. El director había dejado las cortinas abiertas y la luz que antes brillaba en la habitación se había ido oscureciendo hasta volverse de un color naranja suave.

Esa hora del día siempre le recordaba a cuando contemplaba el agua con Martin mientras él comía helado y Ricky simulaba cantar cualquier canción que se le viniera a la mente. Ahora era más difícil imaginarlo, como si alguien hubiese recortado sus recuerdos con una tijera. Recordó que una vez había cantado una canción de un hombre llamado Otis Redding, por ejemplo, aunque ahora no podía pensar en una sola de sus letras.

"¿Qué me está pasando?", susurró.

Quizás era algo pequeño olvidar la letra de una canción, pero no podía dejar de pensar en eso. Nunca olvidaría a un músico. Él no era así.

La puerta se abrió y Ricky comenzó a golpear sus manos esposadas contra la cama. La enfermera Ash entró rápidamente con una bandeja con la cena. Su cabello era un desastre, se lo había sujetado deprisa con horquillas bajo la cofia, pero estaba desparejo de ambos lados. Ricky divisó al auxiliar al que había apodado Largo merodeando en la puerta.

—No hay mucho tiempo esta noche —explicó ella, echando un vistazo por encima de su hombro y asegurándose de que la puerta estuviese cerrada antes de soltarlo–. No sé si el director se está dando cuenta. Espero que no. Ten cuidado si sales de la habitación, ¿ok? Haré lo posible por armar un escándalo abajo. Quizás pueda sobornar a Kay para que haga un berrinche.

—Intenta con un libro —dijo Ricky, todavía medio aturdido—. Le gusta leer.

—Lo pensaré, pero quizás sea mejor mantenerla al margen.

—Mantenla a salvo, ¿sí? –le dolían las muñecas y se incorporó para frotárselas. En cuanto levantó la cabeza se sintió increíblemente mareado–. ¿Me mandó otra nota?

—Por supuesto —la enfermera Ash se la entregó, junto con una crayola que sacó de su bolsillo—. Intentaré conseguirte papel mañana.

También le había traído sus píldoras y se veían iguales. El director no estaba ahí por la noche para verlo tomar su medicina, así que tenía más seguridad de que eran aspirinas. Las tomó, agradecido por cualquier cosa que aliviara su dolor.

Esa noche la cena estaba compuesta por una cucharada de patatas rehidratadas que se estaban endureciendo y guisantes demasiado cocidos. Comió y fue perdiendo el apetito con cada bocado. La nota de Kay le levantó el ánimo, pero solo un poco. Le resultaba asombroso que lograra mandarle una todos los días y esperaba que siguiera haciéndolo, porque debía tener alguna esperanza.

Nada nuevo que informar en la planta baja. Creo que le gustas a la enfermera. Probablemente también esté leyendo esto: ¡Hola, enfermera!
Ganaste un concurso de popularidad en un manicomio.
Debes sentirte tan excepcional.

Rio por lo bajo y metió el trozo de papel debajo de su colchón, con el resto. Mientras pasaba la cuchara por las patatas miró a la enfermera Ash, quien repentinamente parecía fascinada con las grietas de los cerámicos.

—¿Por qué nos estás ayudando tanto? —preguntó Ricky—. ¿Por qué me ayudas a mí?

—¿Honestamente?

Ricky asintió. Las mejillas de la enfermera se pusieron de un tono magenta oscuro y se limpió una mancha invisible del vestido. No le importaba que no lo mirara a los ojos. Fueran cuales fuesen sus razones para ayudarlos, dudaba de que fueran buenas. Quizás se había dado cuenta de alguna verdad acerca del director después de que mató a su amiga.

O quizás simplemente era una buena persona. Una de las pocas.

—Desde el día que llegué aquí supe que el director era una manzana podrida —dijo con tristeza—. Pero me... No lo sé. Me dejé llevar. Me dio grandes discursos acerca de lo lejos que podía llegar, ¿sabes? Me dijo que podía ser médica, no solo enfermera. Que realmente podía progresar. Parecía estar de mi lado. Me había enfrentado a muchas ideas anticuadas en la escuela de enfermeras y fui lo suficientemente ingenua como para pensar que él era diferente. Es demasiado tarde para ayudar a esa niña ahora, pero no es demasiado tarde para ayudarlos a ti y a Kay.

—Grandes discursos —repitió Ricky—. Suena al director.

—No puedes tomar en serio nada de lo que dice aquí —se apresuró a decir y bajó la voz mientras echaba otro vistazo por encima de su hombro, como si repentinamente hubiese recordado a Largo. Susurró—. Son solo alardes. Mentiras. Cree que puede vivir por siempre. Es una locura total.

Ricky estuvo a punto de hacer una broma acerca de la ironía de esa declaración, pero se la guardó y sintió que las patatas se le pegaban a la garganta.

—¿Y puede?

La enfermera Ash lo miró desconcertada, con los ojos muy abiertos.

—¿Si puede qué?

—Vivir por siempre. Parece creer que es posible y está dispuesto a tomarse todas estas molestias. ¿No es eso lo que está haciendo conmigo? Su Paciente Cero. ¿Y si está en lo cierto?

—Es imposible, Rick. No puedes escucharlo, ¿está bien? No puedes dejarte engañar.

—Estoy perdiendo partes de mí mismo —comentó tras un momento y vio de reojo que ella se quedaba dura—. No puedo recordar mi último cumpleaños. O la letra de mis canciones preferidas. Casi no puedo recordar nada de lo que pasó desde que llegué a Brookline. Es como si todo estuviese ahí, pero detrás de un vidrio. No puedo tocarlo y se aleja cada vez más.

La enfermera Ash no volvió a mirarlo. Recogió la bandeja y el vaso de las píldoras y casi dejó caer ambas cosas. El plato se sacudió ruidosamente sobre la bandeja; le temblaban las manos.

—Solo estás cansado. Quizás no deberías salir a explorar esta noche, solo descansa hasta que regrese para volver a esposarte.

Claro. Volver a la cama. Olvidar todo. Dormir un poco. Tendría suerte si pudiera volver a hacer alguna de esas cosas otra vez. Pero no dijo nada, solo asintió y bostezó, representando un papel, como si estuviese en una obra acerca de ser un paciente... *adiós, adiós, amado príncipe*[2].

---

2. N. de la E.: *Hamlet*, William Shakespeare, 1600?

CAPÍTULO Nº 32

*E*l corredor estaba vacío para cuando se hizo de noche. La enfermera Ash había cumplido con su parte y Ricky encontró el pasillo de su piso silencioso como siempre, tan silencioso que podía oír el murmullo de las conversaciones del piso de abajo. Era imposible descifrar las palabras pero podía oír una risa aquí o un comentario dicho más fuerte allá...

Caminó de puntillas por el pasillo y se estremeció al pasar por la habitación contigua a la suya. Escalofriante. Era demasiado escalofriante pensar en la niña que estaba dentro. La tentación de volver a abrir la abertura de la pared y ver si ella seguía ahí había sido fuerte, pero se resistió y decidió ignorarla aunque la idea permaneciera en algún rincón de su mente. La niña era real y estaba justo ahí.

Al menos, pensó sombríamente, *en la vida real tiene rostro.*

La habitación que estaba en el extremo opuesto del pasillo dominaba sus pensamientos. Mientras esperaba que el piso se despejara, se había obsesionado pensando en qué podía haber allí. Probablemente viejas escobas y trapeadores, pero una minúscula pizca de curiosidad mantuvo viva su esperanza. Ricky se estremeció. Curiosidad. ¿No era esa la razón por la que el director lo había elegido para ser su Paciente Cero en primer lugar?

O, un momento, ¿qué había dicho? ¿Biología? Ricky sintió que le costaba respirar. La foto que encontró... La ficha del paciente que Kay había robado... Parecía disparatado, pero se tuvo que preguntar si su padre alguna vez habría sido paciente de Brookline.

Era una locura considerarlo, pero decir que su padre era un patán que los había abandonado era exactamente la clase de mentira que su madre inventaría. Las apariencias. Eso era lo único que le importaba. No quería un hijo que besaba a otros muchachos y no quería un esposo que había terminado en un manicomio.

Si es que había terminado ahí.

A decir verdad, parecía que su padre podía realmente haber sido egoísta y cruel, propenso a los mismos impulsos violentos que Ricky. Eso no era una fantasía, era la verdad. *Bilogía podría significar cualquier cosa,* se recordó Ricky, *grupo sanguíneo, género, disposición mental…*

Se detuvo frente a la puerta y probó la manija para ver si el personal la había cerrado con llave. Su suerte persistió. La puerta se abrió con un suave chirrido y él se apresuró a buscar a tientas la cuerda para encender la luz, tiró de ella y cerró la puerta. Dio un salto hacia atrás, seguro de que había visto el destello de un rostro cuando se encendió la luz. Ojos negros. Una boca abierta. Un murmullo silencioso.

"Cálmate", se reprendió en voz baja mientras se apoyaba contra la pared para recuperar el aliento.

No debería haber mirado a través de la abertura. La imagen de la niña lo atormentaba más que sus sueños ahora.

Se enderezó y examinó la habitación. Había montones de cajas apiladas en filas desparejas. La mayoría tenían etiquetas rectangulares blancas con sus contenidos descriptos en tinta desvaída. Presupuestos, facturas, gastos… Nada de eso le interesaba. Nadie había limpiado allí en años. Como había supuesto, alguien había metido un trapeador contra un rincón, pero una araña laboriosa lo había pegado a la pared con su tela. Había moscas y mosquitos muertos en los rincones. Un repugnante par de zapatos cayó del único estante que había en medio del depósito y Ricky esquivó lo que parecía ser un condón usado. Quizás el personal utilizaba ese cuarto para sus encuentros amorosos; ciertamente no servía para mucho más.

Frustrado pero aún decidido, se abrió paso entre las cajas. Quitó algunas de las tapas para asegurarse de que los contenidos coincidieran con las etiquetas. Nada extraordinario. Tickets y listas. Le estaba empezando a doler la cabeza por el cansancio. Levantó una caja con cuidado y la apoyó sobre otra que estaba a su izquierda para revisar la fila de abajo. Al hacerlo, una nube de polvo hizo que se ahogara, pero recibió una recompensa: la caja que estaba abajo no tenía ninguna etiqueta. ¿Qué había dicho el director Crawford acerca de la ciencia y la suerte?

Ricky se apoyó contra las cajas apiladas, sosteniéndolas con la cadera y el costado de su cuerpo mientras sacaba rápidamente la tapa de la caja de abajo. Se inclinó y tomó la hoja de papel que estaba encima, que resultó ser una ficha con algo garabateado.

DESECHAR INMEDIATAMENTE

"Alguien no hizo bien su trabajo", dijo pensativo.

Dejó la ficha a un lado y revolvió lo que se suponía que alguien debía destruir pero claramente no había hecho. Dentro de la caja había montones de carpetas, algunas de ellas estaban sucumbiendo a los estragos del moho. Abrió una tras otra y encontró más fichas de pacientes como las de la planta baja. Estas estaban amarillentas por la humedad y el abandono, pero todavía podía leer lo que estaba escrito en ellas. Nombres. Fechas. Síntomas. Se le hizo un nudo en el estómago mientras las hojeaba, haciendo caso omiso del olor nauseabundo a polvo y moho que invadía el depósito.

Ninguna de las líneas que describían el destino final de los pacientes mostraba mejorías. Igual que las otras fichas. Se topó con una serie de once pacientes consecutivos que habían muerto dentro de los seis meses de haber sido internados: no se observan mejoras. Empeoramiento de los síntomas. Aumento de la paranoia. Conducta delirante. Insomnio.

Muerte.

Por Dios. Esa sí que era una mala racha. *Esto ya supera los límites de la casualidad,* pensó Ricky. En el dorso, algunas tenían breves descripciones de tratamientos o procedimientos. Otras tenían notas enigmáticas como "Cerca" o "Aún más cerca". Las hojeó más y más rápido, *muerte, muerte, muerte.* Entonces se detuvo. El mundo se le vino abajo. *No.* No era posible. Conocía ese nombre. Había intentado olvidar ese nombre.

Tu padre se marchó. Tu padre nos abandonó.

Mentiras. Eran todas mentiras.

Quizás ya lo sabía pero se había negado a aceptarlo. Quizás lo había olvidado, como una especie de mecanismo para sobrellevar la situación, algo necesario para sentirse mejor. Quizás lo supo en el instante en que vio la foto en el depósito de la planta baja, o quizás cuando vio a ese hombre pálido y frágil escondido entre las cajas de vestuario, con los ojos enormes y suplicantes. Tal vez Ricky lo supo cuando esa voz comenzó a hablarle, intentando ayudarlo, intentando decirle que corriera.

Temblaba. No podía dejar de temblar. La ficha se sacudió entre sus dedos cuando la acercó a su rostro y a la luz. Si estaba loco y ese momento era una alucinación, decidió que tendría más sentido leer el nombre una y otra vez.

Desmond, Pierce Andrew

Ingreso por voluntad propia

Insomnio, TPM (trastorno de personalidad múltiple), agitación nerviosa, pensamientos suicidas

Fallecido en 1967

Y en el dorso: *Lo más cerca que he llegado.*

Desmond, Pierce Andrew

Ingreso por voluntad propia

Insomnio, TPM, agitación nerviosa, pensamientos suicidas

Fallecido en 1967

CAPÍTULO Nº 33

Brookline estaba consumiéndolo, devorándolo, tragándoselo vivo. Las paredes se le venían encima, lo oprimían. No podía dormir y no podía dar vueltas en la cama. Paredes azules se le acercaban a su alrededor, salpicadas de blanco, como glaciares transparentes en una trayectoria de colisión. Había estado temblando y delirante cuando la enfermera Ash regresó para esposarlo. Paralizado. Ella lo había cambiado de posición pero él se negó a hablar o siquiera a emitir sonido.

Era imposible dormir después de lo que había encontrado. Su padre. Su padre había muerto ahí, menos de un año antes. ¿Y si había estado en esa misma habitación? Y Ricky lo había visto… Oh Dios, lo había visto encogido de miedo en el suelo, con abismos de desesperanza en lugar de ojos.

Sacudió la cabeza, tratando de encontrarle sentido a todo eso. Cuando cerraba los ojos veía el rostro horrible y demacrado de su padre, acurrucado en el suelo; así que mantenía los ojos muy abiertos. Veía sombras que se movían por el suelo, que rebotaban; eran los árboles que estaban afuera, junto a su ventana, sacudidos por una ráfaga nocturna. Una sombra en la pared frente a él se oscureció y Ricky fijó su atención en ella. Se veía más densa que las demás, más oscura, una forma negra y firme que se agrandaba frente a sus ojos.

Era solo un truco de la oscuridad. Solo un producto de su falta de sueño. Su mente estaba siendo forzada cada vez más, conducida a lugares cada vez más desolados. Pero eso no parecía importarle a la sombra que estaba al otro lado de la habitación. Se transformó en una silueta, con los contornos borrosos. No podía estar imaginándolo. Ricky parpadeó y la sombra seguía ahí, se agrandaba, zumbaba, estaba traspasando la piedra, abriéndose paso a la fuerza a través de algo que debía contenerla. Se liberó de una sacudida y avanzó hacia él, no por la pared, sino sobre el piso.

Una persona. Una figura. Había atravesado la pared. Era ella, la niña del cabello sucio y oscuro y el vestido blanco andrajoso. Había venido a buscarlo y él solo podía mirar, atado a la cama. La niña cruzó la habitación hacia él con la cabeza inclinada hacia abajo, lenta, inexorable, con el cabello tan largo que casi rozaba el suelo. Tenía delgadas grietas negras en la piel y la rodeaba un extraño halo antinatural de luz negra parpadeante.

Ricky gritó. Luchar contra sus ataduras solo le lastimaba las muñecas. Se estaba aproximando. Ya estaba cerca.

—D-Déjame en paz —dijo él, y sonó como un sollozo—. Por favor, solo déjame en paz. ¿Qué quieres? No tengo nada. No tengo *nada*. Solo vete. ¡Por favor, vete!

Cuando estaba suficientemente cerca como para tocarlo, levantó la cabeza de golpe y estaba sonriendo, una sonrisa enorme y horrible, demasiado grande como para cualquier rostro humano.

—Muerto, muerto, muerto —dijo entre dientes—. Igual que *todos nosotros*.

✗✗✗✗✗✗

Ricky apenas podía mantener la cabeza erguida para seguir el vaivén del péndulo. Su misterioso resplandor ya no lo cautivaba. Miró más allá de la piedra y fulminó con la mirada al director lo mejor que pudo, con los ojos entornados e irritados.

El asesino de su padre.

ESCAPE DEL ASYLUM

No sabía cuál era el camino a seguir, pero solamente podía concentrarse en ese único hecho que lo había dejado entumecido. Su padre había llegado ahí por voluntad propia para tratar de mejorar. Había confiado en que esas personas lo ayudaran y, en lugar de eso, lo habían asesinado.

Ricky no le había dicho una sola palabra a la enfermera Ash, a pesar de que ella había fruncido el ceño de preocupación y lo había consentido. Las palabras de las notas de Kay se escabullían de su mente. ¿Qué importaban? ¿Qué importaba ella o la enfermera? ¿Qué importaba nada si el director había asesinado a su padre? Probablemente terminaría asesinando a Ricky también. Su cuerpo no tenía energía suficiente para expresar su ira, así que permaneció en silencio, furioso por dentro, y dejó que la información y el secreto se pudrieran en su interior hasta estar listo para vomitarlo todo sobre los costosos zapatos del director.

—Pierce Desmond —logró gemir.

El vaivén del péndulo se volvió más lento y los ojos pequeños y brillantes del director se enfocaron detrás de sus lentes redondos.

—¿Disculpa? Ricky, necesito que te concentres, por favor... Hoy estás muy disperso.

—Pierce. Desmond.

Entonces sí tuvo energía suficiente y, como las esposas seguían sueltas desde el desayuno, salió volando de la silla y se abalanzó sobre el director, se sacudió y lo golpeó con sus puños. Oyó que el auxiliar cruzaba ruidosamente la habitación mientras Crawford intentaba defenderse del ataque, dejando la piedra roja a un lado y tomando a Ricky de las muñecas. Él estaba demasiado débil, demasiado cansado... Lo redujeron, pero no antes de que lograra conectar unos golpes sólidos.

—¡USTED LO MATÓ! ¡USTED LO MATÓ, SÉ QUE LO HIZO!

—¡Por Dios, sédelo de una vez! ¡Necesitamos asistencia aquí!

El director salió de debajo de Ricky, levantó la piedra y se alejó trastabillando. Se acomodó los lentes torcidos y observó cómo el auxiliar lo llevaba por la fuerza a la cama, le sujetaba los brazos detrás de la espalda y lo inmovilizaba, hasta que la habitación se llenó de gente.

Ricky los ignoró e hizo caso omiso del dolor que sentía en los brazos. Escupió y forcejeó, con la atención centrada en el rostro desconcertado del director.

—Él estaba aquí. Confió en usted, ¡y usted lo *asesinó*! ¡No hizo lo que usted quería y por eso lo mató!

—Sedantes, sí, gracias —el director daba instrucciones con calma al personal, haciendo caso omiso del muchacho que gritaba desde la cama. Eso solo enfureció más a Ricky—. ¡Y tengan preparada su nueva prescripción para cuando despierte! No, esas no, estas.

La fachada serena del director se quebró y se precipitó hacia la cama mientras buscaba a tientas en su bolsillo un envase de píldoras que le entregó a Largo. La enfermera Ash apareció junto con otras enfermeras y Ricky casi no podía oír lo que decían por encima de sus propios gritos.

—Solo un mal episodio —decía el director Crawford. Sus lentes se desdibujaron frente a él. Le habían clavado la aguja. Todo se estaba desvaneciendo—. Ya está, solo un mal episodio, ¿sí? Todo se resolverá pronto, Ricky. Confía en mí. *Confía en mí.*

No recordaba haber despertado, pero debían haberlo forzado a hacerlo. ¿Era posible estar despierto e inconsciente al mismo tiempo? Así se sentía. En el limbo. Suspendido entre el sueño y la vigila. No podía moverse. Lo habían amarrado a alguna clase de extraña silla, con los brazos y las piernas inmovilizados. La piedra roja se balanceaba frente a él y no podía hacer nada más que observarla ir y venir; garras metálicas mantenían sus párpados levantados. No podía moverse. No podía parpadear. De vez en cuando sentía un goteo refrescante en los ojos que evitaba que se le secaran.

Era imposible saber cuántas personas había en la habitación. Todo era oscuridad excepto por un punto focal de luz que estaba directamente frente a él. ¿Una lámpara, quizás? Y la lámpara iluminaba la piedra roja que iba y venía, y lo calmaba, invitándolo a alejarse del dolor y la confusión.

Se dejó llevar. Eso no podía ser real. Nada de eso podía ser real, así que debía estar dormido. La voz del director se derramaba sobre él. ¿Cuánto tiempo llevaba sucediendo eso? No había noción del paso del tiempo, todo su mundo se reducía al péndulo rojo y la voz relajante del director.

Después de un rato, era el único sonido que quería escuchar.

Estás a salvo ahora Ricky, estás a salvo.

Sigue lo que digo, sigue mi voz, es la única forma de terminar con esto, la única forma de terminar con el dolor...

Sí. Quería que el dolor terminase. No quería estar amarrado a una silla. No quería estar amordazado ni tener los ojos abiertos por la fuerza. La lámpara estaba tan, tan caliente. Le quemaba la piel. Sudor corría por su rostro y le empapaba el pijama.

Eres tan especial. Ser el primero, ser el Paciente Cero es un privilegio, Ricky, ¿no te gusta ser especial? No creo que necesites que te arregle.

Eso sonaba cierto. No necesitaba que lo arreglaran. Por fin alguien estaba escuchando lo que había estado diciendo desde el principio.

Eres perfecto tal como eres. Pero debes escuchar. Debes obedecer. Los muchachos perfectos obedecen. Quieres ser perfecto tal como eres, ¿no es así?

Lo soy, pensó, con un espasmo de dolor atorado detrás de la mordaza, *¿no es así?*

CAPÍTULO Nº 34

ESCAPE DEL ASYLUM

Diario de Ricky Desmond
Julio

Ain't too much sadder than the tears of a clown when there's no one around... (Hay pocas cosas más tristes que las lágrimas de un payaso cuando no hay nadie alrededor...). Eso es todo. Es todo lo que puedo recordar. Todo está desapareciendo. Vivo en la calle Hammond número 335, mi mamá es Kathy Anne. Mi papá es... Mi papá es. No lo sé. Recuerdo a Butch. Recuerdo a mamá. ¿Adónde fue todo? Estas no son cosas que uno olvida. La enfermera Ash me dijo que no olvidara. Me dijo que no confiara. Pero simplemente no puedo recordar todo, requiere demasiada energía y, cuando lo intento, todo se vuelve humo.

Solo quiero dormir. Desearía que él me dejara dormir.

La siguiente vez que el director lo visitó, Ricky sintió que estaba mirando a través de los ojos de un extraño.

Se sentaron uno frente al otro, Ricky en la cama esta vez y el director en una silla frente a él. Un auxiliar permanecía junto a la puerta, pero no tenía energía para hablar y mucho menos para pelear. Lo habían alimentado a avena y agua durante tantos días que ya no podía contarlos. El estómago le dolía todo el tiempo, pero cuando pedía más o algo diferente, lo ignoraban.

Los medicamentos le provocaban temblores en las manos y le dejaban un sabor agrio y calcáreo en la boca. Ricky sabía que ya no eran solo aspirinas. Solo habían pasado unos días, ¿o no? No podía soportarlo mucho más.

—Me doy cuenta de que estás recapacitando, Ricky —murmuró el director. Frunció los labios y se inclinó hacia delante para apoyar una mano sobre la rodilla de él—. Castigarte es un castigo para mí también. Me duele tratarte así, pero debería haberlo sabido. La perfección nunca es fácil. Exige sacrificios. Tu padre también era así, a veces. Peor, incluso. Se resistía porque no quería formar parte de la historia. Parte de la ciencia. Eso es muy egoísta, ¿no te parece?

A Ricky no le parecía egoísta en lo más mínimo. Apretó los labios en una mueca de dolor en cuanto el director mencionó a su padre. Su padre se había… ido. Por alguna razón, eso no parecía real.

—Todo será más fácil ahora —le aseguró el director. Había arrugas nuevas en su rostro, la máscara se estaba agrietando—. Solo necesito saber que estás con nosotros. Conmigo.

Se inclinó hacia la derecha, tomó su maletín de médico y lo apoyó sobre su regazo. Lo abrió y buscó algo adentro. Ricky vio que sacaba un bisturí y lo apoyaba sobre la cama junto a su mano.

Clavó la mirada en el bisturí y se encogió. En manos del director era un instrumento de dolor. De muerte. Ricky creyó que estaba mejorando. ¿Por qué necesitaría eso el director ahora?

—¿Quieres sostenerlo? —preguntó el director.

—No —respondió él, pero era mentira en parte. No sentía nada en absoluto acerca del pequeño cuchillo brillante que estaba a su lado—. No lo sé.

El director asintió y sacó una tabla sujetapapeles de su maletín. Desenroscó la tapa de una pluma y comenzó a garabatear notas tras dejar el maletín en el suelo.

—¿Puedo comer algo? —preguntó Ricky—. Estoy muerto de hambre.

—Pronto. Cuando terminemos aquí puedes comer algo especial, ¿sí? Una recompensa —el director siguió haciendo anotaciones y luego empujó sus lentes hacia arriba por su nariz—. ¿No quieres levantar el bisturí?

—No, quiero comer.

—¿No quieres usarlo para atacarme? —insistió el director.

Se encendió una llama en el pecho de Ricky. ¿Atacarlo? ¿Por qué haría eso? Había un motivo. Tenía que haber un motivo. Había una pared alrededor del motivo. Estaba escondido en algún lugar de su mente, pero no podía acceder a él. Había estado justo ahí. Algo acerca de… Algo acerca de alguien… ¿Por qué había dejado de ser importante? La cabeza le dolía cuando intentaba recordar.

—Está justo ahí, Ricky, y te aseguro que es muy afilado. ¿No quieres tomarlo y cortarme?

—No —respondió mientras movía su mandíbula. Quizás sí quería hacerlo, pero aunque así fuera, sabía que esa era la respuesta incorrecta. La respuesta incorrecta lo mandaría de vuelta a la silla—. No, no quiero tocarlo.

El director Crawford asintió mientras murmuraba algo para sí mismo y escribía unas líneas más de notas. Su letra era cursiva, larga y serpenteante, demasiado estilizada como para que Ricky pudiese leerla desde ese ángulo. La única palabra que logró descifrar fue "Avance".

—¿Y qué le sucedió a tu padre, Ricky? ¿Qué le sucedió a Pierce Desmond?

Fue como si alguien le hubiese gritado la respuesta desde la habitación contigua, en seguida, casi antes de que el director hubiese terminado de hacerle la pregunta. Demasiado fuerte. Demasiado insistente. Se sentía falsa, pero fue lo primero que se le vino a la mente, así que debía ser verdad.

—Se suicidó.

—¿Dónde?

—Aquí. En esta habitación.

—Así es, Ricky. Tienes una excelente memoria.

El director le sonrió, orgulloso, radiante, y Ricky imitó su expresión. Sí, tenía buena memoria. Lo estaba haciendo bien. *Avance.*

—Tu amigo Keith se ha sentido muy decepcionado, ¿sabes? Yo había puesto fin a su terapia de aversión pero tuvimos que reconsiderar esa decisión después de tu arrebato. Tal vez, en adelante, tomarás en cuenta su comodidad y su suerte. Es realmente insensato hacer un trato, Ricky, si no tienes intenciones de cumplir con tu parte.

Keith... ¿Quién era Keith? No, su nombre era Kay. Kay era su amiga. Kay era su amiga y estaba sufriendo por su culpa. Ese pensamiento casi logró sacarlo de su estupor. Alguna vez lo que le sucediera a Kay había significado algo para él, aunque ahora, incluso si se concentraba, le costaba pensar qué importaba. Ya no había canciones en su cabeza. Ni bromas. ¿Amistad? Le parecía un concepto demasiado lejano como para importar en absoluto.

—Yo... no lo sé —dijo sinceramente.

Quería llorar. Algo era su culpa. Algo muy feo era su culpa. La gente lloraba cuando eso pasaba, ¿o no?

—Estás bien, Ricky. No te preocupes por nada de eso ahora. Concéntrate en mi voz y en lo que te estoy diciendo, ¿sí? Solo préstame atención y concéntrate y todo estará bien. Escucha: quiero que levantes el bisturí.

Su mano se estiró antes de que pudiese considerarlo.

—¿Por qué? —preguntó, casi como por añadidura, porque lo estaba haciendo, su cuerpo obedecía aunque su mente cuestionara.

—Porque yo lo digo.

El cuchillo estaba más tibio de lo que esperaba, como si el metal estuviese vivo. Sujetó el delgado mango y lo levantó, sosteniéndolo a una distancia prudencial de su pierna. Sintió otra puntada en la nuca. A veces decía una palabra o evocaba un pensamiento y lo olvidaba un momento después. Ya había olvidado el bisturí que tenía en la mano.

—Bien, ahora levántalo. Sí, más arriba. Ahora me gustaría que apoyaras el filo contra tu garganta.

Sabía que eso, al menos, estaba mal. Pero no pudo evitar que su mano obedeciera la orden. Era peligroso, un mal movimiento y podía matarse, o quizás eso era lo que el director quería. No entendía. ¡Estaba haciendo todo lo que le pedía! Un sonido desesperado escapó de su garganta, un gemido y un grito. ¿Por qué lo castigaba incluso cuando hacía lo que le pedía?

El director lo miró a los ojos y esbozó una sonrisa tranquilizadora.

—¿Tienes miedo, Ricky?

—Sí.

—¿Tienes miedo de lo que podría pedirte que hicieras a continuación?

—S-Sí.

—No me tengas miedo —dijo el director suavemente—. Tenemos una especie de pacto, ¿no es así? Tú te estás convirtiendo en mi recipiente. Mi mano derecha. Sería un tonto si lastimara algo que es parte de mí, ¿no?

Ricky asintió, olvidando que el bisturí estaba ahí y se encogió al sentir que el metal le rozaba la garganta. Cerró muy fuerte los ojos y deseó que todo terminara.

—Solo una pregunta más, ¿está bien?

El director conservó su sonrisa cálida pero Ricky no se sentía reconfortado. Le temblaba la mano y también el cuchillo.

—Bueno.

—¿La enfermera Ash te está ayudando? ¿Te ha estado trayendo cosas a escondidas? ¿Diciendo mentiras sobre mí?

No, no, no. ¡Dile que no! Te ayudó tanto, sabes que sí… ¡No la traiciones ahora, cuando la necesitas más que nunca! Jocelyn es tu amiga. Ella y Kay son tus únicas amigas aquí.

Pero esa advertencia no significaba nada cuando era el director quien preguntaba. ¿Por qué no podía simplemente mentir? ¿Por qué no podía salvarse?

—Sí.

El director no estaba enfadado. No estaba nada en absoluto. Asintió con seriedad y hundió las mejillas mientras pensaba en silencio durante un largo rato. El cuchillo se puso resbaloso, cubierto por su sudor nervioso.

—Ya puedes dejar el bisturí, Ricky. Creo que está bastante claro que hemos terminado.

CAPÍTULO Nº 35

*E*l agua era una tortura, fría primero y después hirviendo, y la presión era tan fuerte que le dejaba la piel de un color rojo furioso. Detrás de la boquilla de la manguera podía ver el rostro inexpresivo del auxiliar que controlaba la temperatura y lo atormentaba, con el agua caliente y después fría, una y otra vez, ajeno o quizás indiferente al dolor de Ricky.

Finalmente, cuando estaba limpio de pies a cabeza, el auxiliar cerró el agua. Él permaneció ahí, helado, goteando contra la pared y comenzó a frotarse los brazos y después el pecho, intentando resistir los violentos escalofríos que le hacían castañetear los dientes ruidosamente.

—Reluciente —dijo el auxiliar mientras enrollaba la manguera y la guardaba en un rincón de la habitación.

La zona de baño, pequeña y fría, se encontraba en el mismo pasillo que su celda, un poco más adelante. Tenía ventanas sin barrotes, inalcanzables. Cerámicos blancos cubrían la habitación desde el piso hasta el techo y estaba vacía a excepción de un desagüe oxidado en el suelo y la temida manguera en el rincón.

—Listo para tu gran día —agregó el auxiliar.

Esta vez no era Largo, sino un hombre más bajo con el cabello rubio, de unos cuarenta o cincuenta y tantos. Se veía como una versión reducida del director pero sin lentes.

—Gran día.

Ricky repitió las palabras, esperando que adquiriesen sentido.

ESCAPE DEL ASYLUM

¿Había olvidado algo, otra vez? ¿Qué era su gran día? La mañana había comenzado como la mayoría de los días, sus pesadillas habían sido interrumpidas por una enfermera que le traía su medicina y comida. Solo que ya no era la enfermera Ash, y él sabía que las aspirinas eran solo un sueño lejano.

No sabía qué le estaba dando el director en esas píldoras, pero lo dejaban constantemente aturdido. O quizás eso se debía a la falta de sueño. O a pasar la mayor parte del día amarrado a una cama. O a someterse a las frecuentes sesiones de hipnosis del director.

—Tienes visitas, Ricky, querido —dijo con ánimo el auxiliar—. ¡Qué afortunado! El preferido del director. *Desde luego* recibes visitas. Había que ponerte decente, ¿no? No puedes verte como un vagabundo en tu gran día. Si lo haces bien, apuesto a que te dará otra oportunidad en la próxima gala. ¿No sería especial?

¿Visitas? La niebla que empañaba sus pensamientos se disipó por un momento. Dejó que el auxiliar lo sacara por la fuerza del cuarto de baño y lo llevara de vuelta a su habitación, donde le dieron una camisa y un pantalón limpios para que se cambiara mientras el hombre esperaba. Ya no le permitían hacer nada solo, excepto dormir. Ya ni siquiera la niña de cabello largo iba a verlo. No la echaba de menos, pero lo sentía como un abandono más.

Para sorpresa de Ricky, el auxiliar no volvió a amarrarlo a la cama, sino que le indicó que se pusiera el calzado desechable que les daban a todos los pacientes. Entonces lo llevaron por el pasillo hacia la puerta que daba a la escalera. Su noción del tiempo era imprecisa, en el mejor de los casos, pero suponía que habían pasado al menos dos semanas desde que había salido del segundo piso.

Aunque odiase la habitación 3808 sentía que era un ancla que le daba seguridad. Ahora lo llevaban abajo, hacia lo desconocido. El auxiliar tarareaba distraídamente mientras le daba empujoncitos a Ricky para hacerlo avanzar, descendiendo por otra escalera hacia la planta baja. Era una de las dos grandes escaleras que flanqueaban el vestíbulo, como si ese edificio alguna vez hubiese tenido un propósito más trivial y feliz. Quizás volvería a tenerlo algún día. No quería suponer; solo sabía lo que Brookline era en ese momento.

Bordearon el vestíbulo y pasaron frente al dispensario. Para todos los demás era solo un día normal en el manicomio. Dos enfermeras pasaron zumbando con las cabezas inclinadas mientras conversaban entusiasmadas. Ambas echaron un vistazo a Ricky, vieron que estaba con el auxiliar y siguieron su camino. Oyó risas que provenían del comedor. El pabellón de la planta baja, donde se había quedado antes, no mostraba señales de vida. Los pacientes estaban descansando o en otro lugar, afuera trabajando en el jardín o en el salón de recreo.

Ricky se permitió sentir cierta curiosidad. Sentía como si estuviese visitando esa parte del manicomio por primera vez. El recuerdo de susurrar sin permiso con Kay mientras los llevaban afuera para trabajar le parecía que era de otra vida. Él ya no era esa persona.

Lo habían alimentado mucho mejor esa mañana, pero la comida más sustanciosa le hizo doler el estómago tanto como las exiguas sobras. Tenía la barriga hinchada y tirante, los huevos con tocino se sentían como un saco de rocas.

Cuando llegaron a la oficina del director, Ricky vaciló.

—¿Por qué estamos aquí?

—Estamos parlanchines, ¿eh? —lo reprendió el auxiliar—. Solo entra ahí, Desmond. Basta de preguntas. Es tu gran día. Sonríe.

Sonríe. La puerta se abrió y lo metieron bruscamente a la oficina. Era como el día de los retratos en la escuela, cuando llevaba el cabello peinado de forma extraña y su ropa era demasiado nueva y almidonada. Esbozó esa misma clase de sonrisa falsa y forzada mientras entraba en la oficina y veía la parte de atrás de dos cabezas familiares. Entonces, ellos oyeron la puerta y se volvieron para mirarlo.

Mamá y Butch. Ricky se paralizó ahí mismo, todavía sonriendo, e intentó no echarse a llorar.

CAPÍTULO Nº 36

—¡Oh, Ricky!

Su madre se puso de pie, con su bolsa abrazada contra el pecho, y esbozó una sonrisa aliviada. Llevaba su bonito vestido amarillo plisado con el estampado de girasoles. A veces se lo ponía para ir a la iglesia, pero solo lo usaba en ocasiones especiales. Butch se veía tan rechoncho y cuadrado como siempre, tenía el físico de un jugador de fútbol americano, pero con una capa protectora de pastel de carne y cerveza.

—¡Qué alegría verte, cariño!

Su madre hizo caso omiso del gruñido consternado del auxiliar y se lanzó hacia Ricky, lo tomó entre sus brazos y lo estrujó.

No sabía qué hacer. ¿Qué *podía* hacer? Por encima del hombro de su madre vio al director. Crawford estaba detrás de su escritorio, atento, con una expresión curiosamente ausente. Su madre estaba ahí. ¡Ahí! Este era el milagro de último momento que había estado esperando y que quería más que nada. ¿Ya estaba terminando el verano? Esa tenía que ser la explicación.

Lentamente, Ricky levantó una mano y la puso sobre la espalda de su madre para consolarla. Ella temblaba y sollozaba mientras lo apretaba contra su pecho. Era como si él tuviese un tapón. Quería sentirse aliviado, explotar de alegría, pero la influencia del director se lo impedía. Las píldoras. La hipnosis. Ahora había dos Ricky: el de siempre y el Paciente Cero, y este último siempre vigilaba al primero.

—Hola, mamá.

—Su estado es muy delicado —la voz del director interrumpió el reencuentro y su madre se apartó de él. Se secó las lágrimas rápidamente con suaves golpecitos de un pañuelo que Butch le dio—. Esto probablemente sea muy abrumador para él. Sus problemas de ira eran muy pronunciados al principio, pero ahora está mucho, mucho mejor. Un día a la vez; orden y disciplina, rutina, eso es lo que necesitaba.

—Sí —la mujer dio un paso hacia atrás y chocó con la silla que estaba al otro lado del escritorio, frente al director, y se dejó caer en ella con un suspiro—. Sí, comprendo. Es solo el alivio de una madre… Debe entender…

—Es natural emocionarse —respondió el director, absolutamente carente de emoción. Mantuvo la mirada fija en Ricky y luego señaló el espacio vacío en la oficina cerca de la ventana—. Y le aseguro que su alivio se equipara al mío. Siempre es tan gratificante saber que un paciente está mejorando. Este es su nuevo y mejorado hijo. No es violento. Ni propenso *al mal comportamiento*.

La ventana estaba abierta. Afuera, los pájaros cantaban. Se oía el barullo que provenía de la universidad que estaba junto al manicomio, donde la gente se estaba reuniendo para una barbacoa por el día de la independencia o del trabajo, o el día que fuese que estaban celebrando. Libertad. Estaba tan cerca. Podía oler el humo de la parrilla y el césped recién cortado. Ricky miró a su madre, observó sus brillantes ojos verdes, iguales a los suyos, y su cabello negro, igual al suyo; nunca había creído que fuera posible sentirse tan alienado de alguien que sabía que era su sangre.

—¿Está mejorando?

Su madre se volvió hacia el director y apoyó las manos en el borde del escritorio.

—Ya hemos escuchado eso antes —dijo Butch entre dientes. Tenía un corte de cabello militar, tan plano que hubiese sido posible aterrizar un avión en miniatura sobre su cabeza. El acné de su adolescencia le había dejado el rostro picado y con manchas. Con una de sus enormes garras tomó la mano de la madre de Ricky y le lanzó una mirada al muchacho—. ¿Cómo sabemos que lo que dice no son un montón de mentiras?

—*Butch.*

—¿Qué? Es la verdad. Yo no lo veo diferente. Más delgado, tal vez. ¡Oye! ¡Chico! ¿Sigues siendo un marica o este tipo logró hacerte entender?

—No suele hablar de esta manera, en serio, pero ha sido una época tan difícil para toda la familia. Nos está afectando a todos…

Butch ahora dirigió su mirada al director Crawford y lo apuntó con el dedo.

—Porque no crea ni por un segundo que no nos daremos cuenta si está mintiendo. Me enferma, ¿escucha? Me revuelve el estómago que me mientan. ¡Esos otros médicos dijeron lo mismo! ¡Y le seguía gustando lanzar puñetazos después de Victorwood y Hillcrest!

Butch se sosegó y su rostro, que estaba rojo como un tomate, quedó como el de un Bulldog haciendo puchero. Se había enderezado en su asiento para expresar su opinión y ahora comenzó a aflojarse lentamente a medida que su furia fue amainando. Entretanto, el director juntó las yemas de los dedos y lo observó con calma.

—Cuéntales lo bien que te está yendo —dijo el director Crawford suavemente. Suave, sí, pero era una orden—. Sé honesto, Ricky, y diles lo que sientes acerca de tu estadía en Brookline hasta ahora.

Las palabras comenzaron a brotar de su boca antes de que pudiese detenerlas. Era su voz, pero no la reconocía.

—El director ha estado trabajando conmigo todos los días, mamá. No tienes que preocuparte por mí.

—No estábamos preocupados —dijo Butch por lo bajo, con una mirada asesina.

Generalmente, ese tono petulante de Butch hubiese hecho que Ricky quisiera golpearlo. Y quizás esa era la idea. Quizás Butch estaba intentando provocarlo. Él quería recoger el guante, gritar, pero no lograba enfadarse. Todo en su interior estaba bloqueado.

—*Sí*, lo estábamos —su madre apretó los labios—. Estábamos muy preocupados. Te extrañamos, Ricky, solo queremos que vuelvas a casa. Como eras... antes.

—Lo sé, mamá.

Ricky esbozó una leve sonrisa y sintió un dolor que iba en aumento detrás de su ojo derecho. Una vena le latía ahí. Algo estaba mal, su rostro, su expresión, la inestable represa que contenía el torrente de sus emociones. Eligió las palabras que quería decir, pero fueron otras las que salieron de su boca, e inmediatamente quiso retractarse.

—Seré el mismo de antes en poco tiempo. Solo tienes que confiar en el director Crawford. Él sabe lo que hace. Todavía no estoy curado, pero estoy mejor. Estoy en buenas manos.

Tanto Butch como su madre se quedaron mirándolo boquiabiertos. Entonces su madre saltó de la silla, corrió hacia Ricky y lo tomó nuevamente entre sus brazos.

—Mi pequeño chico maravilla —lo estrujó fuerte, y Ricky sintió en su mejilla una de las lágrimas de su madre—. Yo sabía que solo era cuestión de tiempo. Que si solo seguíamos intentándolo, seguíamos rezando...

—Sí. Bueno. Eh —Butch frunció el ceño, su rostro se veía más torcido y más como el de un Bulldog que siempre—. El tiempo lo dirá. ¿Está seguro de que no le está tomando el pelo, doc? Es hábil para eso.

El director parecía estar perfectamente en paz con la acusación. Abrió las manos y las extendió como dando lugar a que le hicieran preguntas.

—En un mal día, hago el trabajo de diez hombres con menos talento, señor Kilpatrick, y ese trabajo perdura.

—Estaba tan preocupada, cariño —dijo su madre mientras lo sujetaba con los brazos estirados. Se veía mayor, como si hubiese envejecido mucho durante los dos meses que habían pasado desde que había dejado a Ricky en Brookline—. Cuando no respondiste mis cartas o mis llamadas telefónicas...

—Que, como le expliqué desde un principio, es parte de nuestro proceso, desde luego —interpuso el director.

—De todas formas... una madre se preocupa.

—¿Y bien, Rick? ¿Por qué no tranquilizas a tu madre? Cuéntale cuánto has disfrutado de tu pequeña travesía con nosotros.

Otra orden. Las palabras no salieron a borbotones con tanta facilidad esta vez. ¿Cartas? ¿Llamadas? Había pasado tanto tiempo convencido de que su madre simplemente había dejado de preocuparse por él. Incluso si su atención era un poco descarriada, cualquier cosa era mejor que ser olvidado. Pero ella no lo había olvidado. Le había escrito. Y lo había llamado. Y ahora estaba ahí, sujetándolo con fuerza de las muñecas, con los ojos vidriosos, llenos de lágrimas de alegría.

Sácame de aquí. Me están torturando. Me están destrozando. Ya ni siquiera sé quién soy. Ricky Desmond está desapareciendo. Sácame de aquí antes de que desaparezca por completo.

—No hay otro lugar donde preferiría estar en este momento —Ricky se escuchó decir—. Solo lo suficiente para terminar mi tratamiento.

—Supongo que los milagros sí ocurren —refunfuñó Butch. Después se puso de pie y arrastró a la madre de Ricky por los hombros—. ¿Ves? Te dije que todo estaba bien. Y ya era hora. Estamos interrumpiendo. El director tiene todo bajo control. Esto era lo que pedíamos en nuestras plegarias…

—Lo sé —dijo su madre con una sonrisa titubeante. Tomó el rostro de Ricky con ambas manos mientras Butch intentaba alejarla de él—. Es solo… Si ya está tanto mejor, quizás es hora de llevárnoslo, ¿sabes? Echamos de menos tenerte en casa, chico maravilla.

Incluso sonaba sincera. La expresión de Butch no la respaldaba, pero a él nunca le había agradado Ricky, ni aún antes de lo de Martin.

—Todavía no estoy curado, mamá —repitió de forma automática—. Pero estoy en buenas manos.

—Por supuesto que sí —dijo ella, pero frunció el ceño y una sombra se posó en su rostro, como si estuviese intentando recordar algo—. Pero si no estuvieses tan seguro…

—Lo estoy.

—Lo está —repitió el director con firmeza y se puso de pie—. Ahora, si nos disculpan, señor y señora Kilpatrick, realmente debemos dejar descansar a Rick. Su tratamiento es muy intenso, ¿saben? Pero los resultados son evidentes.

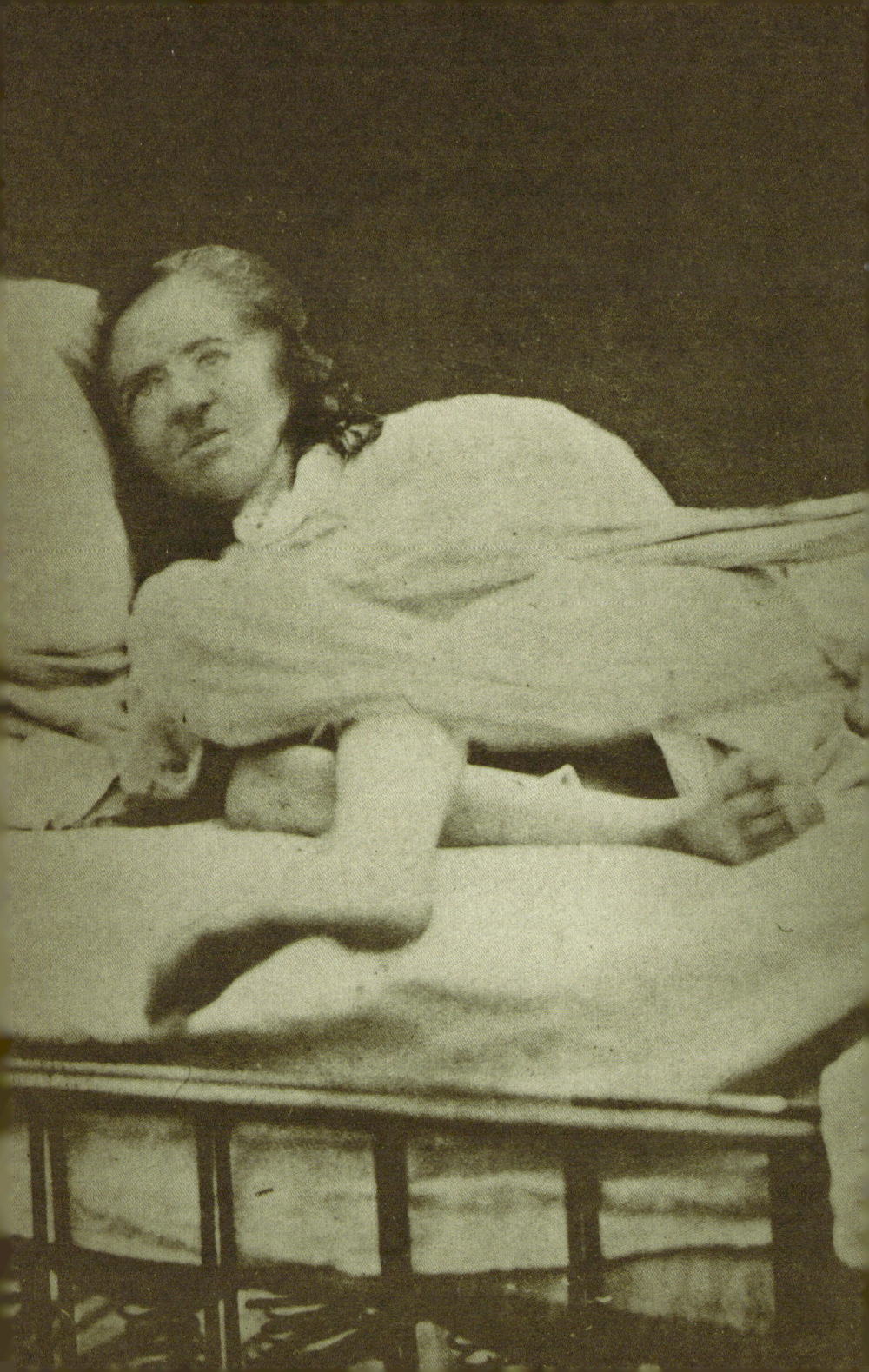

CAPÍTULO Nº 37

Ya no lo esposaban a la cama en su habitación. No había notado la irritación permanente de sus muñecas hasta que le dieron la oportunidad de examinarse. Desde luego, su madre no podría haber visto esas marcas. Su camisa de mangas largas ocultaba la evidencia de los "resultados" del director, esos que, al parecer, complacieron tanto a su madre y a su padrastro.

Se quedó mirando por la ventana mientras el director le ponía un candado a la cubierta de la abertura que daba a la otra habitación. Eso estaba bien. Ricky no tenía intenciones de volver a abrirla, de todos modos. De alguna forma, era más fácil arreglárselas si pensaba que él era el único bajo el cuidado del director. Y comenzaba a sentir que realmente era así. Estaba tan aislado y solo, en un mundo de dos personas. Dos hombres.

Dos monstruos.

A través de los barrotes de la ventana Ricky vio cómo se alejaba el auto de su madre. Siguió su trayectoria por la calle y por encima de la colina y simuló observarlo mucho después de que se hubiese perdido de vista. Rodeó los barrotes con sus dedos y absorbió el frío. Su última oportunidad de escapar acababa de marcharse y él había sido cómplice del fracaso.

—Creo que quizás mereces una recompensa por haberte portado tan bien hoy —le dijo el director, de pie junto a la abertura de la pared. Ricky se volvió y lo observó mientras cerraba las manos formando puños sueltos—. No pongas esa cara. Sé que los métodos son extremos, pero ¿acaso no puedes ver los avances por ti mismo? Es maravilloso. Estás concentrado, calmado, has olvidado todo tu dolor y confusión. Y yo hice eso por ti. Sin lobotomía. Sin electricidad.

—Sí.

—Bueno, con respecto a tu recompensa —continuó el director y soltó una risita. Caminó de un lado al otro por un momento mientras se daba golpecitos en el mentón con su nudillo, pensativo—. ¿Qué tal algo para leer? ¿No te gustaría un libro? Algo para ocupar tu tiempo mientras me encargo de otros pacientes.

—Tolkien —dijo Ricky sin pensar—. *El Señor de los Anillos.*

Ni siquiera podía recordar por qué quería ese libro o cómo conocía su nombre. Debió haber estado en algún lugar en lo profundo de su mente, más allá de la pared que el director había construido alrededor de sus pensamientos. Quizás no le habían borrado el cerebro por completo, después de todo. Quizás solo estaba inactivo.

Al director eso no pareció sorprenderlo en lo más mínimo y solo asintió.

—Creo que podemos arreglarlo. Sí, puedo hacer eso por ti, Ricky. Después de todo, has hecho tanto por mí.

No se molestó en empezar en la primera página. Lo haría, más adelante, pero por el momento lo único que le interesaba era lo que podía recordar. No era mucho, pero estaba seguro de que al revisar el índice encontraría lo que buscaba. Y así fue. Alguien le había hablado de esto.

El saneamiento de la Comarca.

Reconoció eso. El resto de lo que leyó le importó menos que el hecho de que sabía que de algún modo eso estaba relacionado con un recuerdo escondido en la caja fuerte de su personalidad. Si solo pudiese transformar esa vaga corazonada en una llave. Ricky leyó las últimas páginas de la historia una y otra vez, sediento de pistas. El terror se transformó en alivio; la derrota, en victoria. Pero quería más.

Acostado en su cama regresó al principio del compendio de la trilogía y leyó cada palabra desde la página de derechos de autor y el primer capítulo en adelante. Pistas. Necesitaba pistas. Por alguna razón, ese título en particular se le había venido a la mente, pero ¿por qué? Pasó del capítulo cuatro al capítulo cinco y se detuvo, al ver que una ficha se deslizaba por el papel y caía sobre su almohada.

Qué extraño. ¿Alguien habría dejado atrás un marcapáginas? Dobló la esquina de la página para no olvidar por dónde iba y luego dio vuelta la ficha y encontró una nota escrita con una letra frenética e irregular. Era casi ilegible. Ricky levantó la ficha y entrecerró los ojos, intentando descifrar las letras dentadas.

Bajo la cubierta. No olvides, no te hemos olvidado…

¿La cubierta? ¿La cubierta de qué? Y esa última instrucción… Ricky tuvo que reír. Por desgracia para quien hubiese enviado la nota, lo único que él había estado haciendo últimamente era olvidar. La cubierta. Quizás se habían confundido y querían decir otra cosa. No perdía nada con revisar. Tomó la almohada y pasó su mano por debajo de ella. Nada. La funda no contenía nada inusual. Se bajó de la cama y levantó el colchón, pero allí tampoco había nada interesante.

Ricky se sentó pesadamente sobre la cama, frustrado. Su mirada se posó nuevamente en el libro y la nota y puso los ojos en blanco en un gesto de exasperación. Qué idiota. Cubierta. La sobrecubierta del libro. Quitó el grueso papel que envolvía la novela y lo dio vuelta. Encontró una tarjeta más o menos del mismo tamaño que la misteriosa nota pegada dentro.

Era una ficha de paciente. Un dolor agudo le atravesó la cabeza y sintió que casi se la partía en dos. Gimió y se apoyó la palma de la mano con fuerza entre los ojos, en un intento por aliviar la atroz presión. Aparecieron manchas frente a sus ojos que luego se alargaron y se convirtieron en gruesas rayas. ¿Así se sentía recordar? ¿Eso era lo que debía soportar para liberarse del control del director?

Parpadeó contra el dolor pero no logró deshacerse de algunos diminutos puntos blancos que permanecieron aquí y allá. Le dolía un poco menos si abría bien grande la boca, como para bostezar, así que comenzó a mover la mandíbula mientras intentaba ignorar el martilleo dentro de su cráneo.

Desmond, Pierce Andrew
Ingreso por voluntad propia
Insomnio, TPM, agitación nerviosa, pensamientos suicidas
Fallecido en 1967

Ricky releyó la ficha una docena de veces, y cada vez que lo hacía el dolor volvía a agudizarse. Entonces dio vuelta la ficha y encontró un revoltijo de disparates escritos a mano con una letra que parecía deteriorase a medida que avanzaba la diatriba.

Cerca. ¡Tan cerca! Lo más cerca que he llegado. Y, sin embargo, un fracaso. Otro fracaso. Pero debo intentarlo otra vez. Quizás esta vez la clave sea la sangre. Algunos pacientes se adaptan a la terapia mejor que otros, me doy cuenta ahora, y la única conexión que no he probado es el linaje. Con el próximo no fracasaré, con el próximo alcanzaré mi legado. Lo alcanzaré a través de la sangre.

Trozos de recuerdos volvieron a él. Fragmentos. Podía recordar el hedor a moho del depósito, el foco que se balanceaba colgado del techo, una nube de polvo a su alrededor... Pierce Andrew Desmond. Un rostro volvió a su mente: un hombre con su misma nariz prominente y cejas pobladas. La misma gran sonrisa casi tonta. Papá. Su *papá*. Entonces el rostro cambió y se volvió delgado y adusto, los ojos se hundieron y la sonrisa tonta se abrió aterrada.

Ricky cerró los ojos otra vez, involuntariamente; el dolor era tan fuerte que por un aterrador momento estuvo seguro de que se estaba quedando ciego. ¿Por qué aquí? ¿Por qué hubiese estado aquí su padre? ¿No lo habría sabido su madre? No podía ser casualidad que tanto padre como hijo terminaran en el mismo manicomio con solo un año de diferencia.

Recordó más y se enfureció. Kay... La enfermera Ash... La letra de la nota no se parecía a la de Kay. Tenía que haber sido la enfermera Ash. Pero la nota estaba en plural. *No te hemos olvidado.* Estaban trabajando juntas en esto. ¿Era posible? Los detalles se volvieron cada vez más claros, como una fotografía que se revelaba frente a sus ojos. Jocelyn debía haber encontrado los trozos del diario y la ficha de paciente cuando limpió su habitación. Sí. Ella le había advertido que recordara, que siempre recordara y que nunca confiara en el director. Esta era su forma de recordárselo, de traerlo de regreso antes de que fuera tarde.

Escondió la nota y la ficha debajo de la sobrecubierta, asegurándose de que estuviesen bien pegadas con la cinta. Sabía que era arriesgado guardarlas así, pero ¿y si olvidaba otra vez? Necesitaría algo que lo ayudase a seguir siendo Ricky Desmond, bromista y amante del cangrejo, que faltaba a clases, rompía las reglas, besaba a chicos y chicas... El verdadero Ricky.

¡Y la música! Por Dios, lo había olvidado... Melodías inundaron su cabeza, y su alegría y sorpresa fueron tan intensas como si las estuviese escuchando por primera vez. Se acostó sobre la cama, tarareando con los ojos llenos de lágrimas. "Tears of a Clown", esa era una de sus canciones preferidas. Se preguntó si a su papá le habría gustado. Probablemente. Él había hecho que le gustaran los Beatles, los Stones, Ella Fitzgerald, Coltrane...

Su padre. Su padre había muerto allí a causa de los repugnantes experimentos del director. Esta vez Ricky no podía olvidar. Era posible que no hubiese recuperado todos sus recuerdos, pero tenía suficiente. Suficiente para sobrevivir. Suficiente para luchar.

Suficiente para luchar *después* de que su madre había venido, después de que había estado justo ahí y podría haberle dicho todo. Sintió lágrimas que le quemaban las mejillas. Había estado tan cerca, tan cerca, y ahora estaba atrapado. Le había dicho a su madre con sus propias palabras (no, con las palabras del director) que lo dejara en Brookline. Y lo que era peor, ella le había creído.

CAPÍTULO Nº 38

espertó con unas manos pequeñas en su rostro que lo sacudían.

La niña estaba de pie junto a su cama, zarandeándolo para despertarlo. Todavía se veía pálida y frágil, pero tenía ojos, nariz y boca. En cuanto Ricky intentó gritar sobresaltado, ella lo hizo callar. Tenía una horrible cicatriz que se veía a través del mugriento flequillo que le cubría el rostro. Le hizo señas silenciosas de que la acompañara mientras se deslizaba por el suelo con una rapidez que no era natural.

Ricky la siguió y la vio abrir sin ningún esfuerzo la puerta cerrada con un candado y doblar la esquina. Tuvo que apresurarse para seguirle el ritmo, trotó, y solo veía las puntas de su cabello mientras corrían hacia la escalera. Se oían voces que flotaban por la atmósfera, revueltas y sin sentido, murmullos siniestros que se filtraban por las paredes y las puertas.

Bajaron, pasando el vestíbulo de la planta baja y las oficinas, hacia el sótano. Ricky vaciló, pero la niña se movía tan rápido... Si no le seguía el ritmo la perdería. Se sumergió en el frío, preguntándose si estaba loco, preguntándose si tenía opción. Esa extraña niña lo había atormentado durante semanas, ¿por qué seguía permitiéndole que lo hiciera?

Pero avanzó, decidido, para no perderla.

Cada vez que Ricky se aproximaba la niña salía disparada a toda prisa, inalcanzable.

Sombras con sonrisas marcadas y llenas de dientes se deslizaban por las paredes. Las veía de reojo, pero cuando se volvía para mirarlas de frente, desaparecían. Se concentró nuevamente en la niña, la persiguió, y pronto llegaron al pabellón inferior. Ella pasó volando frente a todas las celdas, ignorándolas, y se dirigió en cambio hacia la alta puerta de metal que estaba al final del pasillo. La atravesó y siguió avanzando, adentrándose cada vez más en el manicomio, más de lo que Ricky jamás se había aventurado.

El oscuro pasillo se extendía más y más, interminable, agotador, hasta que finalmente llegaron a una última puerta que daba a un espacio parecido a un anfiteatro. Una sala de operaciones. Había alguien recostado sobre una camilla rodeada de andamios esqueléticos, como silenciosos centinelas de metal, donde estaban colocadas las luces y recipientes. La niña había desaparecido pero Ricky sabía que él seguía avanzando, se sentía obligado a ver, obligado a saber…

El cuerpo que se encontraba sobre la mesa de operaciones estaba cubierto con una sábana y donde debía estar la cabeza, la tela se levantaba en una extraña deformidad. Temblando, Ricky tomó el extremo de la sábana y tiró. Se le revolvió el estómago y ya no quiso ver más, pero era demasiado tarde…

Se veía tan parecido a él, pero más viejo. Más grande. *Papá*. El cadáver estaba casi azul de frío, la boca ligeramente abierta, congelada en un grito de sorpresa. Tenía un picahielo clavado en la cuenca del ojo izquierdo, hundido hasta la mitad.

Ricky se tapó la boca con ambas manos y trató de no gritar. Su estómago se contrajo otra vez y sintió que iba a vomitar.

La cabeza cayó hacia él con un ruido sordo y el picahielo se desprendió lenta e inexorablemente, golpeó el suelo y rodó, tintineando… El ojo sano parpadeó.

—No olvides —susurró la cabeza con los labios morados y agrietados—. No olvides, Ricky. No corras, no te escondas. *Pelea*.

CAPÍTULO Nº 39

ESCAPE DEL ASYLUM

El director entró en la habitación de Ricky a la mañana siguiente silbando y sonriendo, con la enfermera Kramer detrás, que se apresuraba para seguirle el ritmo. Ella le entregó a Ricky su desayuno y su medicina, las píldoras con rayas rojas y azules que había estado temiendo desde el momento en que despertó. Por lo general las enfermeras le tapaban la nariz y esperaban hasta que estuviese ahogándose para meterle las píldoras en la garganta. Pero últimamente, como Ricky cooperaba, solo observaban mientras las tomaba.

Sin embargo, hoy la enfermera Kramer apoyó con distracción el plato con los huevos y el tocino. Los objetos punzantes no estaban permitidos, así que comió con una cuchara y cortó las tiras de tocino lo mejor que pudo con el borde romo. La enfermera se volvió inmediatamente hacia el director, ignorando a Ricky mientras comía.

—Necesitamos más personal, señor —dijo ella, susurrando con intensidad—. Ayer Mosely se quebró la muñeca mientras intentaba descargar uno de esos camiones. Y ahora con la enfermera… con la *otra* baja de personal, estamos todos tan sobrecargados. Simplemente no es viable…

Ricky notó esa pequeña auto-interrupción. La enfermera Ash. Algo le había sucedido. Esconder esa nota en el libro de Ricky podía haber sido su último acto de rebeldía. Oh Dios, y Kay la había ayudado. ¿Estarían bien? Fingió no escuchar y continuó comiendo a pesar de su falta de apetito.

—Este no es el momento ni el lugar para esta discusión —respondió el director con severidad.

—Pero usted dijo que todo estaba progresando...

—Momento. Lugar. Inapropiado —el director suspiró mientras se apretaba el tabique. Su estado de ánimo desmejoró repentinamente—. Podemos abordar el problema esta tarde en mi oficina, enfermera Kramer.

Inspirado, Ricky levantó el vasito con las píldoras y lo agitó ruidosamente. Hizo notar mucho que se las iba a tragar mientras el director discutía con la enfermera Kramer. Escondió las píldoras en su mano antes de que llegaran a su boca y las deslizó suavemente bajo su almohada y hacia dentro de la funda.

Terminó de hacer la mímica del proceso con un gran trago de agua.

No corras, no te escondas. Pelea.

—Esto es muy decepcionante —decía el director mientras señalaba la puerta—. Hoy es un gran día para Ricky. Para nosotros. Para esta institución. Su graduación, por así decirlo, y usted ya la ha empañado con sus constantes e insípidos reclamos. La muñeca de Mosely sanará y en cuanto a su otra queja, la solución temporal tendrá que bastar hasta que otra más permanente se presente.

—Sí, señor. Por supuesto, señor. Lo siento, señor.

El director había levantado la voz lo suficiente como para que retumbase y tanto Ricky como la enfermera Kramer se encogieron cuando alcanzó el punto más álgido del *crescendo* de rugidos de su discurso. Entonces, la enfermera fue rápidamente hasta Ricky y recogió el plato del desayuno (que no había terminado) y el vasito de las píldoras y se retiró.

—Me disculpo por la escena que armó la enfermera Kramer —dijo el director cuando se cerró la puerta. Abrió las manos hacia Ricky como una invitación–. Si solo nuestro trabajo fuera mi único deber. Lástima.

—Sí —repitió él como un loro, de la forma más mecánica que pudo. *Maldito*–. Lástima.

Todavía se sentía un poco confundido esa mañana y sabía que la medicina aún debía estar afectándolo de una forma u otra, pero ya se sentía mejor, bien por la comida o bien por la memoria que iba recuperando. Por su padre. La sangre le hervía.

Pero tenía problemas más inmediatos. Esa "graduación", cualquiera fuera su significado, no podía ser nada bueno para él. ¿No había sido suficiente que les mintiera en la cara a sus padres? Por Dios, su madre había *llorado* de alegría porque su hijo se había convertido en la cáscara de una persona sin emociones. Porque incluso eso era mejor que quien había sido antes. Y ellos eran quienes debían decidir cómo se veía su hijo "sano". La furia en su interior aumentó y por una vez no quiso aplacarla.

No otra vez. El Paciente Cero sería desterrado. Cuando el director caminó hacia él y Ricky sintió que su coraje flaqueaba, imaginó la ficha de paciente de su padre frente a sus ojos. Imaginó a Kay en el horrible cuartito de la terapia de aversión. Imaginó a la enfermera Ash redactando apresurada una nota para él, haciendo todo lo posible por ayudarlo.

—Necesito mostrarte algo, sujeto mío. No es algo de lo que esté orgulloso, pero es importante que lo veas. Ven conmigo.

Ricky se puso de pie y lo siguió. Echó un vistazo a la almohada para asegurarse de que ninguna de las píldoras se hubiera salido de la funda de tela.

El júbilo del director había regresado y silbó una canción que Ricky no reconoció mientras lo conducía hacia la puerta y salía de la habitación. Esperaba otro viaje a la oficina, pero en lugar de eso fueron hacia la derecha y avanzaron poco más de un metro, hacia la habitación contigua. Como estaba recobrando sus recuerdos y su cuerpo se estaba recuperando de la medicina, tuvo que controlar su expresión para que no lo delatara.

¿Por qué tendría que entrar en *esa* habitación?

Se armó de valor y se obligó a detener el movimiento nervioso de su pierna mientras el director abría la puerta y la sostenía para dejarlo pasar. Algunos auxiliares que estaban por el pasillo, incluyendo a Largo, notaron el alboroto y los observaron con curiosidad. No fueron invitados a entrar.

Cree que estoy completamente bajo su control. Cree que soy inofensivo.

Ricky no podría haberse preparado para ver a la niña o su habitación. Estaba impecablemente limpia, pero era tan triste. Casi vacía. Su cama era mucho más pequeña que la de él y se veía menos cómoda. Había una sábana raída arrugada a los pies del colchón. La niña era pequeña y frágil, como la recordaba, y llevaba un sencillo camisón blanco que le llegaba por debajo de las rodillas. Su largo, largo cabello caía frente a su rostro y casi rozaba el suelo.

Estaba de pie, inmóvil, en el centro de la habitación y no pareció notar que ellos estaban ahí.

El director Crawford avanzó con seguridad hacia el interior del cuarto, indiferente ante lo desgarradoramente lúgubre que era todo. ¿Cómo podía tener a una niña en ese estado? ¿Qué podía haber hecho siquiera una niña tan pequeña? Sus piernas apenas se veían lo suficientemente fuertes como para sostenerla erguida. El director se detuvo a unos pocos centímetros de ella, se inclinó y le habló lento y demasiado alto, como si se estuviese dirigiendo a un simplón.

—Hola, Lucy, me gustaría presentarte a un joven muy especial. Su nombre es Ricky, ¿por qué no le dices "hola"?

Ver a la niña de sus visiones en persona le dio más pena que miedo. Era tremendamente delgada, como si fuese el delicado caparazón de una niña; la desnutrición le daba a su cuerpo delgado y su gran cabeza las proporciones de una muñeca. Una brillante cicatriz le cruzaba casi toda la frente a lo ancho.

Además de la cama y la niña no había nada en la celda, excepto por una cajita de música junto a la puerta. Estaba de lado y el director se acercó para recogerla. Siguió silbando esa melodía distraída mientras la levantaba y le daba cuerda, y el ruido de la llave al girar atravesó la canción silbada.

—Suele calmarla —explicó el director.

Una sucia bailarina de porcelana hacía piruetas sobre la tapa de la cajita de música y la canción era lenta y un poco entrecortada, y el estribillo se trababa en algunas partes. Era un milagro que funcionara.

—Ella es uno de mis intentos fallidos. Como es de esperarse, la búsqueda de la ciencia no está exenta de víctimas.

La voz de la niña los sorprendió a ambos, era baja y áspera, como la sombra de lo que una vez fue una dulce voz de niña.

—No se puede vivir por siempre. No se puede.

Tenía un marcado acento, español o catalán quizá, que hacía que a Ricky le costara entenderla.

—Ah, veo que estás provocadora —la reprendió el director mientras dejaba la cajita de música y caminaba de vuelta hacia la niña. Se inclinó otra vez con las manos detrás de la espalda y le habló—. Un cuerpo puede no perdurar, pequeña Lucy, es verdad, pero ¿una idea? Una idea, cuando se la siembra en el terreno correcto puede crecer por siempre —el director giró para dirigirse a ambos al mismo tiempo—. Lucy estaba fuera de control como tú, Ricky. En su casa gritaba durante horas y horas, hasta que creyeron que estaba poseída. Cuando el sacerdote de la familia no pudo ayudarlos, sus padres la trajeron aquí. Me la dieron y luego se olvidaron por completo de ella, igual que tus padres hicieron contigo.

—Las malezas —susurró ella, retorciéndose—. Se pudren.

Ricky no estaba seguro de cuánto más podría soportar estar en esa habitación. Un fuerte instinto protector brotó en su interior al ver a la niña. ¿Qué podía haber hecho para merecer ese destino? Probablemente tan poco como él. O Patty.

O mi papá.

—Fue agradable conversar contigo, Lucy, como siempre, me alegro de que pudieras hacer un último amigo —dijo el director con voz cansina.

Entonces se enderezó y le hizo señas a Ricky de que se aproximara, sonriendo con tanta frialdad y calma que su temor aumentó con cada paso. Sabía que su "graduación" sería algo terrible, y ahora esa intuición inundó su cuerpo de adrenalina.

—Ahora que has visto uno de mis errores —dijo el director, mientras buscaba algo en el bolsillo de su bata—, quiero que lo corrijas. Ella puede parecerse a ti en algunos aspectos, pero tú eres muy superior, Ricky, y es por eso que ella no significará una gran pérdida.

Lucy solo se movió lo suficiente como para observarlos a ambos, pero aunque su cabello le cubriese el rostro, Ricky sabía que tenía la mirada clavada en el director, quien sostenía algo que brillaba en la escasa luz que se filtraba por las cortinas.

Un cuchillo. El bisturí.

—Corrige el error, Ricky —dijo el director con firmeza mientras extendía el brazo para entregarle el bisturí. Lucy se paralizó—. Eres libre de cuerpo y mente. Tu pérdida de identidad es completa. Esto no debería suponer ningún tipo de problema para ti. Toma el cuchillo. Sí, muy bien, tu padre lo sostenía de la misma forma.

Su padre otra vez. Ricky vaciló. ¿Acaso el director había obligado a su padre a hacer eso mismo? Pensó en ese pobre hombre acurrucado y escondido entre las cajas de vestuario, con las manos cubiertas de sangre, sosteniendo el bisturí.

Ricky lo haría, *tenía* que hacerlo.

En lo profundo de su subconsciente podía sentir la influencia del director que lo arrastraba en la dirección equivocada. Obedecer era simple. Resistirse solo provocaba dolor. No podía regresar a la silla, simplemente no podía…

Tomó el bisturí, cerciorándose de que su mano no temblara y lo delatara. Ya no registraba la silenciosa tristeza de la habitación. Su mente había quedado en blanco ante tanta presión insoportable. Una niñita. Era solo una niñita.

Mira a tu alrededor. ¿Te parece que ella está bien? Le estarías haciendo un favor…

El director le sonrió orgulloso, como un padre durante el primer día de escuela de su hijo. Asintió, una vez, dándole permiso. Dándole ánimo.

—Corrige el error, Ricky, solo podemos tolerar la perfección.

El bisturí, pequeño, ligero, repentinamente le resultó muy pesado. Lo levantó y vio que la niña le lanzaba una mirada, con esos ojos enormes y oscuros. Asustados. Esos grandes ojos se cerraron con fuerza cuando la mano de Ricky arremetió y la sangre corrió.

No corras, no te escondas. Pelea.

CAPÍTULO

Nº 40

Nunca olvidaría el grito del director, primero de dolor, después de sorpresa y finalmente de traición.

Lucy inspiró sobresaltada y dio un paso hacia atrás, cubriéndose la boca para tapar los sonidos de su repentina risita de felicidad. Pero el director no estaba riendo. Retrocedió tambaleándose mientras rugía de furia con el bisturí todavía clavado en el bíceps. La sangre se filtró por su bata blanca de médico, empapándola hasta el codo mientras el director alargaba el otro brazo para tomar el cuchillo.

—¡No! —gritaba una y otra vez, y luego se abrió la puerta—. ¡Qué desperdicio! ¿Cómo puede ser que todo haya sido un *desperdicio*? Igual que tu padre, ¡un desperdicio! Estaba tan seguro esta vez, tan seguro. Otro fracaso en el momento del triunfo.

La suerte de Ricky estaba echada y ahora veía con claridad lo que eso iba a costarle. Los auxiliares lo taclearon a pesar de que no había intentado moverse ni escapar. El director gritó al sacarse de un tirón el bisturí del brazo; fue lo último que vio antes de que el auxiliar que estaba sentado sobre sus hombros lo golpeara y todo comenzara a girar hacia la inconsciencia.

—¡Estás muerto! —dijo el director entre jadeos.

Lucy reía y reía, mientras aplaudía y golpeaba sus piecitos contra el suelo.

—¡Muerto! ¿Entiendes? ¡Muerto, y yo mismo acabaré contigo!

—Ahora sí que metiste la pata, genio.

Ricky gimió. Podía jurar que estaba soñando. Había estado en la celda vacía de una niñita. El director había perdido la cabeza y había intentado forzarlo a matar a la niña porque era alguna clase de error. Era demasiado extraño para ser real. Pero entonces parpadeó y levantó su dolorida cabeza, y se dio cuenta de que estaba acostado de lado en lo que parecía un calabozo.

El piso de piedra era increíblemente duro y se le clavaba en las costillas, pero su cabeza estaba apoyada sobre algo blando. Parpadeó otra vez. Era la pierna de Kay.

—¿Dónde estoy? —susurró.

Tenía la boca y la garganta completamente secas.

—Oh, en el Ritz-Carlton, ¿no te enteraste? El bueno del director cambió de parecer y se sintió mal por todas las molestias, así que nos consiguió alojamiento en un palacio —dijo ella mientras le daba palmaditas en la cabeza. Ricky hizo una mueca de dolor, todavía sensible por los golpes del auxiliar—. Lo siento. Estás en el sótano con el resto de nosotros. ¿De verdad no lo recuerdas?

—Yo... estaba con el director y él quería hacerme asesinar a alguien.

—Sí, y en lugar de eso lo apuñalaste en el brazo. Te haríamos un desfile, pero el único confeti que tenemos son moscas muertas.

Rio, pero sin alegría.

Ricky podía verla mejor ahora. Estaba más delgada de lo que recordaba y le había crecido el cabello, que parecía un halo suave y oscuro alrededor de su cabeza cuando se apoyó contra la pared. A pesar de la oscuridad, la voz de Kay se oía más calmada de lo que jamás la había escuchado, como si quizá finalmente hubiese decidido que ya no tenía más nada que perder. Pasó sus dedos suavemente por el cabello de Ricky, que estuvo a punto de quedarse dormido otra vez.

—No podía matar a una niñita.

—En general, eso no haría falta ni decirlo, pero me enteré de que realmente te estaba haciendo pasar una mala jugada.

—¿Quién te contó eso? —preguntó—. Fueron solo unos días, no entiendo cómo todo se pudo poner tan mal tan rápido.

Kay lo miró boquiabierta.

—¿Solo unos días? Más bien un mes. Creímos que estabas *muerto*. La enfermera Ash me mantuvo al tanto durante un tiempo, pero después alguien la delató y... No le ha ido muy bien desde entonces —Kay se mordió el labio inferior con la mirada perdida—. El director nos metió a todos aquí abajo después de que probaste el método de la brocheta con él.

—Lo lamento —susurró Ricky, desesperado por un poco de agua. Cerró los ojos otra vez, pensando que quizás todo desaparecería si solo lo deseaba lo suficiente—. Todo esto es mi culpa.

—Ajá. No lo creo. ¿Acaso intentaste lavarle el cerebro a alguien?

—No que yo recuerde, no.

—¿Encadenaste a alguien?

—No...

—¿Mataste de hambre o electrocutaste a alguien?

Ricky resopló.

—Nop. Es solo que... Siento que es mi culpa.

—Tienes exactamente diez minutos para deprimirte y pensar que esto solo tiene que ver contigo, pero después tienes que moverte porque se me está durmiendo la pierna —dijo ella mientras hacía círculos con los hombros. Oyó un ruido seco cuando Kay acomodó la espalda—. Creí que estabas muerto, Ricky.

—Yo también creí que lo estaba.

—Nunca digas nunca —comentó ella con una risita—. No hay forma de que haya terminado con nosotros.

—Tengo tanto que contarte que no sé por dónde comenzar.

La confusión que sentía era claramente por el golpe que había recibido en la cabeza y era mucho más soportable que la turbación del tratamiento que lo desconectaba de la realidad. Al menos podía anotar algo en la columna de cosas positivas.

—¿Te parece que hay apuro? No tengo que ir a ningún lado.

—Incluso si *soy* un hombre muerto, me alegra verte otra vez. Fue tan solitario. Por un tiempo… Por un tiempo ni siquiera me acordaba de ti. Era como estar en el cuerpo de otra persona. Alguien sin pasado ni memoria ni futuro.

La idea de moverse de donde estaba le parecía casi inimaginable. La pierna de Kay era tan cómoda, aunque el piso fuera duro y él tuviese tanta, tanta sed.

—Me gustas así, en este cuerpo.

—Disfrútalo mientras puedas —dijo él por lo bajo—. Tengo la firme sospecha de que pronto se convertirá en el proyecto de ciencias de ese maniático.

Kay le acarició el cabello otra vez, mientras chasqueaba la lengua bajito.

—¿Qué otra opción tenías? Dijiste que tenías que matar a alguien, ¿no? Hiciste lo correcto.

—Tal vez. Pero entonces ¿por qué me siento tan mal? —preguntó Ricky.

El dolor fue cediendo, poco a poco, y comenzó a notar su entorno. La celda en la que estaban era más o menos del mismo tamaño que aquella en la que había estado cuando el director lo había obligado a ver la lobotomía de Patty. Ante el más mínimo movimiento, insectos se escabullían hacia los rincones de la habitación. Se oían goteos persistentes de fuentes invisibles que caían de forma irregular, como los últimos remanentes de una tormenta.

—Esto es malo, ¿sabes? —dijo Kay seriamente.

—Lo sé.

—Meterte aquí conmigo… No puede ser por mucho tiempo.
—Eso también lo sé.

Ricky se movió y giró la cabeza para verla mejor. Se veía demacrada, pero seguía siendo bonita; sus mejillas redondas y rosadas eran la prueba que quedaba de una dieta más sana.

—¿Qué hacemos además de esperar? La enfermera Ash debe estar en una zanja en algún lugar. No tenemos amigos ni ayuda, nadie afuera que nos saque de aquí.

Una sonrisa burlona iluminó el rostro de Kay.

—Eso no es *del todo* cierto.

—¿Qué quieres decir?

—Espera a que caiga la noche —dijo ella y le guiñó un ojo—. Y verás.

CAPÍTULO Nº 41

ESCAPE DEL ASYLUM

Ricky no debió esperar mucho. Había estado inconsciente la mayor parte del día, pero ahora la herida de su cabeza solo le provocaba una puntada ocasional en la nuca. El lugar del golpe todavía estaba sensible, pero casi todo el cuerpo le dolía, así que prácticamente no lo notaba. Los auxiliares le habían dejado magullones en toda la espalda y los hombros, y solo encogerse porque le dolía en un sitio hacía que le diera una puntada en otro.

Pero olvidó su dolor cuando cayó la noche y lentamente, una a una, todas las puertas del pabellón inferior se abrieron. Primero oyó los chirridos de las otras puertas. Las enormes bisagras de metal sonaban como el mecanismo interno de un barco a vapor. Cuando se abrió la puerta de su celda, Ricky simplemente se quedó mirándola, convencido de que estaba imaginándolo o de que se trataba de alguna clase de trampa.

—Qué demonios —murmuró. Se sentó deprisa y se deslizó hasta donde Kay estaba sentada contra la pared—. ¿Qué está pasando?

—Esto sucede todas las noches ahora. El director simplemente nos deja salir —ella se encogió de hombros. No se había movido—. El pabellón continúa bien cerrado. No hay forma de escapar.

—Pero, ¿y los demás?

—Oh, deambulan por aquí abajo. Conversan. Se gritan unos a otros. Lo que quieran. Comienzo a pensar que el director espera que nos matemos entre todos y le evitemos la molestia de un encubrimiento —Kay suspiró, se puso de pie y lo ayudó a levantarse. Fuera, en el pasillo, se escuchaban voces y una figura pasó frente a su puerta abierta—. Vamos a ver a qué se debe todo el alboroto.

—¿No son peligrosos? —preguntó Ricky mientras la seguía unos pasos más atrás.

—Pregunta el tipo que apuñaló al director.

—Eso es diferente —se defendió Ricky en voz baja—. Tú habrías hecho lo mismo.

—De ninguna manera; yo se lo habría clavado en el cuello.

Tenía razón. De todas formas, no sabía con qué se iban a encontrar allí afuera. Kay parecía menos nerviosa mientras caminaba sin hacer ruido hacia el pasillo. Unas pocas lámparas protegidas por rejas colgaban del techo y formaban rayas de luz que hacían que el suelo de piedra brillara con un tono amarillo. Ricky frenó en seco en cuanto salió de la celda. No había esperado reconocer a tantas de las personas que estaban allí.

Tanner estaba allí, apoyado contra la pared, observando furioso con una mirada helada a la enfermera Ash, que se veía completamente diferente: reducida, con cortes y magullones en cada parte visible de su cuerpo; su cabello pelirrojo parecía un arbusto en llamas alrededor de su cabeza. Estaba de pie junto a la niñita, Lucy, a quien habían trasladado de los pisos superiores al sótano. Los ojos de la niña se iluminaron al ver a Ricky y le hizo señas de que se aproximara.

Casi no podía creerlo. En sus sueños la niña siempre le había parecido una diablilla aterradora y ahora estaba caminando directo hacia ella, y el miedo le cedía el paso a la curiosidad.

La niña levantó la mirada hacia la enfermera Ash, tiró de la manga de Jocelyn y señaló. La enfermera (ex enfermera) se inclinó y escuchó mientras ella le ponía una mano alrededor de la oreja y susurraba algo.

—Está orgullosa de ti —dijo la enfermera Ash, todavía inclinada—. Y quiere que te dé las gracias por tomar la decisión correcta.

—No todos opinamos igual —comentó Tanner por lo bajo.

Su mirada nunca se apartaba de la enfermera Ash.

Ella lo ignoró y se encogió de hombros con una sonrisa que decía "¿Qué se le va a hacer?".

—Durante un tiempo no sabía si te volvería a ver. ¿Intentó obligarte a lastimar a Lucy?

—Esa era mi graduación —consiguió decir Ricky—. Pero encontré tu nota en el libro y la ficha también. Logré evitar tomar la medicina esta mañana. Comencé a recordar todo. Los recordé a todos ustedes, mi casa, a mi papá… El director lo mató. Fue un espécimen con el que experimentó, al igual que yo.

—¿Todo? —preguntó Tanner, y finalmente apartó su mirada de la enfermera.

—Sí, claro, al menos eso creo. Se ha vuelto difícil saber qué es real.

—Si él recuperó la memoria, entonces tú también deberías recuperarla.

Tanner volvió a mirar a la enfermera Ash. Aún después de permanecer en el sótano, seguía teniendo un físico más fornido e intimidante que los demás. Y no tenía reparo en aprovecharse de eso ahora, al dar un amenazador paso hacia la enfermera.

—Tú lo ayudaste con todo esto incluso después de que murió Madge. ¿Cómo podremos confiar alguna vez en ti?

—Intentó resarcirse, ¿ok? Ha estado ayudándome —Ricky no había tenido la intención de intervenir, pero lo hizo. Avanzó deprisa y levantó su mano en dirección a Tanner—. Todo este tiempo ha estado arriesgando su propia seguridad para ayudarme, y ahora está en la misma situación que el resto de nosotros. Tienes que olvidarlo.

La fría mirada de Tanner solo se endureció más.

—No tengo que hacer nada.

—Todos hacemos cosas horribles para sobrevivir —dijo Kay, se acercó a Ricky y le apoyó una mano sobre el hombro—. Ya oíste lo que dijo, ella lo ha estado ayudando arriba. Debe haber hecho enfadar bastante al director para terminar aquí abajo, y eso la hace una buena persona en mi opinión.

—El director ha jugado con la cabeza de todos —agregó Ricky, aprovechando el impulso—. Hizo muchas cosas y tiene *mucha* influencia. Casi me degüello a mí mismo porque me lo pidió. Sé que eso no disculpa nada, pero sea lo que sea que la enfermera Ash haya hecho o dejado de hacer, ahora está trabajando contra él. Probablemente le haya lavado el cerebro a todo el personal. Jocelyn es la única que logró luchar contra ello. Eso es asombroso, no algo por lo que deberías gritarle.

Tanner lo miró con el ceño fruncido.

—Tanner era auxiliar aquí —explicó Jocelyn suavemente—. Él... no sobrellevó bien la muerte de Madge. Fue difícil para todos, pero ellos eran muy unidos. Entiendo por qué me culpa. Yo nos culpo a todos. *Ambos* deberíamos haber hecho un mayor esfuerzo por proteger a Madge de ese monstruo.

Al oír eso, el hombre le lanzó una mirada a la enfermera, luego a Ricky y finalmente retrocedió. Se recostó contra la pared y apretó la mandíbula.

—De todas formas, no importa. Estamos atrapados aquí abajo hasta que él decida qué hacer con nosotros.

Los fue observando uno por uno. Una silueta alta se aproximó a Lucy por detrás, con movimientos pesados, y Ricky estuvo a punto de gritar para advertírselo. Pero el hombre llegó hasta donde daba la luz y solo se quedó ahí de pie, observando, su escaso cabello oscuro estaba despeinado y salpicado con caspa del tamaño de copos de nieve. Se veía vacío, casi como un maniquí que había cobrado vida. Un maniquí al que habían abandonado bajo la lluvia para que se pudriese.

Dennis.

Ricky reconoció a Patty y Angela merodeando en las sombras detrás de Dennis. Al verlos a todos a la luz de las lámparas tuvo que reír. Era como asustarse por una sombra en la oscuridad y después encender la luz para descubrir que se trataba de un perchero y un par de guantes. Quizás eran peligrosos, pero en ese momento solo se veían desaliñados. Eran el corazón roto del manicomio.

—*Existe* una salida —dijo la enfermera Ash tímidamente y sus ojos fueron pasando de un rostro a otro—. Solo que… No es fácil. Uno de nosotros tendría que morir.

CAPÍTULO Nº 42

Se oyó un fuerte ruido metálico que provenía del final del pasillo, del otro lado de la puerta cerrada del pabellón. Todo el mundo se dispersó. Ricky también, cuando Kay lo arrastró de vuelta a su celda.

—¿De qué nos estamos escondiendo? —susurró.

Kay lo empujó contra un rincón.

—Nunca se sabe aquí abajo. ¿Acaso importa?

—No —admitió—. Supongo que no.

Ya no se oía nada que proviniera de afuera del pabellón, pero Ricky no se movió. No era nada desagradable estar apretujado en un rincón con una chica linda. No había tenido contacto seguro con otros seres humanos en tanto tiempo; solo estar de pie tan cerca de alguien a quien no despreciaba era como una revelación.

—No tenemos que hacer esto, ¿sabes?

—¿Hacer qué? —preguntó Kay, e inclinó la cabeza hacia atrás para mirarlo.

—Lo que sea que Jocelyn esté sugiriendo. Podríamos simplemente ignorarla y quedarnos juntos.

—¿Y esperar aquí a morir?

Kay negó con la cabeza y después la volvió a apoyar contra la pared. Puso sus manos sobre los hombros de Ricky y apretó.

—Tienes un blanco en la espalda ahora, Ricky. El director no va a dejar pasar esto como si nada.

—Tú también tienes uno... por mi culpa.

—Por favor. Soy la única chica negra en este lugar. Quizás en todo el estado. ¿No crees que tuve un blanco en mi espalda desde el minuto en que me metieron aquí? Rick, aquí abajo no estamos en problemas, nos *desecharon* —señaló la puerta que estaba detrás de él—. Como basura, ¿entiendes? Abandonados. Nadie sabe que estamos aquí y a nadie le importa. A menos que esa enfermera sea una especie de superespía tipo James Bond, no vamos a salir de aquí. Quizás si vienen tus padres, pero...

Ricky hizo un gesto de dolor.

—Los vi.

—¿*Qué*?

—Estaba tan trastornado... No era yo mismo. El director me hizo decirles un montón de mentiras y ellos se tragaron todo. Oye, estuve pensando en lo que dijiste. Acerca del saneamiento de la Comarca y volver a casa. Aunque salgamos de aquí, no quiero regresar. Les gustó lo que vieron. Prefieren que vuelva otra persona, o nadie. No me quieren a mí —explicó Ricky con la voz temblorosa—, y yo no los quiero a ellos. Mi verdadero padre murió aquí. No hay nada para mí con mi familia.

—Ricky... por Dios.

—Sí —no sabía qué otra cosa decir—. El director me quería aquí a causa de mi padre. Cree que hay alguna clase de conexión biológica en lo que sea que esté intentado lograr. Supongo que estuvo muy cerca de lavarle completamente el cerebro a mi papá, pero cuando no funcionó, encontró la forma de hacerme venir para intentarlo otra vez. Lo escuché hablando al respecto con sus amigos ricos la noche de la gala.

—Entonces realmente estamos atrapados aquí —murmuró Kay.

Se oyó otro fuerte golpe y saltaron en direcciones opuestas, corrieron y se escondieron juntos detrás del catre que no servía demasiado para ocultarlos. Ricky oyó que las puertas de las celdas se cerraban con fuertes golpes, y quedaron sumidos en un abrumador silencio.

Compartieron ese catre desvencijado. A la mañana siguiente, les entregaron comida a través de una ranura en la puerta. Sin cubiertos. Casi no era suficiente para una persona, mucho menos para dos. Como si fuesen animales. Perros. Kay tenía razón. Los habían abandonado allí abajo, les daban solo las sobras, si es que siquiera se molestaban en recordar a los pacientes.

De todas formas, no lo hubiese cambiado por su habitación relativamente más agradable en el segundo piso. Y no había soñado con nada. No era la libertad, sin duda, pero se sentía más como él mismo, al menos, un poco aliviado. Fingió que le dolía el estómago para que Kay comiera la mayoría de la avena.

—¿Qué hacemos aquí abajo todo el día? —preguntó.

—A veces podemos conversar a través de las paredes, pero hay que gritar y eso enfurece a los auxiliares. Si te pones demasiado escandaloso, vienen a sedarte. Diría que solo cantemos en voz baja o pensemos historias. Libros. Eso me ayuda a mantener la cordura —empujó el tazón de avena vacío hacia la ranura de la puerta—. Será más fácil ahora. Al menos podemos hablar entre nosotros.

—Es tan agradable no estar solo —dijo Ricky suavemente—. Estar aislado fue horrible.

Los platos del desayuno fueron recogidos sin una palabra. Ricky vio una mano que entraba y salía antes de que la ranura se cerrara de un golpe.

—¿El director viene muy seguido aquí abajo?

—Solo he estado aquí por unos días, así que no lo sé. Supongo que estaba demasiado ocupado contigo, pero ¿ahora? A menos que haya encontrado un nuevo preferido, podríamos estar en problemas.

—Grrr —Ricky sacudió la cabeza mientras encorvaba los hombros y se ponía de espaldas a Kay—. Todo esto *es* mi culpa. Solo debería haber... No lo sé...

—¿Matado a esa niñita? —preguntó ella.

—Podría haberlo engañado un poco más de tiempo —respondió Ricky, pero sabía que ese argumento no lo llevaría a ningún lado.

—Y después, ¿qué? Si salimos de aquí será a pesar de sus mejores esfuerzos, no gracias a ellos —dijo Kay.

Se puso de pie y comenzó a caminar de un lado a otro.

—La enfermera te ayudó. Y me ayudó a mí. Si alguien sabe cómo salir de aquí, es ella.

—¿No te preocupan los "y después qué"? —preguntó Ricky—. Logramos llegar a la planta baja, ¿y después qué? Logramos llegar afuera, ¿y después qué? Logramos salir de Camford, ¿y después qué?

—¿Preferirías no intentarlo? —preguntó Kay, a la defensiva.

—No... Claro que debemos intentarlo, yo solo... No lo sé. No me hagas caso.

Kay dejó de caminar de un lado al otro y se acercó hasta donde estaba Ricky. Se puso frente a él y se inclinó hacia delante con un suspiro. Todos se veían tan toscos, tan maltratados. Se preguntó cómo sería ver a todos los que estaban en el sótano limpios y felices. Que los trataran bien, para variar.

—La universidad —dijo ella—. Quizás podríamos ir a la administración. Está justo ahí, ¿sabes?

—Y pueden pensar que somos locos fugitivos. Además creo que el director tiene influencias con ellos, está intentando hacer que nombren decano a su amigo.

—Bueno, olvida eso, entonces —murmuró Kay—. ¿Te hace sentir mejor si te digo: "pensaremos en algo"?

—Claro —respondió Ricky con ironía.

Recordó lo que su padre le había dicho, o la visión de su padre, aunque comenzaba a creer que realmente era él. *Pelea*. Eso le parecía tan imposible ahora, pero había sobrevivido hasta ese momento y habían permanecido juntos. Su madre dijo que había estado escribiendo y llamando, así que tal vez todavía sí le importaba, y aunque estuviese enojado con sus padres, quizás al menos podían proporcionarle una salida, y eso era mejor que nada. Podía decidir si todavía quería el amor y el apoyo de su madre más adelante, cuando estuviesen a salvo, lejos del director.

—Lo haremos —le dijo Ricky con seguridad—. Sé que pensaremos en algo.

CAPÍTULO Nº 43

Se reunieron en la celda que la enfermera Ash compartía con Lucy. No había suficientes habitaciones para que cada uno tuviese la suya, pero Ricky tenía el presentimiento de que aunque las hubiera, se quedarían juntos. Esa libertad no era un regalo, lo sabía, era una declaración de su impotencia.

Hagan planes juntos, conspiren juntos, mátense unos a otros... No importa.

Intentó no pensar acerca de lo indefensos que estaban, pero no podía evitarlo.

—No tenemos que morir en serio —explicó la enfermera Ash desde un rincón de su habitación.

El resto de ellos formaban un semicírculo frente a ella, de espaldas a la puerta. Dennis se cernía sobre los demás en la parte de atrás.

—No sé si uno de nosotros podría fingir lo suficientemente bien, pero si alguien siquiera parece increíblemente enfermo y *cerca* de la muerte, tendrían que ayudarlo.

—¿Qué te hace creer eso? —preguntó Tanner.

Su actitud con respecto a la enfermera Ash no estaba mejorando mucho, pero al menos estaba allí, codo a codo, con ellos.

—¿Qué te hace creer que al director le importa en lo más mínimo lo que sucede aquí abajo?

La enfermera respiró hondo para centrarse y cruzó los brazos con fuerza a la altura de su cintura.

—Cuando Madge murió, mi amiga, *nuestra* amiga, Tanner y yo estábamos ahí. Lo vimos. Podría habernos matado también, para encubrirlo, pero no lo hizo. Representamos una contingencia. Sabemos cosas. Si más y más cadáveres comenzaran a amontonarse aquí, alguien va a notarlo, y lo último que él quiere es llamar la atención.

—El director estaba furioso por lo que sucedió en la gala y ni siquiera fue para tanto —dijo Kay con sensatez—. Todo se ve bastante bien si no miras aquí abajo.

La enfermera Ash asintió y continuó con más entusiasmo.

—Exacto. Intentó usar sus técnicas conmigo y con Tanner para resolver el problema. Si podía controlarnos, entonces podría controlar la situación y la muerte de Madge sería una en lugar de tres. Sé que algunos de nosotros no tenemos mucha familia, quizás nadie nos esté buscando, pero tiene que haber algún modo de lograr un poco de atención de afuera.

Hizo una pausa y frunció los labios. Al parecer, estaba cobrando ánimos para decir lo que quería a continuación.

—Tengo personas en Chicago que se preocupan por mí. Comenzarán a preguntarse qué me sucedió si no me pongo en contacto con ellos pronto. Si desaparezco para siempre, mi familia comenzará a hacer preguntas.

—Esto solo se trata de ti —dijo Tanner con un bufido—. Quieres que te saquen de aquí y te lleven a un hospital. ¿Y qué, debemos confiar en tu palabra de que una vez que estés afuera nos conseguirás ayuda? ¿Y si nadie te cree?

—No es solo eso —respondió ella, con la misma irritación—. Conozco los horarios. Los ingresos y las visitas no son todos los días. Hay un patrón. El director programó una segunda gala para recaudar fondos después de que la primera terminó tan mal. Va a intentarlo nuevamente. Esa es nuestra oportunidad. Aunque no podamos salir, al menos podemos hacer suficiente alboroto como para alarmar a cualquiera que se encuentre en el vestíbulo. No nos vemos como si nos estuviesen alimentando, aseando o vistiendo adecuadamente, ¿o sí?

—Eso no suena muy convincente —replicó Tanner.

Aunque él estuviese actuando de forma extremadamente combativa, Ricky le encontró razón. El plan giraba en torno a demasiadas posibilidades inciertas. Podían intentarlo, claro, pero no creía que tuviera demasiado efecto.

—Te sedarán enseguida; si el director está tan preocupado por su reputación no se arriesgará a tener ese tipo de problemas —concluyó Tanner.

—Es cierto, pero están con poco personal. Yo no estoy y Mosely está ausente por una lesión.

—Tiene razón —aportó Ricky—. Escuché que la enfermera Kramer se quejaba al respecto.

—Así que si más de uno de nosotros necesita atención médica inmediata, podríamos subyugar a quien nos lleve arriba.

—No funcionará —dijo Tanner con firmeza—. Digamos que todo sale según lo planeado, ¿después qué? ¿De verdad crees que despotricar y desvariar en el vestíbulo hará que nos escuchen? Eso es exactamente lo que los amigos ricos del director que nos observan desde afuera *esperan*.

Cualquier pizca de esperanza que hubiese surgido se extinguió. Ricky gruñó. Tanner tenía razón. Incluso él estaba sorprendido de que estuviesen conversando con tanta calma; ellos, lo peor de lo peor de Brookline. No importaba que *Ricky* supiese que merecían una segunda oportunidad de tener una vida normal. Nadie más lo creería.

—¿Tienes una idea mejor? —preguntó la enfermera Ash con las manos en la cintura.

—No —admitió Tanner y se encogió de hombros—. Pero nunca prometí tenerla.

—Vale la pena intentarlo —dijo Kay.

Había estado contemplando la pared con el ceño fruncido y Ricky creyó por un momento que simplemente se había desconectado por completo de la conversación.

—En el peor de los casos, no sucederá nada.

O el director intentará callarnos para siempre.

—¿Quién más tendría que enfermarse? —preguntó Ricky, temiendo la respuesta.

—Bueno... Tú, ¿no? Tus padres creen que estás mejorando. Si se enteraran de que estás teniendo episodios, eso rompería el espejismo.

Lo sabía.

—Lo haré —dijo Ricky—. Pero debemos organizarnos.

—Sí. Real. Tiene que ser real.

Dennis, que todavía tenía cortes sin cicatrizar por su arrebato durante la gala, finalmente había dado su opinión.

—Gracias por participar —murmuró Kay entre dientes.

—Sí, Dennis.

Aunque la enfermera Ash se dirigió a Dennis de forma cortés, evitó mirarlo.

—Tiene que ser muy realista. No nos sacarán de aquí por menos que una situación de vida o muerte.

Ricky sintió que Kay lo tomaba de la muñeca y su susurro lo tomó por sorpresa.

—No tienes que hacer esto, ¿sabes?

—Qué gracioso, eso fue lo que yo dije —respondió Ricky y sonrió con la mitad de la boca.

—Sí, bueno, no sabía que *esta* era su gran idea.

—Tengo que hacerlo. Tenemos blancos en la espalda, ¿recuerdas?

—Ya me agradas, no necesitas ser un héroe —murmuró ella y le apretó la muñeca.

—Pero no vendría mal.

—En serio, Ricky, no te arriesgues. Podemos pensar en otra cosa.

La idea de echarse atrás era tentadora. Después de todo, creyó que podría sobrevivir a Brookline sin hacer nada, como si fuese un juego, de la misma forma que lo había hecho en Hillcrest y Victorwood. Pero esa oportunidad ya había pasado y ahora veía que la inacción de otras personas, cientos de otras personas, desde las enfermeras a los conserjes, los auxiliares y los médicos, había permitido que el director se saliera de control libremente.

—No, vamos a salir de aquí —dijo Ricky finalmente—. Sin importar cuántas veces sean necesarias, tenemos que intentarlo.

CAPÍTULO Nº 44

Todos estaban dormidos y el pabellón estaba en silencio cuando el director fue de visita.

Ricky sabía que era él por su forma de caminar. Escuchó que silbaba bajito, una melodía alegre y sinuosa, y se estremeció. Se sentó lentamente para no despertar a Kay, que siguió durmiendo, acurrucada de lado y de espaldas a él. Los pasos se volvieron más fuertes, se aproximaban, y la canción acompañaba el ritmo suave de sus pies.

No era un sueño, estaba seguro de eso, pero se pellizcó el brazo de todas formas para estar seguro. Pronto el director estaría frente a su puerta. Se bajó del catre, fue hacia el otro extremo de la celda y se pegó a la pared, paralelo a la puerta. Si alguien miraba por la ranura de observación, solo podría ver a Kay.

Como predijo, los pasos se detuvieron y la ranura de observación se abrió, tan despacio que fue casi imperceptible. Ricky respiró por la boca, hondo pero sin hacer ruido, mientras aguzaba el oído para escuchar por encima de los goteos de la húmeda celda y los chirridos de las tuberías encima de su cabeza. Kay se veía tan vulnerable en el catre, sola, con un espacio vacío donde Ricky debería haber estado acostado junto a ella.

—No sea tímido, señor Desmond —susurró el director.

Su voz era baja, aguda, penetrante como la hoja de un cuchillo e igual de afilada. Había vuelto a llamarlo "señor Desmond". Era de esperarse, por supuesto, ahora que ya no era su elegido.

Esa era su esperanza, al menos. Se preguntó si dejar las píldoras sería suficiente. Según Kay, Ricky había permanecido en el segundo piso durante semanas. Había perdido la noción de cuántos días había pasado en esa silla, amarrado y sometido a la hipnosis constante del director.

—Pensé en venir personalmente a ver cómo estaba y si este nuevo arreglo le sienta bien.

Su tono era coloquial, como si Ricky estuviese de pie frente a él.

—¿Cuánto tiempo cree que sobrevivirá aquí abajo? —preguntó con un risita—. La enfermera Ash es peligrosa. Es una de nosotros, pero usted ya sabe eso. Dennis es impredecible. Un gigante gentil un momento y al siguiente podría tener las manos alrededor de su cuello. Tanner está quebrado. Ver morir a su amiga lo destrozó. Patty es dócil como una almeja. ¿Puede siquiera confiar en su compañero de habitación? ¿Está seguro de que no lo he persuadido? Estos inadaptados no son sus amigos, señor Desmond. Yo soy su único amigo en este lugar.

Ricky negó con la cabeza pero permaneció en silencio. Solo el sonido de la voz del director le remordía algo enterrado en lo profundo de su mente. Entonces no era completamente libre de su influencia. Lo había imaginado, pero la confirmación lo aterraba. Su frente se cubrió de gotas de sudor frío y su respiración se aceleró. Una parte de él quería pedir ayuda a gritos, responder a esa voz en su interior que le insistía que podía confiar en el director.

Bajo la cubierta. No olvides, no te hemos olvidado...

El director esperó, pero no obtuvo respuesta.

—Me entusiasma ver cuánto durará, señor Desmond. Es solo cuestión de tiempo hasta que regrese arrastrándose. Lo veré muy pronto, ¿no es así? Yo lo conozco. Yo lo acepto. Yo lo quería. Me tomé muchas molestias para traerlo aquí, ¿sabe? Le enviamos a sus padres información acerca de Brookline durante meses, y nada.

Creí que yo mismo tendría que arrastrarlo hasta aquí, pero su madre hizo el trabajo por mí. Mordió el anzuelo. Encontré a su padre, encontré a su madre y lo encontré a usted también. *Usted* hizo el resto. *Usted* atacó a su padrastro. Después de eso, este era el lugar correcto para usted. El lugar perfecto, de hecho, porque yo lo quería aquí. ¿Y no es eso lo que siempre ha querido? ¿Que lo quieran por quien es?

Y entonces se marchó. Sus pasos se alejaron, sin prisa. Silbó una melodía aún más alegre mientras se iba. Ricky se desplomó en el suelo y se apretó el rostro con ambas manos. Quería que lo quisieran, pero no una serpiente, no un *monstruo*.

✗ ✗ ✗ ✗ ✗ ✗

—No dormiste.

Ricky había estado (casi) dormitando de pie mientras la enfermera Ash y Tanner debatían los pormenores de su gran plan. Cuanto más hablaban, Ricky veía aparecer más problemas en el proyecto, pero dejó que sus preocupaciones permanecieran tácitas. El cansancio le estaba provocando dificultad para expresarse, como mínimo.

—El director estuvo aquí abajo —confesó—. Quería hablarme. No le dije nada, pero *por Dios*, sí que quería hacerlo. Él lo organizó todo. Se aseguró de que yo terminara aquí para poder experimentar conmigo como lo hizo con mi padre. Y yo quería *gritarle*. ¿Eso desaparece alguna vez, enfermera?

—Joss —lo corrigió ella—. Ya no soy enfermera.

Jocelyn había logrado dominar un poco su cabello, pero igual se veía agotada, con ojeras tan oscuras como las de él. A veces, oía a Lucy gritar por la noche. Quizás eso era lo que mantenía despierta a Jocelyn.

—Y para responder tu pregunta, no creo que desaparezca. Sé que eso no te levanta el ánimo exactamente, pero es la verdad.

—¿A ti también te hizo lo mismo? ¿Y a Tanner? —preguntó Ricky.

Se separaron un poco del grupo. Lucy estaba jugando un juego de manos con Angela y Dennis estaba de pie en un rincón, inmóvil como una estatua, vigilante.

—Sí, y se lo hizo a Madge también —respondió ella. Se remangó el sencillo vestido de paciente y se encogió de hombros—. Sabía que había algo extraño acerca de este lugar cuando comencé a trabajar, pero nada podría haberme preparado para esto. Yo quería marcar una diferencia. Intenté proteger a Lucy pero fracasé en eso también. Luego Madge comenzó a actuar de forma tan extraña, como si estuviese en las nubes todo el tiempo. Al principio creí que solo era el estrés de trabajar aquí, pero era más que eso. El director intentó lavarme el cerebro para que creyera que *yo* la había matado. Y durante mucho tiempo le creí. Pienso en esa noche cada vez que me desvelo. Todas las noches. Aunque estoy segura de que no la lastimé, siempre me queda una pizca de duda. Esa era la influencia que él tenía sobre mí, y funcionaba.

Ricky se escarbó la uña del pulgar sin saber qué decir. Todo sonaba tan parecido a como él se sentía. La mayoría de los días que había pasado en esa silla de tortura habían desaparecido por completo. Recordaba fragmentos que se esfumaban antes de que pudiese entenderlos.

—Te creo, enfermera Ash.

—Joss.

—Joss —Ricky esbozó una sonrisa lánguida—. Podría haber matado a Lucy si no hubiese comenzado a recobrar la cordura. En mi cabeza solo estaban sus pensamientos y sus órdenes. Pero eso es lo que me asusta acerca de este plan. Quizás pueda simplemente chasquear sus dedos y controlarnos otra vez.

—Intenta pensar en un punto de referencia. Algo que siempre te traiga de vuelta a ti mismo. El mío es haberte visto con él en el sótano, a punto de entrar a la habitación de Lucy. Es un recuerdo tan vívido. Entre todos mis otros recuerdos de este lugar, ese es el más real. El director no quería jugar con mi cerebro pero aun así necesito algo que me ayude a mantener viva la esperanza aquí.

—La ficha de paciente de mi papá —dijo Ricky—. Gracias por devolvérmela.

—Por supuesto. Vine a este lugar a ayudar a las personas y terminé empeorando todo. Ahora todo lo que me queda es hacer mi mejor esfuerzo por estropear los planes del director —respondió ella en voz baja—. Me temo que todavía no sé realmente cuáles son esos planes. Ni su alcance. O el peligro que suponen.

—Todos somos bombas de tiempo.

Odiaba decirlo, pero en su corazón sabía que era completamente cierto. Aún después de todo lo que había sucedido, aún después de que el director había intentado convertirlo en un asesino, escuchar su voz la noche anterior casi le había provocado una recaída. Ninguno de ellos estaba libre de su influencia.

—Podría hacernos estallar en cualquier momento.

—Creo que tienes razón. Cielos, odio esto. Pero de verdad creo que tienes razón.

—¿Ya han descubierto cómo salvar al mundo, ustedes dos?

Kay se aproximó a ellos y automáticamente apoyó su cabeza sobre el hombro de Ricky. Se veía un poco gracioso, ya que ella era la más alta de los dos.

—Nos hemos estado compadeciendo, más que nada —le dijo él.

Lucy echó a reír. Al parecer había terminado su juego de manos. Entonces fue hasta donde estaban ellos, se paró junto a Jocelyn y le tiró de la manga como siempre hacía cuando quería decir algo.

Kay pateó a Ricky suavemente en la pierna.

—Suena productivo.

La mirada de Kay se desvió hacia Dennis, que estaba en el rincón. Todavía no se había movido, tenía los brazos estirados y rígidos a los lados del cuerpo.

—Estoy preocupada por él. Nunca sé si está por tomar una siesta o si va a comenzar a repartir puñetazos.

—El estrés es difícil para todos —respondió Jocelyn susurrando—. Nunca fue mi paciente. Madge se ocupaba de Dennis cuando estaba viva. A veces... —bajó aún más la voz—. A veces la asustaba mucho. Nunca nos ha amenazado y la mayoría de lo que dice no tiene sentido. Algo acerca de White Mountains. Acerca de poner a las personas en poses.

—¿Quizás es artista? —sugirió Kay.

Dennis es impredecible. Un gigante gentil un momento y al siguiente podría tener las manos alrededor de su cuello.

No, eso no era justo. Nada de lo que decía el director era cierto, de todas maneras, y Dennis apenas parecía interesado en ellos. Ricky echó un vistazo en su dirección y notó que él lo estaba observando.

—Realmente no lo sé —decía Jocelyn—. Pero merece librarse de este lugar también. Si está enfermo, debería recibir ayuda, no ser abandonado.

Dennis pareció despabilarse al oír eso, su cuerpo permaneció absolutamente inmóvil y solo su boca se movió. Una luz más brillante y alegre invadió su mirada.

—No hay esperanza, solo supervivencia. Solo supervivencia.

—Claro, grandulón. Entonces, ¿cuándo nos largamos de aquí? —insistió Kay.

Jocelyn apoyó su mano sobre la cabeza de Lucy y jugó distraídamente con el cabello de la niña mientras consideraba la pregunta.

—Si he estado llevando correctamente la cuenta de los días, hoy debería ser jueves. El director programó la segunda gala para recaudar fondos para el viernes. Nunca podría olvidarlo porque él y la enfermera Kramer no paraban de hablar al respecto y él estaba decidido a exhibir a Ricky frente a todos, como si fuese un mono entrenado.

—Puede que todavía logre hacer una aparición —comentó él con una risa irónica—. Pero eso es mañana por la noche.

Es demasiado pronto, pensó Ricky. Pero ¿era posible? ¿Por qué darle al director más tiempo para ir a buscarlo si podían intentar que alguno de los invitados escandalizados los escuchase ahora?

—Es rápido, lo sé —dijo ella y les lanzó una mirada de disculpa a Ricky y a Kay—. Puede ser un intento de muchos, y no podemos darnos el lujo de perder ni uno solo.

CAPÍTULO Nº 45

*E*l viernes por la mañana el personal sacó a Tanner de su celda y lo arrastraron hacia la planta baja mientras él pateaba y gritaba. Cuando ya no estaban y los gritos de Tanner todavía resonaban en el pabellón, Ricky oyó golpes rápidos en la puerta que estaba al otro lado del pasillo. Era Jocelyn que intentaba desesperadamente llamar su atención.

El alboroto había alterado a Dennis, quien golpeaba su puerta con la cabeza o con el pie y casi ahogaba la voz de Jocelyn que intentaba llamar a Ricky.

—Rick... ¿Todavía vamos a hacer esto?

—Tenemos que hacerlo —respondió él, con una mueca de dolor.

Por supuesto que el director comenzaba a separarlos. Tenía que haber adivinado que Ricky no iba a esperar tranquilamente en el sótano y nada más.

—Si lo hipnotizan, si lo interrogan...

—¡Lo sé! —oyó a Jocelyn maldecir—. ¡Dennis! ¡¿Podrías dejar de hacer tanto ruido, por favor?!

El barullo continuó y se hizo cada vez más fuerte.

—Apégate al plan —le dijo Ricky con seriedad y se apoyó contra la puerta—. Es nuestra primera oportunidad real, ¿no? Tenemos que aprovecharla.

Así que esperaron. Ricky se sentó con Kay en silencio sobre la cama hasta el horario acordado. Estuvieron callados la mayor parte del tiempo, porque Ricky podía ver el temor en el rostro de Kay, la ansiedad… El día anterior se la había pasado haciendo bromas, pero ahora se les habían acabado las palabras. Dennis continuó estrellándose contra su puerta sin cesar y los privó a todos de dormir.

—Si no nos sacas pronto de aquí, yo misma mataré a ese desgraciado —dijo Kay entre dientes, mientras se frotaba las sienes.

—Escucha, si nos sacan de aquí y te dejan en el sótano…

—Estaré bien, ¿ok?

Kay tomó la mano de Ricky y la puso sobre su rodilla, luego se inclinó hacia delante y le besó suavemente la mejilla.

—Gracias —dijo él, con extraña timidez. Había llegado más lejos con otras personas, pero esto se sentía especial de algún modo—. El héroe siempre necesita un beso antes de su misión suicida —se obligó a reír. Ninguno de los dos sonrió por mucho tiempo—. Esto no es un gran discurso final ni nada, pero quería decirte que realmente me encanta la banda de tu papá. He sido su admirador durante años. No, déjame terminar. Es un idiota egoísta, lo entiendo, y tú serías una mejor líder de la banda de todas formas. Deberías formar tu propio grupo cuando salgas de aquí.

—*Si* salgo —lo corrigió ella.

—*Cuando* salgas —la re-corrigió él—. Aunque arruinemos esto, tu papá entrará en razón con el tiempo. Nadie es así de malvado.

—No sabes eso, Ricky, y no entiendo cómo puedes decirlo. Has visto lo que el director es capaz de hacer, mucha gente es así de malvada.

Ricky negó con la cabeza.

—Perdí mucho tiempo pensando que era listo y estaba en la onda. Ahora solo quiero ser bueno, y para hacer eso debo creer que las otras personas también son buenas.

—Tú *eres* bueno. Sé que intentaste ayudarme cuando estabas arriba —murmuró Kay—. Dejaron de administrarme terapia de electroshock por un tiempo. Eso fue gracias a ti, ¿no es así?

—Estaba arriba de ti, ¿no? Tenía que ser un ángel guardián.

Kay puso los ojos en blanco, pero Ricky también vio que se sonrojaba.

—Cursi.

—Es probable.

—Seguiré intentando aunque arruines esto por completo —prometió Kay—. Es lo mejor que puedo ofrecerte.

—Y es bastante —Ricky se inclinó hacia ella y sintió que el nudo que tenía en el estómago se ajustaba cada vez más—. Si podemos sobrevivir aquí dentro, podemos hacer cualquier cosa.

—Concéntrate en la gala de esta noche —le dijo Kay con una sonrisa burlona—. Primero lo primero, ¿no? Tenemos que lograr salir de aquí antes de poder soñar en grande.

Pronto sería hora, hora de simular el berrinche de su vida. Iba a necesitar energía, pero se sentía exhausto. A veces se preguntaba si no podría hundirse en la amargura del lugar, darse por vencido y dejar que la esperanza se extinguiese por completo en su interior, solo vivir en la fantasía de estar afuera, de huir a algún lugar con Kay.

Pero no servía. Ella estaba ahí, tibia y viva; morir, aunque solo fuese en su mente, no podía ser una alternativa.

La hora de comenzar llegó demasiado pronto. La pérdida de Tanner pesaba en su mente. El director era persuasivo, si lo habían presionado mucho podían haber descubierto cuál era el plan; podrían hacer caso omiso de cualquier cosa que sucediese en el sótano. Pero tenía que creer que Tanner quería que salieran de allí tanto como el resto. Su amiga había muerto ahí y todos correrían la misma suerte (tarde o temprano) y Brookline no era una tumba atractiva. Ricky no iba a morir ahí como su padre, tenía que *pelear*.

Y la sola idea de que esos sofisticados fulanos de tal estaban socializando arriba de ellos le revolvía el estómago. Lo enfurecía.

Su temperamento no era algo bueno, lo sabía, y en un mundo ideal, realmente podría haber recibido el tratamiento necesario. Pero solo por esa noche su temperamento podía serle útil. Probablemente no estaban pensando en absoluto acerca de los pacientes que estaban de Brookline. Probablemente pensaban que estaban *ayudando* a la ciencia. El director les había lavado el cerebro de otro modo, los había cegado ante lo que realmente sucedía detrás de la blanca y pulcra fachada del hospital. Brookline estaba podrido hasta la médula y Ricky solo tenía que obligar a esas personas a darle un mordisco a esa manzana llena de gusanos.

Oyó la señal por encima del ruido que hacía Dennis. Tres golpecitos, una pausa y tres golpecitos más.

—Esta es la Fase Tres —dijo para sí mismo, y para el director, en voz baja—. En la que dejamos al descubierto que usted es un fraude.

Ricky fue primero.

Nunca había gritado tanto ni tan fuerte en toda su vida. Si el barullo que estaba haciendo Dennis no había logrado que nadie bajase corriendo, entonces Ricky tendría que superarlo ampliamente. Se tiró al suelo y gritó a todo pulmón, y después inhaló tan hondo como pudo antes de lanzar otro largo y penetrante alarido. Kay se sumó, pero comenzó a pedir ayuda frenéticamente.

—¡Está teniendo una convulsión! —gritó ella—. ¡Oh Dios! ¡Oh, Dios, ayuda! ¡Ayúdenlo, algo no está bien!

Tomó cinco minutos consecutivos de teatro antes de que escucharan que se abría la puerta del pabellón que estaba al final del pasillo. Su corazón latía fuerte y rápido en su pecho. Estaba funcionando. Esto solo era la primera parte y no estaban ni cerca de estar fuera de peligro. Se volvió a lanzar de lleno a los gritos, se retorció en el suelo y aflojó la mandíbula.

Kay lo pateó suavemente en el hombro para hacerle saber que estaban abriendo la puerta. Ese era el momento crucial.

En cuanto se oyeron rechinar las bisagras, Jocelyn comenzó su actuación. Probablemente estaban acostumbrados a escuchar a Lucy haciendo berrinches, pero no a ella.

—Algo no está bien —gritó Kay mientras los auxiliares finalmente entraban en fila a su celda.

Con los ojos cerrados fingiendo dolor, Ricky no podía ver mucho de lo que estaba sucediendo, pero sintió que se arrodillaban y le tomaban el pulso.

—Ha habido alimañas por todo este maldito lugar durante días. Creo que lo picó algo. Se ha estado comportando de forma extraña, la chica también —agregó Kay.

—Rayos, le dije al director que debíamos limpiar este lugar más seguido —comentó uno de los auxiliares entre dientes—. Cielos, tenía que ser esta noche, ¿no? Va a matarme.

—Cállate y concéntrate. Lo siento afiebrado —dijo el otro. Ambos estaban arrodillados a cada lado de Ricky y uno de ellos intentaba sujetarlo mientras él se sacudía—. No le des eso —dijo de pronto—. No sabemos qué le sucede, no podemos simplemente clavarle una aguja mientras está teniendo una convulsión.

Al otro lado del pasillo, Jocelyn gimió más fuerte. *Nada de sedantes.*

—Deberíamos buscar al director —dijo el que le estaba tomando el pulso a Ricky—. ¿Dónde demonios está de todas formas?

—Recibiendo a sus invitados, por supuesto —respondió su compañero—. Cielos, ese *ruido*. ¿Alguien podría controlar a Heimline? ¡Todos están teniendo reacciones adversas a algo!

Ricky oyó pasos rápidos en el pasillo y poco después Dennis había dejado de golpear la puerta pero comenzó a golpear otra cosa. Abrió rápidamente los ojos cuando escuchó que uno de los auxiliares gritaba de sorpresa y dolor.

—¡¿Quién lo dejó salir?! ¡El pabellón no está cerrado! —se oyó que alguien decía desde el pasillo. Sonaba como la enfermera

Kramer y su voz se elevó con estridente terror–. Oh Dios mío, métanlo devuelta en su celda y…

Sus gritos fueron interrumpidos por un fuerte crujido ahogado que hizo que a Ricky se le pusieran los vellos de punta. El auxiliar que había permanecido con él lo dejó donde estaba y salió corriendo hacia el pasillo.

–Ricky, levántate –Kay estaba arrodillada junto a él y lo sacudía. Él ya estaba temblando. Cuando se repuso, se arrodilló y se levantó tambaleándose, y vio que ella estaba con los ojos muy abiertos de miedo–. Dennis está…

Se oyó otro grito cuando alguien fue arrojado contra la pared de afuera de su celda. Escuchó un gorjeo y un gemido, apenas lo suficientemente alto como para percibirlo por encima los gritos de Jocelyn. Pero ella se oía diferente ahora, genuinamente asustada.

–Tenemos que salir de aquí –dijo Ricky.

Se volvió y corrió hacia la puerta. Kay lo siguió, pisándole los talones, pero ambos frenaron de golpe cuando una enorme figura oscureció su camino. Alguien estaba en la puerta, de espaldas. Uno de los auxiliares. No se movía y su cuello estaba torcido de una forma extraña, con una marca azulada que ya comenzaba a extenderse por la garganta.

–Tienes que calmarte.

Ricky levantó la mirada hacia Dennis, que acababa de terminar de estrangular a todo el personal. Su fino cabello estaba pegado a su frente con sudor y esa misma frente estaba roja y lastimada por golpearla contra la puerta repetidas veces.

–¡Ricky, debemos irnos! ¡Tenemos que escapar, ahora!

Jocelyn salió al pasillo dando traspiés, con los ojos llenos de lágrimas. Ricky se dio cuenta de que estaba haciendo todo lo posible por no mirar la masacre que los rodeaba. Sintió que una mano lo tomaba del hombro y tiraba hacia atrás.

—Cierra la puerta —susurró Kay—. Ciérrala ahora. Por el amor de Dios, ciérrala.

Lo hizo, tomó la manija y la cerró de un portazo sin pensarlo más. Estaban encerrados, aislados, y su oportunidad de escapar a los pisos superiores había desaparecido. Y lo que era peor, podía escuchar a Jocelyn que lo llamaba y después sus gritos se convirtieron en gemidos. Oyó sus pasos afuera sobre el piso de piedra cuando intentó escapar hacia la puerta exterior del pabellón.

Entonces se oyó un gruñido y un ruido sordo, el sonido de un cráneo que golpeaba el suelo.

—¡No! ¡Dennis! ¡Dennis, detente! ¡Me conoces! ¡Me conoces!

Ricky no podía detenerlo. Estaban encerrados. Golpeó la puerta con toda su fuerza para intentar llamar la atención del hombre. Lucy también estaba gritando ahora, pero no servía de nada. A su lado, Kay también golpeaba la puerta, gritaba, suplicaba…

—¡Me conoces! —logró gritar Jocelyn una última vez.

—Lo sé —respondió Dennis con voz grave y monótona—. Sé que te verías tan perfecta posando, posando e inmóvil en White Mountains.

Ricky se acurrucó contra la puerta y se tapó los oídos. No lo escucharía. No podía escuchar el sonido de su amiga al morir.

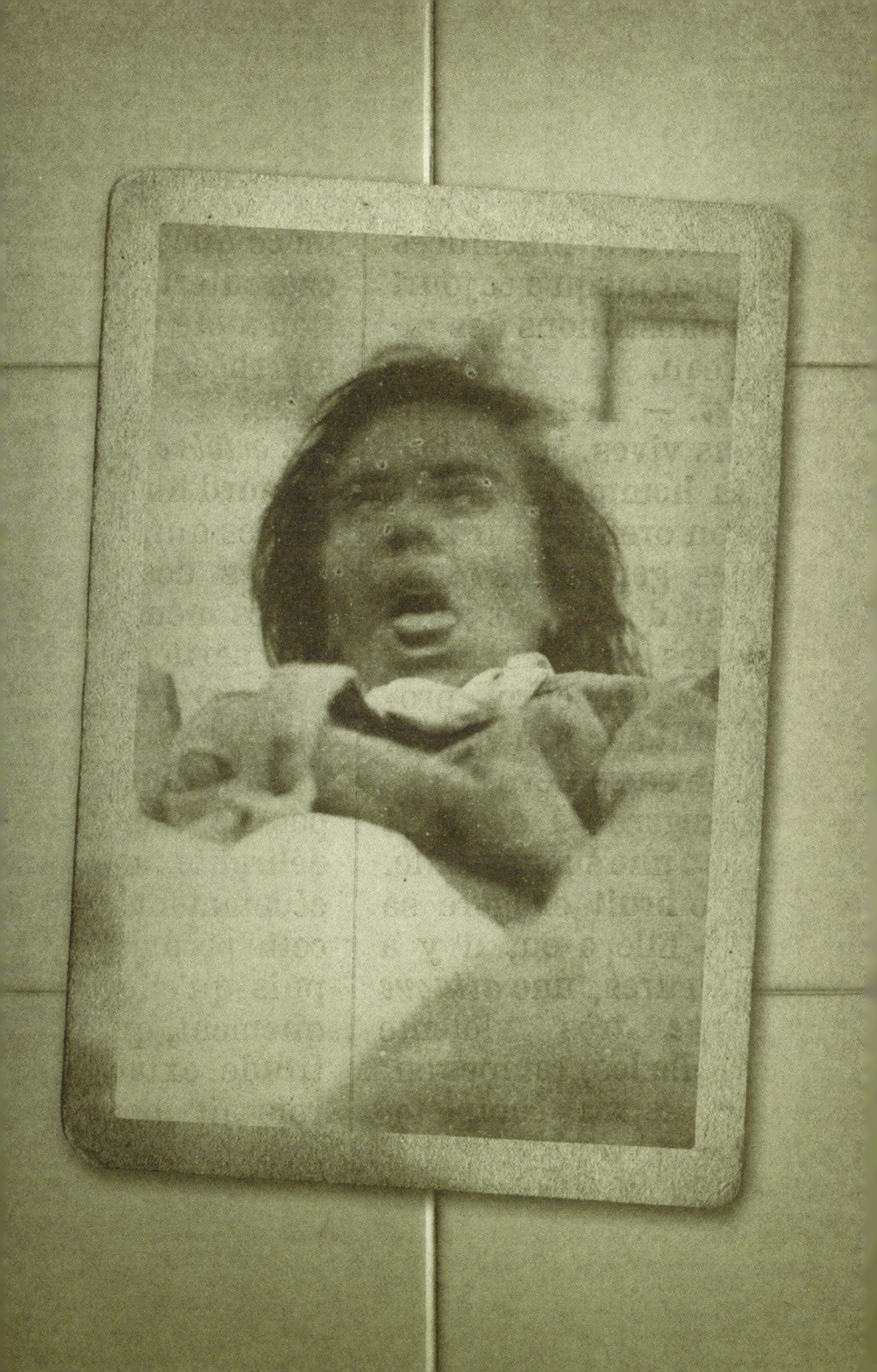

CAPÍTULO Nº 46

Los trasladaron nuevamente a la planta baja, a habitaciones individuales limpias (que olían a pintura fresca), dos días antes de la inspección gubernamental.

Debería haberse sentido como una victoria, pero Ricky no podía sentir nada. Solo un grupo selecto de pacientes fueron entrevistados para cerciorarse de que los estaban tratando adecuadamente. Ricky y Kay no estaban entre ellos, por razones obvias. Él sospechaba que esa mañana su desayuno había estado repleto de drogas. Durmió durante toda la inspección y despertó con lo que se sentía como una terrible resaca.

Cualquier movimiento fuera de su habitación era estrictamente controlado. No tenía idea de en qué habitación habían puesto a Kay o dónde habían metido a Lucy. Dennis, sin duda, debía estar muerto o encadenado en algún lugar. Ricky se preguntó cómo habían explicado sus asesinatos.

Pasaba los días carcomido por la culpa, paralizado, lleno de preguntas. Podría haber sido diferente. El plan era complicado y estaba mal pensado, de todas formas, y había causado la muerte de Jocelyn. Ya no tenía pesadillas de Lucy, sino de ese último grito de Joss, justo antes de que Dennis le quitara la vida. ¿Y qué había cambiado? Ya no estaban en el sótano, claro, pero ahora Ricky estaba solo otra vez y no habían logrado absolutamente nada.

El director finalmente fue a verlo, una semana después de que Jocelyn fuese asesinada. A Ricky apenas le importó. Ahora sentía que era inútil pelear. Lo que fuera que el director tuviese planeado para él tendría que soportarlo solo. Habían perdido cualquier esperanza de escapar ahora que estaban separados y quebrados. La única sorpresa fue que el director parecía frío, distante. Ricky esperaba que se regodeara. Esperaba que presumiera.

—De todos los desenlaces que anticipé —comenzó el director, de pie junto a la puerta y bastante alejado de él—. Este no era uno de ellos.

—Solo váyase —murmuró. Se volvió hacia la ventana y se quedó mirando el jardín. A veces veía pasar un auto y sentía una pizca de esperanza, que luego se extinguía tan rápido como había aparecido—. Estoy cansado de hablar con usted. Estoy cansado de jugar sus estúpidos juegos. ¿Acaso siquiera le importa que Jocelyn esté muerta?

—Me temo que no puedo dejarlo en paz —dijo el director.

Hablaba entre dientes, como si le costase sacar cada palabra.

Ricky se desinfló y se preparó para lo que vendría a continuación. La silla, probablemente, quizás otro intento de "tratamiento" para someterlo. No importaba. De todas formas se sentía derrotado.

—No, usted será quien se vaya.

Ricky se quedó helado. Repitió las palabras en su mente. Cuando comenzaron a tener sentido giró para lanzarle una mirada furiosa al director.

—Va a deshacerse de mí. ¿Cómo? Se siente valiente ahora que terminó la inspección. Puede limpiar todo lo que quiera, pero volverán y la próxima vez encontrarán algo. No puede ocultar lo que sucede en este lugar para siempre.

—Oh, desearía que eso fuese a lo que me refiero —respondió el director con frialdad—. Se marcha. Su madre regresó a buscarlo y no puedo retenerlo contra su voluntad.

—Está mintiendo.

No quería decirlo, pero tuvo que hacerlo. Simplemente no podía ser verdad. Era otra mentira. Siempre era otra mentira con el director. *Pero no mintió acerca de Dennis, ¿no? Era peligroso. Era un asesino y no lo escuchaste y ahora Jocelyn está muerta.*

—Levántese.

El director se hizo a un lado cuando la puerta se abrió y una enfermera entró afanosamente. La mayoría del personal había sido reemplazado como consecuencia de la masacre de Dennis. Ya casi no reconocía a nadie. Ninguno de ellos era amigable, ninguno quería ayudar como Joss.

Ricky se puso de pie, todavía confundido, y dejó que la enfermera lo desvistiera. Luego comenzó a ayudar, mecánicamente, y se puso su verdadera ropa, la ropa con la que había llegado. Ahora le quedaba enorme, de una forma cómica, como si hubiera sido hecha para un adolescente del doble de su tamaño.

La enfermera se fue sin decirles una sola palabra a ninguno de los dos. Ricky se encogía cada vez que veía pasar una de sus cofias de papel. Solo le recordaban a Jocelyn y a como él solía animarse y llenarse de esperanza cada vez que ella entraba en su celda. El director señaló el pasillo y esperó. Ricky se dirigió a la puerta. No mantuvo su frente en alto. Ni siquiera miró al director cuando pasó junto a él. Todavía era probable, muy probable, que todo eso fuese un engaño.

—No considere esto como una victoria, señor Desmond —siseó el director cuando Ricky pasó—. Puede marcharse, pero no será olvidado. He estado dentro de su cabeza. No existe libertad en esto. No puede escapar de su propia mente. Ah, ahí están.

Ricky casi tropezó con las dos personas que se aproximaban por el pasillo. Era el hombre con cabello rubio que se parecía al director. Su hermano. Y había un niño con él, más joven que

Ricky, con el mismo cabello rubio pero con rizos, y tenía un rostro sincero y transparente que no combinaba con los severos pómulos que parecían ser un rasgo de familia.

—Me alegro de verte otra vez, sobrino —dijo el director y se arrodilló para saludar al chico—. Has crecido mucho desde la última vez que te vi, Daniel.

El chico levantó la mirada hacia su padre, el hermano del director, y con el ceño fruncido se alejó del médico.

—Tenemos el mismo nombre, ¿sabes? —agregó el director—. Así que nos haremos amigos rápidamente.

—¿Estás seguro con respecto a esto? —preguntó el hermano.

Ricky avanzó por el pasillo y oyó algunas últimas palabras antes de perder el rastro de la conversación.

Un escalofrío le recorrió la espalda y no supo si correr o regresar volando para prevenir al pobre niñito.

—Estará en buenas manos aquí —dijo el director con una risita—. Después de todo, es mi sangre.

CAPÍTULO Nº 47

Butch no fue a recogerlo.

Su madre lo esperaba en el vestíbulo mientras retorcía su bolsa como si fuese una esponja. Llevaba otra vez el mismo vestido con girasoles, el que solo se ponía en ocasiones especiales. En su larga caminata por el pasillo Ricky había recorrido frenéticamente el lugar con la mirada, en busca de señales de Kay. No podía irse sin ella. No había futuro para él fuera de Brookline a menos que ella lo acompañara.

—¡Oh, mi chico maravilla!

Su madre no esperó a que cruzara la puerta del vestíbulo. Esta vez cuando lo abrazó Ricky sintió que era real y le gustó. Sus lágrimas le empararon el rostro otra vez y él la contuvo.

—¿Has estado comiendo? —preguntó preocupada y se separó de él para inspeccionar su rostro—. Rick, cariño, te ves tan delgado.

—Es solo un efecto secundario de sus medicamentos —interpuso suavemente la enfermera Cruz, quien, al parecer, había reemplazado a la enfermera Kramer. Ella había sido quien había completado el papeleo final de Rick—. Le pediré a la enfermera Edmonds que le prepare la receta adecuada.

—Sí —dijo su madre, pero solo miró a Cruz por un instante. Esta enfermera era mucho más joven que Kramer y su voz era más suave, tenía la clase de semblante amable que Ricky suponía que el director podría manipular fácilmente—. Sí, gracias. Gracias por todo lo que han hecho, pero es hora de que mi hijo regrese a casa.

—Queda a su criterio, por supuesto, señora Kilpatrick, aunque yo le desaconsejaría retirarlo de nuestro cuidado en este momento.

—Bueno, lamento que opine de esa manera, pero me enteré acerca de las inspecciones en las noticias. Es… Es inquietante escuchar ese tipo de cosas. Me sentiría mucho mejor sabiendo que Ricky está en casa con nosotros. Estoy segura de que me comprende.

La enfermera Cruz inclinó la cabeza y suspiró.

—Sí, bueno… Comprendo.

—El director habló con tanta seguridad acerca de sus avances la última vez que estuvimos aquí, realmente siento que es el momento indicado para llevarlo de regreso. De esta forma tiene tiempo para prepararse para el año escolar —respondió su madre a un ritmo constante, aunque con la voz temblorosa.

Ricky permaneció en silencio; no tenía intenciones de decirle que no pensaba regresar a la escuela y que tampoco se iba a quedar con ella. Se marcharía pronto, pero primero necesitaba que ella lo sacara de ahí.

—Estoy segura de que debe estar entusiasmado por volver a la escuela. Rick puede tener un futuro brillante si solo se concentra. Vamos a conseguirle un profesor particular de Álgebra.

—Eso suena bien, mamá —dijo él de forma convincente—. Pero no puedo irme, no sin mi amiga.

Su madre frunció el ceño mientras miraba alternadamente a Ricky y a la enfermera.

—¿Tu amiga?

—No está enferma, mamá, no debería estar aquí, y yo tampoco.

La enfermera chasqueó la lengua con falsedad.

—Me temo que solo sus padres o un tutor especificado pueden retirarlo de Brookline. No se preocupen, el señor Waterston estará sano y salvo con nosotros.

Ricky se enfureció. Toda su energía regresó de golpe cuando giró en dirección a la enfermera. Se tranquilizó en el último segundo al recordar que se suponía que estaba mejor. Mucho mejor. Bajó la voz a último momento.

—Volveré a buscarla —susurró—. Más les vale mantenerla *a salvo*, porque va a salir de aquí y yo seré quien la saque.

—Claro —dijo Cruz, con calma, mirándolo sin verlo.

—Nos vamos —agregó Ricky mientras tomaba del brazo a su madre y la llevaba hacia las puertas—. Por favor, mamá, ¿podemos irnos ya? Te explicaré todo en el camino de regreso.

—Está bien, cariño.

Entonces se detuvo, se dio vuelta y extendió su mano para estrechar la de la enfermera, pero se había ido. Confundida, continuó mirando por encima de su hombro, buscándola, mientras Ricky la arrastraba por la puerta del vestíbulo y fuera de Brookline.

—Gracias por sacarme —dijo él mientras sentía el sol en su rostro por primera vez en semanas. Respiró hondo y sintió cómo le hacía picar la piel mientras le prometía en silencio a Kay que regresaría a buscarla—. ¿Te enteraste en la noticias? Me alegro. Ese lugar no era genial, mamá. No nos trataban muy bien.

—Oh, cariño, eso es... Lo sé. No debería haberte dejado, pero después de esa noche contigo y Butch parecías tan fuera de control. Ya ni siquiera sabía si podía ayudarte.

Los pájaros estaban en silencio mientras Ricky y su madre caminaban hacia el auto. Algunos estudiantes hacían un picnic en el jardín de la universidad que estaba junto al hospital. Se preguntó si tenían la menor sospecha acerca de las locuras que sucedían allí al lado.

—No fueron solo las noticias, mi amor. Fue algo que repetías —murmuró su madre con el ceño fruncido. Le daba palmaditas en la muñeca a Ricky mientras caminaban tomados del brazo. No habían hecho eso en años–. Que estabas en buenas manos. Y yo pensaba que quizás así era, pero que deberías estar en mis manos. Yo debería ser quien te cuide.

–Está bien –le dijo él y sintió otra oleada de esperanza al ver aparecer el auto de la familia por el camino–. Es decir, me alegro, pero creo que he aprendido a cuidarme solo. Hay muchas cosas que necesito contarte. Acerca de lo que sucedió allí dentro, acerca de mí. Acerca de una chica especial que conocí. Acerca de papá. Acerca de adónde me dirijo.

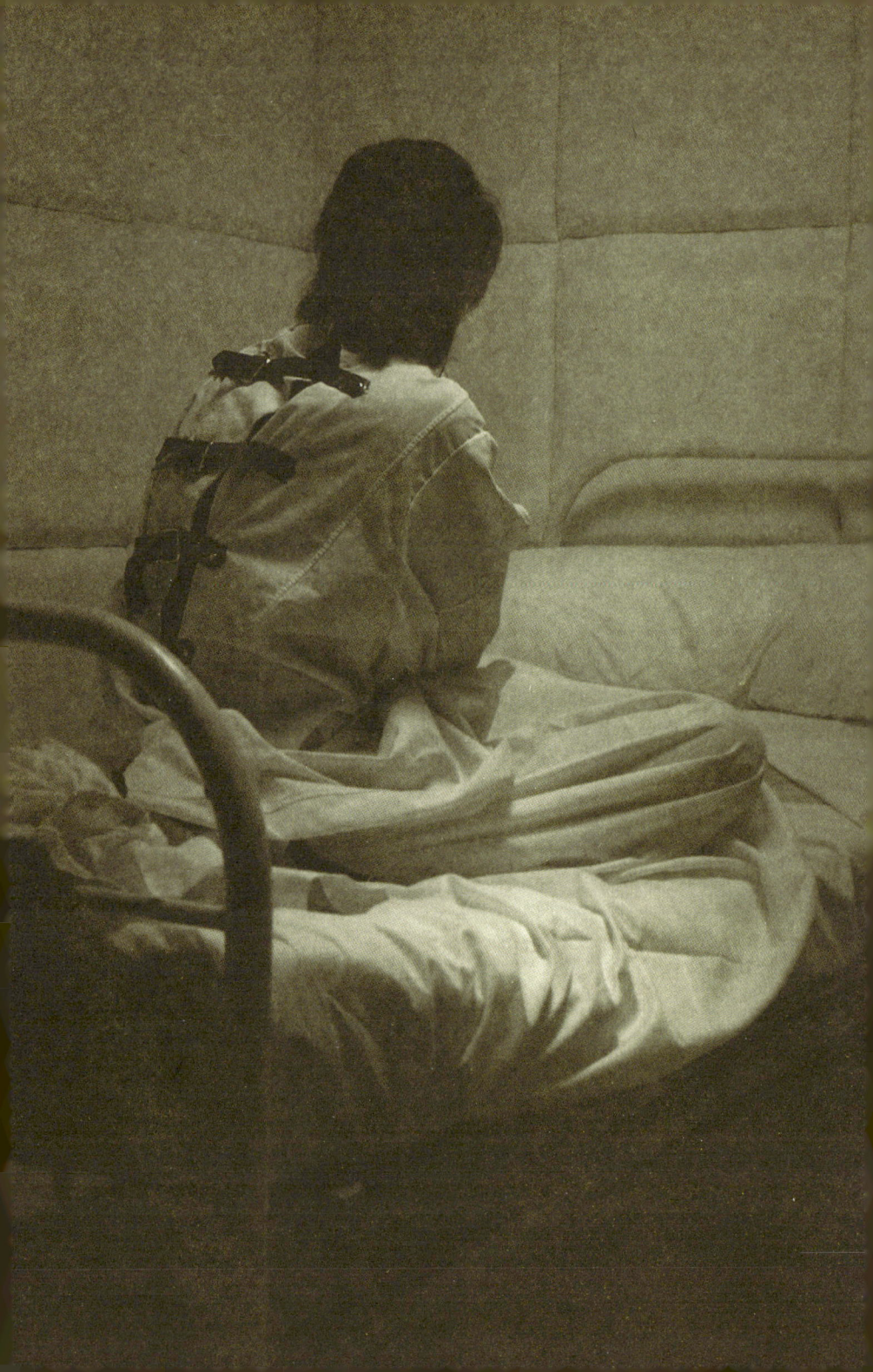

EPÍLOGO

ESCAPE DEL ASYLUM

Nueva York, un año más tarde

Había cruzado el Central Park para llegar ahí. Eso no era necesario, claro, pero había salido temprano de su apartamento. Muy temprano. No quería admitir lo nervioso que estaba en realidad.

¿Y si ella no se presentaba? ¿Y si todo había cambiado demasiado?

La carta que tenía en la mano estaba empapada de sudor nervioso. La había leído y releído, y la había doblado y re-doblado hasta que las letras se vieron más como confusos jeroglíficos que como palabras. No importaba, se la sabía de memoria.

Los pájaros cantaban ruidosamente sobre su cabeza, el aroma a palomitas y salchichas flotaba denso en el aire, casi como si el parque fuese una feria y no un verde respiro en medio de la ciudad en rápido crecimiento. A veces extrañaba los parques de Boston, pero los de Nueva York tenían su propio encanto extraño. Silbó un poco mientras caminaba e intentó recordar todos los discos que tenía que mostrarle en cuanto volvieran a su diminuto apartamento en un edificio sin elevador en Queens. Había una pila casi tan alta como él en la sala, joyas musicales que se había perdido mientras todavía estaba encerrada.

¿Con qué empezaría? ¿Three Dog Night? No, eso probablemente era demasiado predecible. Tampoco los Archies, eran demasiado empalagosos y comerciales. Johnny Cash sería el primer disco, decidió. Era imposible equivocarse con Johnny.

El sendero lo llevó hasta la calle cincuenta y nueve. Se detuvo, nervioso, desplegó la deteriorada carta y verificó las indicaciones por decimosexta vez esa mañana. Una espiral de niebla se enrollaba en el césped detrás de él, como un último soplo fresco de mañana antes de que el sol de verano calcinara el parque. Dobló a la derecha, llegó hasta el final de la calle y se detuvo al encontrar la pequeña señal de metal que marcaba la parada de autobús. Allí estaba. Ahora solo debía esperar.

Se frotó una mancha que tenía en la manga y suspiró. La mayoría de su ropa estaba sucia o rota ahora, ya que cada centavo que tenía lo usaba para pagar la renta y comprar discos. Su madre se preocuparía si alguna vez lo viera tan harapiento, pero Ricky no creía que ella fuese a verlo por mucho, mucho tiempo.

Era solo una camisa. La mancha de grasa en el puño era como una pequeña herida de guerra: se la había hecho mientras limpiaba mesas la noche anterior en el único club de jazz que lo contrató. Si tenía suerte, quien tocara esa noche le permitía ayudar a guardar los instrumentos y parlantes al final de la función. No había nada como sentirse parte de algo genial y bueno, aunque solo fuese por un momento.

Miró al cielo; aún allí, con toda la ciudad a su alrededor, todavía sentía que el director lo invadía de vez en cuando. Siempre quedarían algunos remanentes en su interior, lo sabía; peligrosas y opresivas paredes que tendría que seguir derribando y aplanando por el resto de su vida.

Un chirrido repentino llamó su atención y lo hizo dejar de contemplar el avión que volaba sobre su cabeza. Sonrió y se movió nervioso mientras se metía la carta en el bolsillo de sus jeans. Protegió sus ojos del sol para ver el autobús que rechinó hasta detenerse, con el neumático derecho de adelante ligeramente sobre la acera.

Las puertas se abrieron con un silbido y Ricky vio cómo los pasajeros bajaban en fila. No, no, no, esa persona no era… Comenzaba a ponerse nervioso. ¿Y si no venía? ¿Y si había cambiado?

La verdad era que sí, había cambiado. Se veía mejor de lo que Ricky recordaba. Le había crecido el cabello y le sonrió en cuanto bajó del autobús. Un tono magenta oscuro brillaba en sus mejillas y en sus labios. Maquillaje. Se había maquillado para él.

—Hola —saludó ella cuando estuvo en la acera.

Tenía un solo bolso de viaje con los bordes desgastados y llevaba puesto un vestido amarillo veraniego con libélulas color turquesa.

—Realmente viniste —dijo Ricky mientras tomaba su bolso.

—Tú también.

—Tenemos que, eh, caminar bastante hasta la estación del metro. No tengo un auto ni nada parecido —explicó él tímidamente—. Quería darte una mejor bienvenida, lo siento.

Kay sonrió y se ruborizó, luego se inclinó hacia delante y lo tomó del brazo.

—¿Tienes un lugar donde pueda dormir?

—Ajá.

—¿Algo para comer? ¿Quizás una Coca?

—Eso también —respondió Ricky mientras la conducía de vuelta por la calle hacia la enorme y hermosa extensión del parque.

—¿Discos?

—No me ofendas —bromeó Ricky—. Por *supuesto* que tengo discos.

Kay asintió y parecía estar diciendo que sí a todo: a la ciudad, a él, a esa nueva libertad.

—Ajá. Entonces esto estará bien. *Nosotros* estaremos bien.

AGRADECIMIENTOS

*E*ste libro fue un desafío por muchas razones y, sin duda, el primer agradecimiento es para Andrew Harwell, que fue tan increíblemente paciente y comprensivo durante este proceso. Trabajar con él en esta saga ha sido mucho más de lo que hubiese imaginado y nada habría sido posible sin él. Su lealtad, su generosidad y su visión han sido la fuerza que impulsó la serie *Asylum* y merece más elogios de los que puedo escatimar en este pequeño párrafo. Básicamente es el mejor, ¿ok? Kate McKean también me ha apoyado durante este proceso, siempre servicial, informada y energética. Cuando me encuentro frustrada con un proyecto ella es la voz optimista que me ayuda a encaminarme. El equipo de HarperCollins ha creído con tanta firmeza en esta serie que también merecen un reconocimiento: los editores, los artistas y los expertos en publicidad han creado un hermoso producto detrás de otro. Es una alegría ver lo que inventan.

El reportaje de NPR (National Public Radio) sobre Howard Dully y la experiencia de su lobotomía fue una gran influencia e inspiración para esta historia. Hay tantas referencias y guiños a *Quills*, la increíble obra de Doug Wright, que sería negligente no citarla como fuente de inspiración.

Mi familia y amigos son siempre asombrosos y eso queda muy claro cada vez que se acerca una estresante fecha límite. Toleran una embarazosa cantidad de quejas y desahogos; benditos sean por todavía querer estar conmigo al final del día. Mamá, papá,

Nick, Tristan, Julie, Gwen, Dom: les estoy eternamente agradecida por ser inspiraciones en mi vida. A Anna, Katie, Michelle, Jess, Taylor y Jessie: señoritas, ustedes vendrán conmigo cuando llegue el apocalipsis, las reclamo ahora, porque jamás ha existido un escuadrón de mujeres más fantástico. Gracias por sacarme de casa o escuchar mis problemas, gracias por tolerar mis problemas del primer mundo y ayudarme a poner las cosas en perspectiva. Cuando estaba en el punto álgido de este, Brent Roberts me recordó que es solo un libro y que iba a sobrevivirlo. Tu familia fue muy paciente conmigo mientras trabajé durante el Día de Acción de Gracias y estoy extremadamente agradecida por eso. Gracias por las listas de reproducción. Gracias por escuchar. *Amoowa ekla teeket.*

Finalmente tengo que agradecer a las fuentes de inspiración de la vida real de esta historia, a saber, las víctimas del Atascadero State Hospital que fueron tratadas abominablemente solo por ser diferentes. Recomiendo a todos los que lean esta novela que se informen acerca de las atrocidades que se cometieron allí en un pasado muy reciente.

Las imágenes de este libro son ilustraciones fotográficas creadas especialmente por Faceout Studio y presentan fotografías de manicomios reales.

PÁGINA	TÍTULO	DE LA COLECCIÓN DE
1, 7	Niña fantasma Fondo texturado	Clayton Bastiani / Trevillion Images Naoki Okamoto / Getty Images
5	Médicos operando	Everett Collection / Shutterstock.com
13	Cama de paciente	Kelly Young / Thinkstock.com
15	Aguja quirúrgica	Laborant / Shutterstock.com
19	Brookline	James W. Rosenthal, Biblioteca del Congreso
22	Escaleras descendentes oscuras	hraska / Shutterstock.com
25	Paciente Manchas en camisón	Lario Tus / Shutterstock.com siloto / Shutterstock.com
33	Sala quirúrgica	Biblioteca del Congreso, División de Fotografías e Impresiones, LC-D4-212554
45	Papel rasgado Dibujo	STILLFX / Shutterstock.com Faceout Studio
47	Cirugía en quirófano	Everett Collection / Shutterstock.com
48	Paciente trastornado	Wikimedia Commons / Dr. H. W. Diamond, On the Application of

		Photography to the Physiognomy and Mental Phenomena of Insanity, *The Photographic Journal*, julio, 1856. 2003-5001/2/24914
56	Ficheros	Benjamin Haas / Shutterstock.com
58	Instrumental quirúrgico	Grisha Bruev / Shutterstock.com
61	Quirófano	Everett Collection / Shutterstock.com
64	Paciente inquieto	Wellcome Library, Londres / Wellcomeimages.org. V0029705EL
86	Retrato del director	Ysbrand Cosijn / Shutterstock.com
87	Hombre siendo operado	Biblioteca del Congreso, División de Fotografías e Impresiones, LC-D4-21255
88	Médico listo para operar	Everett Collection / Shutterstock.com
102	Pacientes y personal de enfermería en una habitación	Wellcome Library, Londres / Wellcomeimages.org. L0015465
128	Equipo quirúrgico durante cirugía	Everett Collection / Shutterstock.com
144	Cena para recaudar fondos	Wikimedia Commons / Fotógrafo desconocido, En vivo el 4 de abril de 1936, Cóctel, Budapest. De etiqueta. Schaffer Fotószalon.
165	Paciente siendo sujetado	Wellcome Library, Londres / Wellcomeimages.org. L0074938
181	Sala quirúrgica	OFFFSTOCK / Shutterstock.com
186	Exterior de una casa	1000 Words / Shutterstock.com
202	Sala de operaciones	Wellcome Library, Londres / Wellcomeimages.org. L0028124
208	Cama con ataduras	Rikke68 / Thinkstock.com
217	Pasillo espeluznantemente oscuro	Ingram Publishing / Thinkstock.com

ESCAPE DEL ASYLUM

235	Pasillo espeluznante de hospital	Tonkovic / Thinkstock.com
241	Fichas de pacientes Papel antiguo Pila de fichas Letra manuscrita	badahos / Shutterstock.com worker / Shutterstock.com Oleg Golovnev / Shutterstock.com Torrey Sharp, Faceout Studio
245	Figura embrujada	Lario Tus / Shutterstock.com
268	Paciente de manicomio	Wellcome Library, Londres / Wellcomeimages.org. L0074958
296	Figura ensombrecida caminando	Anki Hoglund / Shutterstock.com
314	Figura desenfocada en pasillo	Petr Klempa / Shutterstock.com
329	Paciente demente	Wellcome Library, Londres / Wellcomeimages.org. L0074949
340	Paciente inmovilizado	Alvaro German Vilela / Shutterstock.com
8, 10, 17, 26, 31, 43, 53, 66, 70, 76, 84, 92, 97, 103, 111, 115, 125, 133, 140, 150, 154, 160, 166, 172, 177, 183, 190, 197, 205, 213, 221, 228, 236, 242, 249, 256, 261, 269, 276, 279, 287, 293, 300, 306, 312, 321, 330, 335, 341, 345	Fondo floreado	Jomwaschara Komvorn / Shutterstock.com
8, 10, 17, 26, 31, 43, 53, 66, 70, 76, 84, 92, 97, 103, 111, 115, 125, 133, 140, 150, 154, 160, 166, 172, 177, 183, 190, 197, 205, 213, 221, 228, 236, 242, 249, 256, 261, 269, 276, 279, 287, 293, 300, 306, 312, 321, 330, 335, 341, 345	Postal antigua	Karin Hildebrand Lau / Shutterstock.com
47, 48, 61, 64, 86, 87, 88, 128, 165, 329	Tarjeta fotográfica	val lawless / Shutterstock.com
45, 47, 48, 61, 64, 87, 88, 128, 165, 329	Piso cerámico	Andrea Astes / Thinkstock.com

INGRESA A

ASYLUM

Una experiencia de lectura alucinante que
desdibuja los límites entre la genialidad y la locura.

AUTORA BEST SELLER DE THE NEW YORK TIMES

MADELEINE ROUX

¡QUEREMOS SABER QUÉ TE PARECIÓ LA NOVELA!

Nos puedes escribir a **vrya@vreditoras.com** con el título de esta novela en el asunto.

Encuéntranos en

facebook.com/VRYA México

twitter.com/vreditorasya

instagram.com/vreditorasya

COMPARTE tu experiencia con este libro con el hashtag
#asylum